Sozinha ou acompanhada?

MAZEY EDDINGS

Sozinha ou acompanhada?

TRADUÇÃO: Lígia Azevedo

GUTENBERG

Título original: *The Plus One*

EDITORA RESPONSÁVEL
Flavia Lago

EDITORAS ASSISTENTES
Natália Chagas Máximo
Samira Vilela

PREPARAÇÃO DE TEXTO
Natália Chagas Máximo

REVISÃO
Claudia Cantarin

CAPA
Alberto Bittencourt
(sobre ilustração de Monique Aimee)

DIAGRAMAÇÃO
Waldênia Alvarenga

Dados Internacionais de Catalogação na Publicação (CIP)
Câmara Brasileira do Livro, SP, Brasil

Eddings, Mazey
Sozinha ou acompanhada? / Mazey Eddings ; tradução Lígia Azevedo. 1. ed. -- São Paulo : Gutenberg, 2024.

Título original: *The Plus One*

ISBN 978-85-8235-736-1

1. Ficção inglesa I. Título.

24-194642 CDD-823

Índices para catálogo sistemático:
1. Ficção : Literatura inglesa 823

Cibele Maria Dias - Bibliotecária - CRB-8/9427

A **GUTENBERG** É UMA EDITORA DO **GRUPO AUTÊNTICA**

São Paulo
Av. Paulista, 2.073 . Conjunto Nacional
Horsa I . Sala 309 . Bela Vista
01311-940 . São Paulo . SP
Tel.: (55 11) 3034 4468

Belo Horizonte
Rua Carlos Turner, 420
Silveira . 31140-520
Belo Horizonte . MG
Tel.: (55 31) 3465 4500

www.editoragutenberg.com.br
SAC: atendimentoleitor@grupoautentica.com.br

Para quem teve o coração partido, para quem se recuperou e para quem está em algum lugar no meio do caminho. Você merece amor, mesmo em seus dias mais difíceis.
E, para minha versão mais nova, que ainda empaca em lugares ruins. Você consegue sair daí.

Alerta de conteúdo

Olá, queridos leitores!

Embora este seja um romance com um final muito feliz e com algumas risadas ao longo do caminho, também aborda assuntos mais pesados. É importante que você saiba que, nele, os seguintes temas são discutidos:

- Transtorno do estresse pós-traumático em consequência da perda de pacientes em atendimento de emergência.
- Repercussões emocionais de crescer com pais divorciados.
- Reestruturação da vida após sofrer uma traição.

Também devo mencionar que a Organização Global de Cuidados com a Saúde, que é mencionada no livro, é ficcional. Ela foi criada com base em vários elementos de sistemas e organizações que de fato existem, porém não é representativa de nenhum grupo em particular.

Por favor, cuidem de si mesmos durante a leitura. Fiz o meu melhor para lidar com os assuntos acima com nuances, respeito e compaixão.

Todo o meu amor,
Mazey

CAPÍTULO 1

CINCO SEMANAS PARA O CASAMENTO

Racionalmente, Indira sabia que não lhe fazia bem ficar desmarcando a terapia.

Irracionalmente, no entanto, era muito mais fácil surfar na onda de uma semana razoável do que se sentar no sofá bege da dra. Koh e investigar os próprios sentimentos até se dar conta de que vinha se iludindo e de que, na verdade, sua semana havia sido uma merda.

Indira também sabia, como psiquiatra, que aquilo era o que chamavam de "evitação". E que era algo *ruim*.

Um problema sério etc. e tal.

Ela afastou a pontada de culpa que sentia por desmarcar a sessão e parou no mercado a alguns quarteirões do apartamento onde morava com o namorado, Chris, a fim de comprar o necessário para fazer a velha receita de frango à parmegiana da sua família e uma garrafa de vinho bem cara, com o intuito de surpreendê-lo. Embora trabalhasse de casa, Chris não gostava muito de cozinhar e, na maioria das noites, Indira estava cansada demais por conta dos longos turnos no ambulatório infantil para preparar o que quer que fosse. Por isso, os dois acabavam pedindo comida e comendo em silêncio enquanto mexiam no celular, juntos, porém da maneira mais desconectada possível.

Foram viver juntos depois de apenas cinco meses de namoro, empolgados com o sexo e os hormônios da felicidade do início do relacionamento.

No entanto, após quase um ano indo e voltando, pareciam mais duas pessoas dividindo um apartamento do que namorados, e ambos sabiam que algo precisava mudar.

Ou pelo menos Indira *acreditava* que ambos sabiam que algo precisava mudar. Não era como se tivessem o hábito de discutir o relacionamento. Sendo honesta, os dois nem conversavam muito...

Mas ia ficar tudo bem. Se a montanha-russa emocional da infância de Indira lhe ensinara alguma coisa, era que não havia um problema que não pudesse ser resolvido (pelo menos temporariamente) pelo molho de tomate da mãe.

Depois de pegar uma sobremesa por impulso para tentar melhorar o próprio humor, Indira pagou pelas compras.

Ela pôs no rosto seu sorriso mais radiante – ainda que forçado – e cortou a noite fresca de outubro na direção do apartamento, tentando se motivar. No fundo, Chris era um cara legal. Indira precisava deixar de lado seu histórico de relacionamentos fracassados e seu enfado melodramático para fazer esse dar certo. Além do mais, já tinha sido solteira e mergulhado no mundo dos aplicativos de relacionamento. A coisa sem dúvida não havia melhorado; relacionamentos davam trabalho; ou qualquer outro clichê; blá-blá-blá.

Indira subiu os degraus do prédio, abriu a porta do apartamento e entrou na cozinha com um floreio.

– Surpre...

O som inesperado de gemidos luxuriosos fez a palavra entalar em sua garganta.

Por um momento, Indira se perguntou se tinha pegado Chris assistindo a um pornô muito barulhento.

E então ela viu.

Ah, as coisas horríveis que ela viu.

Os corpos se movimentando. A esfregação.

E... um pote de manteiga de amendoim aberto...? (???)

O queixo de Indira foi ao chão. O namorado de merda dela passava a mão – com total falta de finesse, habilidade ou sensualidade, aliás – em uma desconhecida na droga do sofá deles.

Os dois tinham manteiga de amendoim no rosto. (Tipo, oi?)

O cérebro dela foi lento em processar a traição que testemunhava em tempo real. O casal emaranhado enfim se deu conta de sua presença e separou os rostos grudentos o bastante para olhar para ela. Tornaram-se todos reféns de um silêncio chocado.

Foi um berro de Grammy, a gata, que tirou Indira do transe.

Ela virou a cabeça na hora, para um lado e para o outro, procurando freneticamente por Grammy, que tinha o costume de se colocar no centro de maior parte das interações humanas. Uma patinha batia sob a fresta da porta da despensa.

Indira ficou furiosa.

Ah, não. De jeito nenhum que esse puto trancou a gata dela em um quartinho minúsculo para não ser interrompido enquanto agarrava os peitos de uma qualquer.

– Que *merda* é essa? – Indira gritou, apressando-se até a porta da despensa para abri-la. Grammy saiu correndo, as patinhas traseiras deslizando pelo piso frio no caminho para se esconder no quarto.

Fora os miados contínuos da gata, um silêncio penetrante voltou a cair, enquanto os três se olhavam.

Até que Chris recorreu ao clichê mais idiota do mundo:

– Não é o que você está pensando, Indira.

A banalidade voltou a acender a fúria no peito de Indira.

– Sério, Chris? – ela gritou. – Porque parece que você estava com a língua nas amídalas de uma desconhecida, no sofá que *eu* comprei. Mas então me explica o que é que eu estou vendo, por favor.

Um tom violeta preocupante tomou conta do rosto de Chris enquanto ele gaguejava e o queixo da outra mulher parecia que ia cair.

– E por que toda essa manteiga de amendoim? – Indira perguntou, com as mãos se contraindo em garras ao lado do corpo. – Essa porcaria é *orgânica.* É *cara.*

Ela ficou olhando para os dois, em expectativa.

– A gente…

– Eu…

Chris e a loira trocaram um olhar que misturava medo e desejo. Indira sentiu vontade de vomitar.

– A gente ama manteiga de amendoim – Chris acabou sussurrando, como se fosse a fala teatral mais melodramática do mundo.

Por um momento, Indira só piscou, devagar. Então jogou a cabeça para trás e deu uma gargalhada. Se não risse, gritaria.

– É i-na-cre-di-tá-vel – ela disse. – Estou bem aqui, seu merdinha.

Indira foi para o quarto, abriu o guarda-roupa e pegou todas as malas que conseguiu encontrar. Movia-se como um tornado muito eficiente, enfiando sapatos, carregadores e camisetas nas malas.

Grammy só contribuía para aumentar o drama, com seus berros incessantes ao fundo. Indira nem sabia que uma gata podia *fazer* aquele tipo de barulho. Pensou em perguntar depois para Harper, uma de suas melhores amigas, se berros de sacudir a terra eram normais em felinos, ou se tinha adotado uma criatura possuída em vez de uma bola de pelos dócil e velha. Por ora, no entanto, tinha coisas mais importantes a fazer.

– Espera, Indira – Chris disse, à porta, com o cabelo bagunçado, o zíper da calça aberto e a camiseta, debaixo da qual as manchas de manteiga de amendoim continuavam visíveis, virada para trás. – É melhor a gente se acalmar e conversar como adultos.

– Para isso você teria que ser um adulto, Chris. E, do meu ponto de vista, você é um criançã0, que trai, aprisiona gatos e tem a inteligência emocional de um prego enferrujado. Então, não. Não vou me acalmar.

Indira seguiu na direção do banheiro, recolhendo o que conseguia do chão ao longo do caminho. Então com o braço varreu as coisas dela para dentro de uma sacola.

– Você não entende! É diferente. A gente… a gente não é feliz há meses. Eu…

Indira parou no lugar. Um olhar frio e duro foi o suficiente para calar a boca de Chris.

Meses? Naquele momento, Indira não acreditava que tivesse sido feliz com aquele imbecil por um segundo que fosse.

– Sai da frente – ela disse, através dos dentes cerrados. Chris pelo menos teve a decência de baixar a cabeça e retornar ao sofá.

Ela correu de um lado a outro do apartamento, acumulando sacolas na bancada da cozinha enquanto reunia artigos diversos.

Quando voltou ao quarto, respirou fundo para se preparar para a última missão: salvar Grammy.

Ninguém consideraria aquela gata fofa. Seu corpinho magro parecia sempre ter acabado de ser atingido por um raio, com os pelos sempre eriçados e as costas o tempo todo curvadas, lembrando uma caricatura de Halloween. Para completar, lhe faltava meia orelha, seu lábio era curvado de modo que um dentinho ficava para fora, e ela tinha a habilidade espetacular de criar caos independentemente da situação.

No momento, a criatura deslumbrante se encontrava dependurada (quase caindo) da cortina do quarto, as garras rasgando o tecido e a cabeça abaixada enquanto berrava como se tivesse sido eletrocutada.

– "Pega um gato", todo mundo dizia. "Vai ser divertido" – Indira resmungou sozinha. "*Todo mundo*" era principalmente Harper, que facilitara a decisão impulsiva de Indira de adotar um animal para preencher o vazio tedioso que a devorava por dentro.

Diante daqueles ruídos quase sobrenaturais, Indira se preparou mentalmente para perder pelo menos um mamilo, senão todo o seio, para as garras de Grammy pelo que ia fazer, e se perguntou se não estaria cometendo um erro fatal.

Sem ter escolha, atravessou o quarto, tirou Grammy da cortina e fez uma careta quando as garras da gata se cravaram em sua pele. A tortura continuou enquanto tentava se livrar – e a malha que usava sofria as consequências. Indira enfim conseguiu enfiar a pobre *gremlin* em uma caixa de transporte e foi para a cozinha.

Ainda tomada pela raiva, Indira encontrou uma força sobre-humana e, tal qual uma mãe que tira um carro de cima de um filho, conseguiu carregar todas as suas posses nas costas e nos braços.

– Nem pensa em me ligar, seu puto – ela disse a Chris, que teve a audácia de ficar olhando para ela, como se fosse uma coruja assustada. A loira continuava de queixo caído.

Indira já estava com a mão na maçaneta quando a mulher gritou:

– Espera!

Indira parou. Percebeu que estava tremendo, embora não soubesse se pelo peso de tudo o que estava carregando ou se pela mágoa que emanava do meio de seu peito. Ela se virou e olhou por cima do ombro para a desconhecida.

– É que… a gente está apaixonado – a mulher sussurrou. Pela expressão dela, Indira quase podia acreditar.

– Qual é seu nome? – Indira perguntou, engolindo o nó que se formou em sua garganta.

– L-Lauren – a mulher respondeu, com os olhos grandes e azuis cintilando. Loira. Com sardas. Linda.

– Bom, Lauren – Indira disse, com um sorriso de pena –, desejo que você tenha toda a merda de sorte do mundo.

CAPÍTULO 2

Indira

Indira fez questão de bater a porta atrás de si ao sair, depois desceu os degraus correndo até a rua. Precisou de alguns minutos andando a esmo para se lembrar da ruazinha aleatória onde havia estacionado, mas por fim encontrou seu carro.

Uma risada histérica subiu por sua garganta quando viu a SUV.

Os pneus estavam furados. Todos. Vazios e caídos... que nem o ego dela.

Indira riu ainda mais.

Seu corpo todo chacoalhava.

Então algo em seu peito estalou. E ela começou a chorar.

Indira se jogou sobre o carro inútil, enquanto as lágrimas rolavam por suas bochechas e da garganta um uivo de dor lhe escapava, o qual Grammy decidiu acompanhar.

Ela não conseguia se recompor, por isso se jogou na tristeza e se permitiu extravasar.

Uma hora, com um suspiro final e ribombante, as lágrimas secaram. Indira considerou suas opções. Sua amiga Lizzie morava a uma distância que ela poderia percorrer a pé, porém tinha um companheiro maravilhoso, um bebê de um ano e meio e nenhuma porta em seu apartamento tipo estúdio. Indira já presenciara, em primeira mão, como Lizzie e Rake não tinham nenhum autocontrole quando se tratava de manter as mãos longe um do outro em público, de modo que não conseguia nem imaginar como seriam a portas fechadas (ou sem portas).

Indira tinha outras duas amigas bem próximas, Harper e Thu, que também moravam por perto, após terem voltado de Nova York e da

Califórnia, respectivamente. No entanto, ambas moravam com companheiros em apartamentos com um único quarto. Passar uma ou duas noites no sofá da casa de uma delas não seria a pior coisa do mundo, no entanto ela sabia que mais que isso a deixaria com torcicolo e dor nas costas pelo resto da vida. Envelhecer era um saco.

Só restava seu irmão mais velho, Collin, e o noivo dele, Jeremy.

O casal era tão bem resolvido que chegava a intimidar e, com o salário de médico de ambos, podiam bancar uma casa espaçosa de três quartos em Manayunk, um bairro residencial da Filadélfia que ficava alguns quilômetros a noroeste do centro.

Indira e Collin eram próximos; quando pequenos, apoiaram-se um no outro para sobreviver ao divórcio complicado dos pais. Sabia que o irmão não se importaria em abrigá-la naquele momento. Na verdade, apesar de demorar mais para chegar ao trabalho, ela até se animava com a oportunidade de passar mais tempo com ele enquanto pensava no que fazer.

Além disso, Collin e Jeremy iam se casar em pouco mais de um mês e tinham planejado muitos eventos até lá – a maioria, inclusive, dependia da exploração dos padrinhos, que trabalhariam de graça para fazer a decoração e as lembrancinhas. Portanto, de qualquer maneira ela acabaria passando um tempão lá.

Talvez assistir a filmes de terror e pedir pizza, como Indira e Collin faziam quando adolescentes, a ajudasse a superar aquela situação horrorosa. Se ouvir Taylor Swift havia lhe ensinado alguma coisa, era que se recuperar do término de um relacionamento era um processo longo e traiçoeiro, e tudo o que você pudesse fazer em uma tentativa de se sentir melhor valia a pena.

Indira mandou uma mensagem rápida no grupo que tinha com Collin e Jeremy, contando o que tinha acontecido com Chris e que passaria um tempo com eles. Sabia que deviam estar em cirurgia e só veriam algumas horas depois.

Ela endireitou a coluna (tanto quanto possível, considerando o peso tremendo de todas as suas coisas e da gata quase selvagem) e deixou para lidar com o carro vandalizado num dia um pouquinho menos bosta, então seguiu para a estação de trem.

Collin e Jeremy, assim como Indira, eram médicos. Mas, ao contrário dela, ambos eram anestesistas, o que lhes conferia um nível de prestígio na comunidade médica (e um salário elevado) de que Indira não chegava nem perto como psiquiatra.

Médicos, cirurgiões e psiquiatras tinham o objetivo de curar, mas, como Indira lidava com um sistema complexo de terapias e medicamentos, e não com bisturis e agulhas, seu trabalho nunca seria valorizado na mesma medida. À Psiquiatria faltava a recompensa instantânea da cirurgia, e, com a ridícula estigmatização da doença mental pela sociedade, quem as tratava não era visto com a mesma consideração.

Não que Indira ligasse. Em sua opinião, o cérebro era o órgão mais importante do corpo humano, e ela se satisfazia com o privilégio de ajudar seus pacientes a abordar e curar o deles… mesmo que às vezes tivesse dificuldade com o seu.

Indira chegou à estação e passou pela catraca, então jogou um lenço sobre a caixa da gata, torcendo para que o barulho em volta disfarçasse qualquer guincho bizarro que Grammy decidisse soltar. Ela escolheu uma poltrona à janela do vagão quase vazio e largou suas coisas de qualquer jeito à sua volta.

O trem saiu alguns minutos depois, e Indira viu a cidade se tornar um borrão verde e cinza. A vibração constante relaxava seus músculos tensos, e a comoção dos eventos da última hora atingiu com tudo seu coração desprotegido.

Como Chris podia ter feito aquilo com ela? Como podia tê-la traído de tal maneira?

Indira havia se desdobrado para ser uma namorada tranquila. Divertida. O tipo de pessoa de quem achava que Chris gostaria.

O que não tinha adiantado droga nenhuma.

O trem parou na estação seguinte, e ela piscou para afastar as estrelinhas que apareciam diante de seus olhos. Procurou se concentrar na vista do outro lado da janela, torcendo para que as pessoas entrando no vagão não notassem suas bochechas molhadas. O que foi inútil, porque lágrimas gordas continuavam caindo sobre suas pernas.

Estava cansada de ser abandonada pelos homens de sua vida – primeiro o pai, depois todos os a quem oferecera seu coração. Ela queria ser alguém com quem valesse a pena ficar.

Tinha o costume de se apaixonar rápido demais. De ser intensa e de se importar demais. Por isso Chris parecera *seguro*. Pensar nele não fazia seu coração palpitar, não lhe tirava o chão. Gostar dele não parecia muito diferente de… bom, de gostar dele, e Indira acreditava que não sentir demais a protegeria de outro desastre emocional.

O plano havia dado errado, e agora ela estava ali, chorando em um trem, pulando de um penhasco rumo ao fundo do poço.

Ela apertou os olhos com a base das mãos, tentando não chorar (de novo). Estava cansada de chorar por todas aquelas pessoas que a haviam magoado. Estava cansada de deixar que a magoassem.

Quando afinal chegou à estação de Manayunk, recolheu suas coisas e sua gata, desceu do trem e começou a subir a ladeira muito íngreme que levava à casa do irmão.

Os carros de Collin e Jeremy estavam estacionados diante da casa geminada e alta de tijolinhos vermelhos, o que significava que deviam estar dormindo, após um longo turno.

Grammy tentava abrir um buraco na caixa de transporte que Indira mantinha junto ao peito enquanto subia os degraus da entrada e equilibrava o restante de suas coisas de maneira precária. Ela não *queria* acordar Collin e Jeremy, porém, com os braços lotados de coisas e um humor mais carregado que uma nuvem tempestuosa, precisou chutar (delicadamente) a porta para que alguém a abrisse.

Depois de algum tempo batendo, ela ouviu passos do outro lado e recuou, louca para deixar suas coisas de lado e se jogar no sofá de couro caríssimo assim que o irmão a deixasse entrar.

No entanto, quando a maçaneta girou, a porta se abriu e Indira viu quem estava do outro lado, seu coração em frangalhos sofreu mais um baque. Alguém que Indira desprezava desde a infância.

O senhor das trevas, assassino da diversão.

Jude: o melhor amigo de seu irmão mais velho.

– Ah, ótimo – ela disse, soprando um cacho perdido da testa e olhando feio para ele. – Você.

CAPÍTULO 3

Jude

Havia pouquíssimas pessoas com quem Jude gostava de passar o tempo.

Collin Papadakis, seu melhor amigo desde a infância, era o primeiro da lista, apesar de sua tendência à extroversão e da personalidade enfadonhamente encantadora que em qualquer outra pessoa apenas o irritaria. Jude também gostava da companhia do noivo de Collin, Jeremy, sobretudo porque ele fazia seu melhor amigo feliz.

No fim dessa lista, ao lado das pessoas mais insuportáveis do mundo, estava escrito em caneta vermelha e sublinhado o nome de Indira Papadakis. Ela se contrapunha a todas as facetas da personalidade dele e sempre o fazia perder a compostura. Os dois tinham crescido mais brigando do que conversando.

– É ótimo ver você também, Dira – Jude disse, parecendo imperturbável enquanto avaliava o cabelo desgrenhado e os olhos cheios de lágrimas da mulher à porta de Collin. – Já faz um tempo.

– Não o bastante – ela retrucou, passando por ele para entrar. Jude suspirou e fechou a porta.

Ele não precisava daquela merda agora.

Jude não gostava de Indira, para dizer o mínimo. Desde pequenos, ela o irritava. Seria mais fácil explicar a aversão mútua se tivesse havido uma grande traição ou caso se tratasse de uma rivalidade bem enraizada – algo para que se pudesse apontar e dizer: *É isso. Esse é o motivo pelo qual os dois não se dão bem e nunca vão se dar.* Entretanto, nada era fácil quando se tratava de Dira, e a animosidade entre os dois não tinha motivo: era um fato da natureza. O sol se punha no oeste. Indira irritava Jude. Jude irritava Indira.

Ela era extremamente sensível e tinha um jeito de... *encarar* as pessoas, com seus enormes olhos cor de cobre, como se pudesse vê-las por dentro. Ler seus pensamentos. O efeito geral era desconcertante.

Jude mal estava se segurando sem aquilo; não precisava que ela... *o visse.*

– Cadê o Collin? – Indira indagou, deixando algumas malas no chão, mas ainda agarrada ao que parecia ser uma caixa de transporte. – Morreu com o choque da sua ascensão do inferno? – ela completou, olhando por cima do ombro e arqueando a sobrancelha.

Jude se contraiu, como se Indira tivesse lhe dado um tapa, e a surpresa no rosto dela fez um constrangimento se espalhar por suas veias. Indira não sabia que tinha se aproximado muito da verdade com sua piadinha.

Ele passara os últimos anos testemunhando algumas das maiores atrocidades que poderiam ser infringidas ao corpo humano. O inferno seria um alívio de seu trabalho na Organização Global de Cuidados com a Saúde, ou OGCS.

Jude era especializado em medicina de urgência, e o rápido acúmulo de empréstimos estudantis durante a faculdade o havia levado a assinar um contrato com a OGCS. Para não pagar quase meio milhão de dólares em mensalidades, ele prometeu quatro anos de sua vida, aceitando trabalhar onde quer que a OGCS o mandasse, incluindo regiões de conflito, lugares de desastres naturais e de extrema necessidade.

Às vezes, gostaria de poder dizer que se juntara à OGCS por altruísmo, pelo desejo profundo e insaciável de servir à humanidade. Saber que tudo o que vira, todas as vezes em que fracassara, tinha sido apenas para não precisar pagar a mensalidade do empréstimo fazia com que Jude se sentisse um pouco mais vazio.

Mas ele estivera desesperado.

– O que está fazendo aqui? – Indira perguntou, sua voz abandonando o tom combativo em nome de uma curiosidade genuína. E isso o surpreendeu.

– Eu não podia perder o casamento de Collin – ele disse, coçando a nuca. – Tirei uma folga prolongada, por conta dos três anos de serviços ininterruptos. Vou para minha próxima missão algumas semanas depois do casamento.

A voz de Jude falhou. Um tipo familiar de pânico desceu por sua espinha. Ele não sabia ao certo quando falar havia se tornado tão difícil, porém cada interação desde que tinha pousado no país fazia seu sistema entrar em parafuso. Emoções repentinas e aleatórias debandavam de seu peito, rugiam em seus ouvidos, perturbando o torpor seguro que construíra. E que tinha permitido que ele sobrevivesse.

– E você… está bem? – Indira quis saber, inclinando a cabeça e o examinando de perto demais.

Jude desviou o rosto e soltou um grunhindo baixo que desdenhava da pergunta.

– Dira? – Uma voz sonolenta chamou atrás de Jude. Collin descia a escada, de pijama e todo amassado. Ele parou ao lado do amigo e deu um tapinha nas costas dele, sorrindo, o que fez Jude se contrair outra vez.

Collin e Jude eram inseparáveis desde crianças. Passavam os dias juntos e deixavam Indira, a irmã caçula de Collin, para trás. Era irritante como ela sempre sobrava. Os dois não tinham paciência de incluí-la em suas aventuras.

– O que está fazendo aqui? – Collin perguntou a Indira, sorrindo, bocejando e passando uma mão pelo cabelo dourado, tudo ao mesmo tempo. – Espera aí. Isso é a Grammy? – ele acrescentou, apontando para a caixa de transporte nas mãos da irmã.

Indira olhou para o próprio corpo, com o cabelo caindo sobre os ombros curvados como respingos de tinta e combinando com as manchas de rímel descendo por suas bochechas. A gata completou a cena enfiando uma patinha peluda por entre as grades da caixa de transporte para prendê-la na blusa de Indira, pontuando a ação com um berro.

Pela primeira vez no que parecia uma eternidade, algo próximo de uma risada passou pelos lábios de Jude, mas veio a morrer em algum lugar em sua garganta. Fazia muito tempo que ele não ria. Às vezes, se perguntava se um dia iria rir outra vez.

Indira mordeu o lábio, inquieta.

– Eu… hum. E-eu lhe mandei uma mensagem, mas preciso… Bom, eu ia pedir pra ficar aqui, mas é melhor eu ir. Não sabia que você tinha, bom, sei lá.

Ela fez um gesto descuidado na direção de Jude.

Ótimo.

Collin soltou um suspiro desesperançado, aproximou-se de Indira e desenganchou as unhas de Grammy com cuidado.

– O que aquele bosta fez agora? – ele perguntou, tirando a caixa de transporte dos braços da irmã e a abrindo. Um animal sarnento foi ao chão e saiu correndo como um morcego infernal. Jude ficou olhando na direção dele.

– Nada! Bom, só…

– Collin! Olha só pra essa merda! – Jeremy irrompeu da porta dos fundos gritando e fez todo mundo pular de susto. Brandia as luvas de jardinagem sujas em uma mão e segurava uma abóbora enorme na outra. – Ah, oi, Dira. Não sabia que você vinha – ele acrescentou, com um sorriso largo.

– Parece que o motivo dessa visita inesperada foi seu querido primo – Collin disse, baixinho, olhando para o noivo.

– Cala a boca, Collin – Indira disse, batendo no ombro do irmão. – Está tudo bem. Não mete o Jeremy em confusão.

Era como se Jude precisasse se esforçar ao máximo para impedir que seus músculos reagissem aos ruídos repentinos, para manter as mãos ao lado do corpo, em vez de cobrir as orelhas ou a cabeça com elas.

Porém ele continuava ali, parado, porque queria parecer normal. Queria *ser* normal.

– O que aquele panaca fez agora? – Jeremy indagou, com aspereza, enquanto seus olhos se alternavam entre os irmãos.

– Indira trouxe todas as coisas dela, então deve ter sido ruim – Collin comentou, botando lenha na fogueira. O rosto de Jeremy se contraiu em ultraje.

– Segura a minha abóbora, Collin. Vou acabar com ele.

Jeremy passou a abóbora para o noivo e atravessou a cozinha para pegar o celular na bancada.

– Pode deixar, lindo. Vai nessa.

– Querem parar com isso? – Indira pediu, tirando o celular das mãos de Jeremy. – Vocês estão exagerando.

E de um jeito que sobrecarregava os sentidos de Jude. Ele respirou fundo, fechou os olhos e estalou os dedos, tentando fazer o coração desacelerar.

Havia prometido a si mesmo que não faria mais aquilo. Não andaria mais com aquela nuvem escura sobre sua cabeça, não quando Collin e Jeremy estavam vivendo um momento tão especial. Era o casamento de seu melhor amigo. Collin queria que Jude estivesse presente. Jude sabia que não conseguiria ficar totalmente presente em lugar nenhum, mas faria o melhor para esconder isso.

Devagar, seus sentidos se entorpeceram um pouco, com a adrenalina baixando em seu corpo como se fosse uma maré. A névoa que o envolvia era boa, e Jude se apegou a ela para abrir os olhos e fixá-los no grupo, mesmo que não conseguisse ver de verdade.

– Estou quase desconvidando o cara de ser padrinho – Jeremy disse.

– Minha nossa, por favor, não vamos chamar a atenção pra isso – Indira disse, com os olhos arregalados e manchas vermelhas se espalhando pelas bochechas claras. – Vamos todos nos acalmar.

Isso, seria *excelente* se todos pudessem se acalmar. Jude estava a uns dez segundos de cair de joelhos e implorar.

Jeremy fez uma careta, então disse, baixinho:

– Sem ele, o altar ficaria assimétrico.

– É um bom argumento – Collin sussurrou e trocou um olhar significativo com o noivo.

– Tá bem – Jeremy disse, depois de um momento. – Chris continua sendo padrinho. Mas não pode continuar com essa história de ir e voltar. – Ele se virou para Indira. – Vocês dois não são mais tão jovens. A esta altura da vida, isso é ridículo.

– Sempre foi *mútuo* – Indira retrucou. – Nós dois, como pessoas adultas e maduras, diferentes de outras que conheço – ela pontuou o que dizia com um olhar claro para Collin e Jeremy –, tivemos uma discussão e decidimos que… não sei. Não ficamos bem juntos. De novo, uma decisão mútua.

– É por isso que parece ter passado horas chorando? – Collin questionou, arqueando uma sobrancelha para Indira.

Ela deu um soco no ombro do irmão.

– Algo pode ser mútuo e doloroso ao mesmo tempo, seu idiota.

A expressão de Collin se abrandou.

– Sinto muito, Dira. Eu não quis fazer piada. Vem aqui.

Ele estendeu os braços para a irmã, que preferiu abraçar a si mesma, curvando as costas.

Jude compreendia aquilo. Tinha medo de que, se alguém o tocasse, ele fosse desmoronar.

Era muito mais seguro se manter em pé sozinho.

– E é claro que você pode ficar – Collin prosseguiu, apontando para as malas que ela havia deixado na sala.

– Tem certeza? – Indira perguntou, olhando de relance para Jude, que só piscou. – Não quero atrapalhar.

– Não seja ridícula. – Jeremy se desfez das palavras dela com um gesto. – A casa é espaçosa, e ter um padrinho e uma madrinha aqui, prontos para agir em caso de emergência, vai acabar se revelando uma bênção, você vai ver.

Indira olhou com ceticismo para o irmão e para Jeremy.

– Ah, que bom. Mal posso esperar para ser útil.

– Vou escolher ignorar esse seu sarcasmo, meu bem – Jeremy acrescentou, tocando o nariz de Indira com o dedo ao passar.

Collin pegou algumas malas da irmã enquanto Jeremy passava a alça de outra pelo ombro e os dois subiram a escada antes que Jude pudesse piscar – quanto mais absorver o que ocorrera nos últimos quinze minutos.

Aquilo estava se tornando um problema para ele, a incapacidade do cérebro de processar o que acontecia em volta, a constante desconexão com o corpo.

– Vai ser divertido – Collin gritou lá de cima –, nós três morando juntos por um tempo. Que nem quando éramos crianças!

Jude e Indira ficaram a sós, enquanto a energia vibrante de Jeremy e Collin se assentava como pó no silêncio prolongado.

Ela pigarreou.

– Então… Quanto tempo você vai passar aqui? – ela perguntou, inquieta.

– Sete semanas – Jude respondeu, tenso.

Indira assentiu, olhando bem no rosto dele.

– Onde você, hã, estava trabalhando? – ela perguntou.

Jude preferiria que Indira não se sentisse obrigada a bater papo.

– Passei cinco meses numa clínica para mulheres em Serra Leoa – ele respondeu, com desapego, embora pedaços de sua alma estilhaçada tivessem ficado enterradas no pequeno cemitério situado junto à igreja adjacente à clínica.

Indira abriu e fechou a boca algumas vezes. As perguntas ficaram entaladas em sua garganta.

– Você está bem? – ela conseguiu perguntar, com voz suave e curiosidade nos olhos.

A cabeça de Jude recuou em resposta. A pergunta levou seus pensamentos a múltiplas direções.

Claro que ele estava bem, era o que queria dizer a Indira. Estava vivo e na casa de Collin, e não olhando para uma mesa de cirurgia ensanguentada. Além disso, estava ficando bom em não sentir nada a maior parte do tempo.

Menos quando sentia tudo.

– Estou – Jude conseguiu responder, embora sua voz tivesse subido uma oitava. – Estou ótimo. Por quê?

Indira deu de ombros e avançou um passo.

– Você parece… sei lá. Diferente.

Ela inclinou a cabeça, olhando para Jude como se pudesse ler cada segredo terrível escrito em sua pele.

– Só estou… cansado.

Jude forçou um bocejo. Indira não pareceu convencida.

Filha da mãe.

– Tem *certeza* de que você está bem? – ela indagou, dando outro passo na direção de Jude. Indira estendeu o braço e seus dedos tocaram o pulso dele em um gesto amistoso.

O toque disparou um choque que foi direto para a medula e percorreu a espinha, enquanto um calor correspondente se espalhava por seu peito.

A familiaridade desorientadora do toque fez sua cabeça zunir. O conforto gentil que trazia.

A sensação era… *boa.*

Jude recolheu o braço e suas mãos se cerraram em punho nas laterais do corpo enquanto puxava o ar.

Ele não podia permitir.

Jude não ia se sentir bem quando era o motivo pelo qual algumas pessoas nunca mais sentiriam nada.

Ele e Indira ficaram olhando um para o outro, ela com os lábios entreabertos e piscando.

– Desculpa – Jude disse, e pigarreou. – Fez, hum, cócegas.

Indira franziu os lábios. Não parecia convencida, porém assentiu. Os dois continuaram ali, com Jude louco para escapar, mas sem conseguir.

– Quer almoçar comigo? Ou jantar? – Indira perguntou de repente, desnorteando Jude.

– Eu não como – ele soltou, a primeira desculpa em que conseguiu pensar. Não podia fazer nada tão íntimo quanto *comer* com *Indira* e esperar sobreviver. Não podia se sentar diante dela à mesa quando o peso das lembranças o arrastava para o inferno.

Ah, não. Indira faria uma pergunta, talvez duas, e tudo de pior em Jude jorraria como uma maré incontrolável de verdade, e ela teria que viver com a consciência dos pecados dele. Não. De jeito nenhum. Jude nem gostava dela; não ia lhe revelar sua alma.

– Você não come – Indira repetiu, com o cinismo familiar com o qual se dirigia a ele desde a infância de volta à sua voz.

– Larguei o vício – Jude disse, dando de ombros e tentando se safar com sarcasmo.

Indira o encarou por um momento. Sua curiosidade terna se transformou em descrença insultada antes que ela soltasse o ar e olhasse para a porta da frente.

– Beleza – ela acabou dizendo, como quem estendia um ramo de oliveira. – Beleza, beleza, beleza, beleza. Bom… bem-vindo de volta. Espero que curta a desnutrição.

Ela passou por ele com a testa franzida e seguiu para a escada.

Jude soltou o ar e apertou a base das mãos contra a testa antes de arrastá-la para o rosto.

Por enquanto, seu retorno estava sendo *ótimo.*

Jude seguiu para a escada também, para fugir para o santuário de seu quarto – do quarto de hóspedes de Collin –, um lugar silencioso, seguro e solitário. No entanto, as vozes abafadas dos dois irmãos no andar de cima, cortadas pelo som de uma porta batendo e pelos passos pesados de Collin subindo mais um lance de escada até o terceiro andar, onde ficava a suíte principal, o impediram. Só então Jude se deu conta da cereja daquele bolo todo ferrado.

O outro quarto de hóspedes ficava colado ao quarto dele.

O que significava que pouco mais de dez centímetros de parede separariam Indira e Jude no futuro próximo.

Ele estava ferrado mesmo, para dizer o mínimo.

CAPÍTULO 4

Indira

Indira decidiu que, se já houvera um momento apropriado para marcar uma sessão de emergência com a terapeuta, era aquele.

– Estou triste pra caramba. O tempo todo – ela contou, com a voz falhando enquanto piscava para segurar as lágrimas. Não queria que a dra. Koh a visse chorando. – É como se minhas entranhas estivessem sempre retorcidas e uma mão espremesse meu coração. É uma tristeza tão profunda que às vezes sinto dificuldade de respirar.

A dra. Koh assentiu de leve.

– E sabe o que não consigo tirar da cabeça? – Indira perguntou, contraindo o rosto em aversão. – Por que manteiga de amendoim? *Por quê?* Não estou criticando os interesses de ninguém, mas não consigo pensar num alimento menos *sexy* que manteiga de amendoim, sério.

– Bem – a dra. Koh disse, após Indira ficar em silêncio por um minuto. – Você tem bastante no que pensar.

O eufemismo fez Indira olhar para a terapeuta na mesma hora.

– O que os sentimentos relacionados à situação com Chris trazem à tona em você? – a dra. Koh perguntou, com delicadeza.

– Dúvida quanto a se vou conseguir comer sanduíches de manteiga de amendoim e geleia de novo.

– Justo. Mas e no nível emocional?

Indira soltou o ar. Ela não sabia, droga.

– Não sei – Indira respondeu, sincera. – E acho que em parte é por isso que eu me sinto tão mal.

A dra. Koh franziu os lábios.

– Explique para mim. Não sei se entendi.

– Sinto que... – Indira buscou adjetivos e emoções, contudo nenhum pareceu apropriado. – Não sei como me sinto. E *isso* me deixa desconfortável.

– Desconfortável como?

Indira começou a sacudir o joelho.

– Sou psiquiatra. Eu deveria ter inteligência emocional e habilidades de enfrentamento bem desenvolvidas, mas... não consigo nem entender como estou me sentindo, merda. Como vou ser útil para meus pacientes, ou para quem quer que seja, se não consigo ajudar nem a mim mesma?

A dra. Koh se recostou, com a testa franzida.

– Por que acha que suas experiências pessoais e emocionais impedem você de contribuir para o tratamento de seus pacientes?

– Eu... não sei – Indira respondeu, jogando a cabeça para trás e olhando para o teto. Ela queria gritar. – Só me sinto inútil. Como se fosse fracassar com os outros porque não consigo nem ajudar a mim mesma.

– Você está projetando suas dificuldades atuais nos seus pacientes? – a dra. Koh questionou.

Indira voltou a endireitar a cabeça para encarar a dra. Koh.

– Não. Eu... não.

– Você está interferindo nas consultas discutindo seus sentimentos e dificuldades pessoais?

– Claro que não.

– Você está abusando deles? Manipulando-os? Parece entediada ou distante nas consultas? Está negligenciando seus pacientes?

– Não – Indira respondeu, erguendo a voz. Ela se importava com os pacientes, com o bem-estar, com a melhora deles. Era ofensivo sugerir aquelas coisas.

– Então espero que entenda que suas dificuldades emocionais, com as quais você lida na sua terapia *pessoal* que faz em seu tempo livre, não a impedem de ser útil a seus pacientes. Talvez até levem você a trabalhar para estar mais presente para eles.

Indira mordeu o lábio enquanto pensava a respeito. Havia passado uma parte tão grande de sua vida sentindo que não era boa o bastante para os outros – que era alguém que, não importava o quanto tentasse, sempre acabava abandonada –, que aceitar aquela linha de raciocínio parecia difícil e muito desconfortável.

A dra. Koh pigarreou.

– Você acha que alguns desses sentimentos que estão lhe fazendo questionar se é adequada têm a ver com seu pai…

– Não – Indira respondeu na mesma hora. – Isso foi um soluço na minha linha do tempo. Nem vale a pena discutir.

A dra. Koh inclinou a cabeça e olhou para ela de uma maneira que sugeria que valia muito a pena discutir, sim. Indira fez questão de olhar para o celular.

– Ah, nossa, olha a hora. Não quero atrasá-la – ela disse, passando as mãos pelas bochechas para garantir que nenhuma lágrima havia escapado antes de se levantar.

– Agradeço sua consideração pelos meus horários – a dra. Koh disse, olhando para o relógio. – Mas garanto que nos estendermos um pouco por conta de uma discussão honesta não seria um problema.

Indira franziu os lábios e assentiu.

– Claro. Claro. Só não quero ser *esse* tipo de paciente, sabe?

Ela se dirigiu à porta.

– Indira? – a dra. Koh a chamou.

Indira parou e olhou por cima do ombro, com a mão já na maçaneta.

– Não tenho dúvida de que você é ótima no que faz. Psiquiatras têm uma compreensão especial do ponto onde os desequilíbrios químicos e as emoções se encontram. Mas, quando vem aqui, espero que saiba que não há necessidade de vestir essa camisa.

– Eu… há… não uso camisa – Indira disse, olhando para o chão. – Não me favorece.

A dra. Koh foi indulgente a ponto de dar uma risadinha.

– Certo. Mas o que estou querendo dizer é que, nas nossas sessões, você não precisa bancar a médica no controle. Não precisa ser uma fonte de sabedoria ou força. Não precisa ser nada além de humana. Estou aqui para ouvi-la. Estou aqui para você. Tudo bem baixar a guarda nessa uma hora que se reserva toda semana.

Indira ficou em silêncio, com os dentes cerrados e o maxilar tenso. Parte dela queria se entregar. Cair no tapete feio da dra. Koh e contar tudo. Ela queria falar sobre a dor que nunca passava. O buraco em seu coração que ninguém parecia capaz de preencher. Queria revelar cada medo que consumia suas energias.

Seu maior desejo era apenas ser amada, e ela não tinha certeza de que isso aconteceria.

No entanto, admitir isso, lançar luz sobre os cantos obscuros de seus pensamentos, tornaria tudo o que doía e que ela havia reprimido ainda mais real. Mais dolorido.

Então endireitou a coluna, engoliu o nó na garganta, levantou a cabeça e sorriu para a dra. Koh.

– Obrigada – Indira disse. – Obrigada por dizer isso. Sinto que aproveito bem nossas sessões.

A dra. Koh assentiu, e Indira saiu da sala e do prédio para a rua certa de que já tinha pensado em seus sentimentos o bastante por um único dia.

Ela trabalhava duro para esconder dos outros todas as suas partes confusas, e a honestidade crua que vinha de ser paciente em uma sessão de terapia sempre a deixava um tanto sem prumo. Indira procurou deixar aquilo de lado e pegou o trem para voltar para a casa de Collin, prometendo a si mesma que choraria no travesseiro assim que chegasse em casa.

O lado positivo daquela merda toda em que havia se metido era que ela não se preocupava em parecer mal na frente do irmão e, por extensão, de Jeremy. Indira e Collin haviam se apoiado durante tanta coisa enquanto cresciam que se sentia totalmente segura em baixar a guarda com ele.

Nem mesmo o pé no saco que era Jude a fazia se sentir obrigada a apresentar a melhor versão de si mesma. Indira o conhecia fazia tempo demais – e os dois haviam presenciado o pior do outro no desconforto da adolescência – para se preocupar com o que ele pensava dela. Alguns pequenos alívios, mesmo que da fonte mais insuportável do mundo, nunca mudariam.

CAPÍTULO 5

Jude

Morar com Indira, Collin e Jeremy era um assalto aos sentidos. Os irmãos pareciam honrar seus antepassados gregos e italianos procurando se superar no volume de voz, e Jeremy se deleitava com o barulho. Jude não sabia de outras três pessoas que rissem com tanta frequência e fizessem tanto escândalo. A não ser quando Lizzie Blake, uma das melhores amigas de Indira desde o Ensino Médio, os visitava. Então o barulho alcançava outro nível.

Ao longo dos últimos dias, ele descobrira uma maneira de passar o tempo com Collin sem colocar seus tímpanos em risco (na maior parte): assistir a *Grey's Anatomy.*

– *Fica comigo. Me escolhe. Me ama* – Collin sussurrou acompanhando Meredith Grey na TV, pressionando o encosto do sofá com a cabeça e chorando.

Quando o episódio terminou, Jude se levantou e andou em círculos pela sala, com as mãos na cintura, esforçando-se para não chorar.

– Eu falei que era bom – Collin disse, abrindo um sorrisinho para o amigo que fazia rugas se formarem nos cantos de seus olhos vermelhos.

– Tem seus momentos – Jude reconheceu, enfim se recuperando e conseguindo abrir os olhos sem a pressão das lágrimas por vir. Ele *nunca* chorava. O que estava havia de *errado* com ele?

– Se os atores soubessem como é difícil agradar você, dariam mais valor a esses comentários do que aos Emmys que ganharam.

Jude revirou os olhos no caminho até a geladeira para pegar uma garrafinha de água.

– Então, hum, mais um? – ele perguntou, tão casualmente quanto possível, passando por cima das pernas esticadas de Collin para se sentar no sofá.

– Achei que você não ia pedir, superfã – Collin respondeu, pondo o episódio seguinte. Jude grunhiu em resposta.

Alguns minutos se passaram antes que Collin pausasse a série e se virasse para o amigo.

– Estou muito feliz por você ter vindo – ele falou, com um sorriso sincero. – Senti sua falta.

Jude quase se desfez em soluços histéricos naquele minuto. Por que os comentários mais simples tinham o poder de trazer tudo à tona?

– Claro que vim – ele disse, sentindo a língua grossa e a boca dormente enquanto tentava ignorar a rachadura se abrindo em seu peito. – Você sabe que não perderia seu casamento por nada.

– Eu sei mesmo. Mas ainda fico feliz por ter vindo.

Jude não sabia o que dizer sem que o peso dos sentimentos virasse seu coração do avesso, por isso só assentiu e tomou um gole de água.

– E… está tudo bem? Com você? – Collin perguntou, com uma falsa casualidade na voz. – Com o trabalho na OGCS e tudo o mais?

Droga. Jude odiava aquela pergunta.

Não havia palavras que expressassem como *não* estava tudo bem, mas, se ele se esforçasse o bastante, não teria que encarar aquela verdade.

– Tudo bem – Jude mentiu, forçando as palavras a sair pelos dentes cerrados enquanto cutucava o rótulo da garrafa de água com o dedão. – É um trabalho que sempre me oferece a oportunidade de dar bom uso à minha especialização.

E de falhar com centenas de pessoas.

Antes, Jude amava ser médico. Fora seu sonho desde que descobrira que se tratava de uma profissão. Cirurgias de emergência, em especial, provocavam uma faísca nele, um barato quase espiritual em sua intensidade. Jude havia trabalhado com foco implacável durante toda a faculdade e o primeiro ano da residência.

Não havia sentimento mais poderoso do que o de ser o motivo pelo qual uma vida fora salva, do que o de ser testemunha da fragilidade oculta de um corpo e saber como agir diante dela, e Jude perseguira isso.

Agora, porém, não perseguia mais. Em vez de buscar esse poder, Jude corria dele, sabendo que nunca encararia nada de mais assustador.

– Legal – Collin disse, arrastando a palavra, como se outra pergunta fosse se seguir. – Mas se quiser conversar…

Por sorte, a voz de Indira, aguda e cortante, interrompeu o arremedo de conversa.

– Collin! – ela gritou, seus pés batendo contra os degraus enquanto corria na direção deles.

Por impulso, Jude se levantou e foi até o pé da escada. O medo subiu por sua coluna, parte dele atraída pelo som de alguém precisando de ajuda, parte dele querendo fugir daquilo. Indira parou no penúltimo degrau da escada, com lágrimas nos olhos e a boca retorcida. Seu olhar expressava ao mesmo tempo confusão e desafio.

– Hã, sai da frente, por favor – ela pediu, franzindo o nariz e a testa, e passando por ele para chegar à sala de estar.

O corpo de Jude demorou a perceber que estava na casa de Collin – não sob ataque, não em perigo. Ele tentou afastar a sensação.

– Fico feliz em ver que seus modos estão melhorando – Jude murmurou.

Ele vinha percebendo que a irritação era um dos sentimentos mais fáceis que podia acessar, principalmente com Indira. Aquilo era tão familiar com ela que parecia quase reconfortante. Não era nem de perto tão assustador quanto todos os outros sentimentos que tentavam abrir as portas de sua mente.

Indira virou a cabeça para olhá-lo, seu perfil delineado pela luz suave que entrava pelas janelas. Ela passou a língua nos lábios carnudos e abriu um sorriso bonito, o que, por algum motivo bizarro, fez o coração dele acelerar.

– Como você é espertinho – Indira debochou, seu sorriso se transformando em algo mais sinistro. – Só que hoje não tenho energia para fingir que ouço você.

Ela voltou a lhe dar as costas, seguiu para o sofá e se jogou ao lado de Collin. Jude ficou tentando pensar no que dizer, como um tolo.

Estava descobrindo que uma de suas questões com Indira – uma de suas *muitas* questões – era que ela havia se tornado uma mulher linda, o que sempre o pegava de surpresa. Tinha braços e pernas compridos e curvas graciosas, e seu cabelo volumoso emoldurava seu rosto como as pétalas de uma flor.

E aqueles olhos cor de uísque. Que só tinham ficado mais intensos com os anos.

Indira ainda tinha uma energia desconcertante, como se sua percepção do mundo fosse aprimorada por seus sentidos aguçados. Como se visse tudo e todos por dentro, e cada movimento que observava fosse traduzido em um relatório detalhado em sua cabeça, que ela estudava de todos os ângulos possíveis até que a pessoa ficasse com a impressão de que Indira sabia coisas a seu respeito que ela mesma não sabia.

E, cara, ela sabia exatamente como cutucar Jude e pôr abaixo sua fachada calma e firme. Ou pelo menos fingia ser o caso.

– O que foi, Dira? – Collin perguntou, embora parecesse mais interessado em mexer na configuração da TV.

Indira enfiou o celular debaixo do nariz dele.

– Você sabia disso? – ela perguntou, com a voz baixa e entrecortada.

Collin piscou para o celular e franziu as sobrancelhas junto com a testa.

– O que… o que é isso?

Seus olhos se alternaram entre Indira e Jude, como se o amigo tivesse alguma ideia do que estava acontecendo.

– Ele vai ter outro filho – Indira disse, metendo o dedo na tela.

Jude sentiu um aperto no coração. Já tinha ouvido Indira dizer *ele* daquele jeito, com descrença e desdém, vezes o bastante para saber que ela se referia ao pai.

O sr. Papadakis era, para dizer o mínimo, um idiota caloteiro. Collin quase não falava sobre a partida do pai, no entanto, quando falava, era de maneira marcada pela dor, pela perda e pela confusão.

Em algumas ocasiões, ainda mais raras, ao longo da faculdade, Indira e Collin haviam conversado a respeito do pai na frente de Jude, chorando ao cutucar a ferida aberta das promessas vazias e frequentes.

– Ele ligou pra você? – Collin perguntou, e o leve toque de esperança na voz do amigo fez Jude se sentir ainda pior. Collin era otimista e inocente, e Jude odiava vê-lo magoado.

Indira riu.

– Claro que não. Descobri pelas redes sociais. A esposa atual postou uma merda de uma foto hoje de manhã.

Ela rolou a tela e a virou para Collin outra vez. Jude tentou ver por cima dos ombros dos irmãos.

Era uma foto do sr. Papadakis com a terceira esposa, Brooke-Anne. Os filhos gêmeos pequenos, usando roupas iguais, se agarravam às pernas deles. Os adultos seguravam uma foto de ultrassom e se beijavam. A legenda dizia: *Nossa família perfeita vai ficar ainda mais perfeita.*

A boca de Collin ficou entreaberta por um momento. Jude sabia que ele estava tentando encontrar uma maneira de manipular a verdade, de algum jeito arranjar uma desculpa para aquele homem que só o decepcionava. Indira, de sua parte, operava na base da raiva, com os olhos atentos e a mandíbula cerrada, com um músculo pulsando.

– Tenho certeza de que ele estava esperando o casamento para contar pra gente – Collin disse, olhando nos olhos da irmã. – Aposto que queria nos surpreender dando a notícia pessoalmente. Você sabe que Brooke-Anne é obcecada por redes sociais, ela não devia saber o que ele estava planejando, ou só não pensou direito.

– Não acredito que você o esteja defendendo– Indira disse, torcendo os lábios. – Ele nem deveria ter sido convidado.

– Indira, não vou entrar nessa briga de novo – Collin disse, levantando-se do sofá. A irmã o seguiu, e os dois abriram caminho pela sala a passos furiosos.

Jude ficou onde estava, sentindo a tensão e as emoções penetrarem sua pele, enrijecerem seus músculos e tendões, enquanto os irmãos o circulavam.

– Não precisamos brigar se você pensar um minuto que seja a respeito. Ele é péssimo, Collin. Por que vai se permitir ser magoado ainda mais?

O coração de Jude tamborilava e suas palmas suavam diante do aumento no volume de voz. O barulho era como um peso sobre seu peito enquanto tentava respirar.

– Desculpa por querer ter um relacionamento com meu pai – Collin disse, erguendo os braços e fazendo Jude se encolher diante do movimento repentino. – Você tem razão. Ser pessimista que nem você é mais saudável.

Indira jogou a cabeça para trás e abriu a boca para responder.

– Posso pegar o carro emprestado? – Jude gritou, já se afastando deles e cerrando as mãos trêmulas ao lado do corpo.

Os dois piscaram por um momento, como se tivessem se esquecido de que ele estava ali.

– Claro – Collin disse afinal, balançando a cabeça de leve. – A chave está num prato de cerâmica no corredor.

Jude assentiu em agradecimento e disparou porta afora, engolindo o ar fresco de outubro pela garganta que se fechava.

Ele se trancou dentro do carro, ligou o motor e saiu sem olhar para a rua, tentando acalmar as mãos trêmulas e o estômago revirado, enquanto um suor frio brotava em sua pele e a fazia formigar. Não importava quantas vezes respirasse, não conseguia impedir a mente de girar.

Era tudo excessivo. Demais. O barulho e a tensão, tudo descendo por sua espinha, dominado pela sensação de que seria partido em dois.

Depois de alguns quarteirões, Jude estacionou e desligou o motor, então ficou segurando o volante por um momento antes de socá-lo, botando para fora, aos gritos, toda a mágoa que ameaçava fragmentá-lo.

Qual era o problema dele? Quem havia se tornado? Jude não se reconhecia mais, e isso o deixava assustado pra caramba.

Ele já havia ouvido Indira e Collin discutindo. Quando pequenos, os dois não conseguiam ter uma conversa que fosse sem que alguém acabasse levantando a voz. E agora, de repente, não conseguia mais lidar com aquilo.

Ele não conseguia mais lidar com coisa *nenhuma*. E se odiava por aquilo.

Deveria ser capaz de se controlar, de controlar seu mundo. Sempre fora um médico racional, equilibrado e *talentoso*. O propósito de sua vida era ajudar pessoas. Mas ali estava ele, um homem absolutamente destroçado e sem ter ideia do que fazer. Tinha nojo de si mesmo.

Pensamentos e emoções cortavam seu cérebro em lampejos ofuscantes, nenhum deles se demorando o bastante para que Jude conseguisse compreendê-los. Não importava. Já havia um bom tempo que nada fazia sentido para ele.

Jude conseguiu então controlar a respiração e seu coração parou de ameaçar abrir um buraco em seu peito.

Com o corpo cansado e formigando, ele deu a partida. Sem pensar muito – estava cansado de pensar, na verdade –, começou a dirigir, fazendo um caminho que conhecia bem demais.

Jude passou por estradas, paisagens urbanas e trechos de colinas verdes, até chegar a um lugar que vinha evitando desde que voltara.

Sua casa.

CAPÍTULO 6

Sem registrar a maior parte do caminho, Jude acabou diante de seu lar de infância, o carro parado enquanto ele próprio observava a casa branca com porta verde.

Jude amava os pais. Admirava os dois profundamente.

O que significava que o ressentimento que o invadia toda vez que pensava em vê-los o atolava na própria aversão.

Os pais sempre suaram para pagar as contas – o pai era operador de máquinas na Companhia de Gás da Filadélfia e a mãe era professora de pré-escola durante o dia e garçonete durante a noite.

Eram um daqueles casais da classe trabalhadora amaldiçoados com golpes financeiros frequentes e quase devastadores, com causas que iam de carburadores explodindo a acidentes bizarros e uma boa quantidade de emergências médicas.

Desce do carro, Jude disse a si mesmo, enquanto permanecia sentado e seu coração parecia serrar o esterno. *Entra pra ver seus pais. Sorri pra eles. Foi por eles que você fez tudo isso.*

Jude havia visto as dívidas corroerem os pais naquela casa, cada salário tão justo a ponto de as vezes não sobrar nada, aumentando o peso sobre as costas dos dois enquanto tentavam se manter à tona.

Jurou que não viveria da mesma maneira. Não levaria uma vida em que cada ação era ditada pelo fardo esmagador das contas se empilhando na mesa e das contas bancárias sem fundos.

Jude prometeu a si mesmo que a realidade deles mudaria também.

Reunindo toda a força interior e a tranquilidade que lhe era possível, ele saiu do carro, passou pelo jardim bem cuidado e subiu os três degraus de pedra que levavam à porta da frente. Da porta que sempre sonhara em comprar para os pais.

Jude não tinha um salário tão alto quanto o dos colegas que trabalhavam em hospitais, porém, ainda assim, a OGCS pagava bem, e, como seus gastos eram muito baixos, sempre sobrava dinheiro.

Que ele mandava quase todo para os pais.

Jude nunca havia se sentido tão orgulhoso quanto no dia em que escrevera para eles explicando que havia quitado a dívida da casa, um fardo financeiro que forçaria os pais a trabalhar até não poderem mais. Agora, graças a Jude, eles pensavam até em se aposentar.

Aquilo fazia tudo o que ele havia visto valer a pena. Quase.

Jude respirou fundo uma última vez e bateu à porta, então recuou um passo e esperou.

O rosto da mãe apareceu do outro lado do vidro, suas feições roliças e doces passando da saudação à confusão e à pura alegria.

– Minha nossa! – ela gritou, abrindo a porta e abraçando o filho. Jude era muito mais alto que a mãe, mas não importava. Maria o agarrou e o puxou para si.

– Filho – ela exclamou, pressionando o nariz entre o pescoço e o ombro de Jude para sentir seu cheiro. – Você veio. O que está fazendo aqui?

Maria se afastou e chamou o marido.

– Don – ela gritou, puxando Jude para dentro de casa. – Don, vem aqui.

Don, um homem imponente, mas gentil, de natureza tranquila, chegou, arregalando os olhos diante daquela visão. Ele inspirou fundo e foi abraçar o filho.

– Oi, pai – Jude sussurrou, retribuindo o abraço.

– Agora é minha vez – a mãe disse depois de um tempo, e abriu caminho para abraçar o filho de novo.

Ela era uma mulher pequena, mas com delicadeza conduziu Jude até a sala de estar e o acomodou no sofá. Ele olhou em volta, absorvendo os bibelôs sobre a cornija da lareira, o velho carpete castanho marcado pelas linhas perfeitas do aspirador. Não era muito, contudo cada fibra daquele lugar transbordava orgulho.

– O que está fazendo aqui, filho? – Maria perguntou, os olhos arregalados com surpresa e alegria.

Jude pigarreou.

– Consegui uma licença prolongada para o casamento de Collin.

Maria bateu palmas, animada e abriu um sorriso para Don, que estava sentado em sua poltrona, com um sorriso sereno no rosto.

– Isso é maravilhoso. Quanto tempo vai ficar? Quando foi que chegou? Por que não avisou que viria? Vai ficar no Collin? Quer ficar aqui?

As perguntas foram feitas com uma velocidade estonteante. Jude só conseguiu piscar em resposta.

– Você está tão magro – Maria continuou, fazendo *tsc-tsc* enquanto segurava o rosto do filho nas mãos. Com os dedões, acariciou suas bochechas. – E parece muito cansado. Não tem dormido bem?

Jude não conseguiu forçar as palavras a saírem de sua boca. Ficou só olhando para a mãe, o rosto redondo e doce e o sorriso caloroso. Ele se sentia tão reconfortado que parecia que uma bola de calor ardia dentro de seu peito.

No entanto, se sentimentos bons o inundavam, o medo vinha logo atrás, perseguindo tudo o que o fazia se sentir seguro.

De novo, ele congelou diante do peso familiar em sua mente desconjuntada, que processava tudo muito lentamente e desconfiava de tudo o que era bom.

– Não se preocupa – ela disse, batendo nas bochechas dele e sorrindo. – Estou fazendo molho. Você vai engordar rapidinho.

Maria o levou para a mesa e arrastou o marido junto. Com os dois homens sentados, ela começou a perambular pela cozinha pequena, pegando pratos e enchendo de macarrão.

– Você chegou na hora certa, filho – ela disse, cobrindo o linguine com molho vermelho e colocando colheradas de parmesão ralado por cima. – Não posso dizer que estou surpresa, porque você sempre sentiu o cheiro do meu macarrão de longe.

Maria piscou para o filho antes de colocar uma bela quantidade de parmesão no prato de Don também.

Jude conseguiu sorrir. Apesar das dificuldades que os pais tinham enfrentado quando ele era pequeno, o almoço de domingo – servido precisamente às três da tarde – sempre fora prioridade.

Don passava as manhãs de domingo fazendo a massa enquanto Maria punha o molho para ferver antes mesmo que Jude acordasse. O cabelo dela ficava todo enrolado por conta da umidade na cozinha. O menino precisava chegar em casa quinze minutos antes, para tomar banho e arrumar a mesa antes que se sentassem todos juntos.

– Que bom que nada mudou – Maria acrescentou, puxando a cadeira para mais perto do filho e voltando a apoiar uma mão de maneira carinhosa na bochecha dele.

Jude teve a impressão de que seu coração saltava do peito e se despedaçava no piso de linóleo.

Como queria que aquilo fosse verdade. A sensação era de que suas estranhas estavam sendo espremidas em um tubo de metal, fazendo-o exalar pânico.

De alguma maneira, Jude encontrou a porta do pequeno alçapão que havia em seu cérebro – aquele que lhe permitia fugir do caos e mergulhar no entorpecimento. Aquilo era mais fácil do que encarar pais amorosos e revelar como tudo havia mudado.

As pernas de Jude não paravam quietas. Ele pegou o garfo com os dedos trêmulos e se esforçou para que o macarrão passasse pelo nó em sua garganta enquanto os pais continuavam falando.

– É o melhor molho que você já fez – Don comentou de boca cheia, sorrindo para a esposa.

– Você diz isso toda semana – Maria respondeu, dando um tapinha de brincadeira nele.

Jude se permitiu afastar-se mais ainda – dissolver-se no espaço cinza onde as coisas fluíam por ele. Fechou-se tão profundamente em si mesmo que ficou chocado quando descobriu que duas horas haviam se passado, o almoço terminara e ele não se lembrava de nada além da mecânica básica. De alguma maneira distante e desconexa, sabia que os pais haviam feito perguntas. E que ele tinha respondido. Também perguntara ao pai sobre o trabalho, à mãe sobre sua turma atual, e deixara que seguissem falando sem que ele próprio estivesse presente de verdade.

– Você está bem, filho? – a mãe perguntou baixinho, pegando as mãos dele nas suas. Seus olhos percorreram o rosto de Jude, que piscou para disfarçar.

A culpa o corroía por dentro, como um ácido. Uma preocupação suave e sutil enchia de rugas as feições da mãe. Entretanto, Jude não podia se permitir aquilo. Se abrisse a porta para alguém, uma frestinha que fosse, todo o mal extravasaria dele.

– Estou, sim – Jude respondeu, apertando de leve a mão dela antes de recolher a sua. – Só comi demais – acrescentou, tentando colocar um sorriso no rosto enquanto dava tapinhas na barriga. Cada centímetro seu parecia oco. – Já está tarde. Melhor eu ir.

A expressão de Maria era de ceticismo.

– Não quer dormir aqui? Sempre deixamos seu quarto arrumado.

– Não – Jude respondeu. Rápido demais. Seco demais. Apesar disso, sabia que passar a noite com seus pais maravilhosos, naquela casa aconchegante, seria doloroso demais. – Obrigado – Jude se corrigiu. – Mas preciso mesmo ir.

Ele abraçou a mãe e abraçou a pai e prometeu voltar em breve.

A tensão que tomava conta de seu corpo cedeu um pouco no caminho de volta, enquanto se perdia no brilho dos faróis. Naqueles momentos, quando ficava suspenso no próprio corpo, distante o bastante para não sentir dor, Jude quase se convencia de que estava bem. De que suas reações cortantes e instáveis eram normais. De que ninguém percebia como ele havia mudado. De que voltar, não seria um problema… que não o destruiria.

Parte dele gostava de estar em casa. Era bom passar um tempo com Collin e ver seu melhor amigo feliz e apaixonado.

Ele até meio que tinha… gostado de ver Indira. Principalmente porque, depois de todos aqueles anos, o fato de que ela o irritava permanecera intocado. Era agradável saber que havia pelo menos uma coisa em sua vida que não corria o risco de mudar.

Quando estacionou na garagem de Collin, Jude estava exausto. Tudo o que queria era tomar um banho quente e cair na cama. Ele entrou em silêncio, deixou a chave do carro no aparador à entrada e se arrastou escada acima.

Jude se dirigiu ao banheiro, a primeira porta à esquerda, só para tomar uma chuveirada e escovar os dentes antes de se deitar.

Ele abriu a porta e levou uma mão à bainha da blusa enquanto já esticava a outra para fechar o banheiro.

Então uma inspiração profunda deu início a um efeito dominó que percorreu todo o sistema dele, com todos os sentidos despertando.

Primeiro, sentiu o ar quente e úmido do banheiro contra sua pele. Depois, o aroma de algo terroso, macio e sensual, que envolveu seu corpo como um abraço. Os olhos, lentos, perdiam e recuperavam o foco com a passagem do vapor. Quando sua vista clareou, ele viu tudo – cada centímetro – em alta definição.

Unhas dos pés pintadas de *pink* apoiadas no vaso sanitário. Mãos paradas ao redor da panturrilha de uma perna comprida coberta de hidratante. Quilômetros de pele oliva. A curva do quadril. O afinamento da cintura. Cotovelos pontudos. As leves elipses dos ombros. Os cachos escuros colando no pescoço fino e o maxilar anguloso.

Os olhos de Jude enfim encerraram sua viagem e aterrissaram nos olhos castanhos e grandes e na boca entreaberta. Ela parecia uma coruja horrorizada olhando para Jude.

Que olhava para ela igualmente horrorizado.

Um grito de gelar o sangue se seguiu.

– Que merda você está fazendo? – Indira perguntou, endireitando-se com um movimento que fez Jude baixar os olhos.

– Não. Não! – ele gritou de volta, dando um tapa no rosto e jogando o corpo contra a porta fechada.

– Sai! – Indira ordenou, batendo no vidro do boxe para enfatizar seu ponto.

– Ah, minha nossa, não – Jude repetiu, atrapalhando-se com a maçaneta da porta, que parecia ter se dissolvido nos segundos que se seguiram à visão de Indira Papadakis. Nua. Havia visto Indira nua.

Ele a havia visto nua e ela era inegavelmente gostosa, e Jude não tinha ideia do que fazer com aquela informação, porque seu coração começou a martelar no peito e seu cérebro entrou em curto-circuito, e ele não parava de repassar diferentes partes do corpo nu de Indira e sua pele linda e escorregadia. O osso do tornozelo. As curvas das clavículas. O volume de seus...

– Vou matar você, Jude Bailey! – Indira bradou, jogando algo que parecia ser uma esponja de banho na cabeça dele. O objeto aterrissou no piso frio com o barulho de algo molhado.

– Ai, preciso sair daqui! – Jude gritou, totalmente virado para a porta e ainda tentando encontrar a maçaneta.

– Abre a porta, seu idiota!

Jude enfim conseguiu abri-la, saiu para o corredor e desceu a escada correndo, assustando a gata de Indira no caminho. Grammy soltou um grunhido perturbador ao pular e se agarrou à calça dele, fincando as garras.

– Socorro! – Jude disse, tropeçando e aterrissando com um baque alto no piso de madeira.

Ele conseguiu se livrar das garras de Grammy e se levantar, então começou a andar de um lado para o outro da sala, sentindo pânico, horror e algo parecido demais com tesão pulsando em suas veias. Precisava ir para o mais longe possível daquele banheiro, no entanto seu cérebro não funcionou por tempo suficiente a ponto de *levá-lo* a outro lugar.

Passos pesados no andar de cima e portas batendo só fizeram seus batimentos cardíacos acelerarem ainda mais, e ele tentou enfiar todas as imagens mentais de Indira molhada em uma caixinha em seu cérebro na qual poderia tocar fogo e nunca mais lembrar.

Seguiu-se um momento de silêncio abençoado e pacífico que durou o bastante para que Jude se iludisse com a possibilidade de o caos ter chegado ao fim.

Então a escada começou a ranger com os passos de Indira descendo.

Jude se atirou no sofá, esforçando-se para posicionar os braços e as pernas de uma maneira que, ele torcia, parecesse casual e ao mesmo tempo escondesse seu pau duro e piorando (o que era muito confuso). O que era aquilo? Ele não devia ter… uma *ereção* por causa de Indira. Era loucura.

Jude pegou o controle remoto e apertou uns quarenta botões para garantir que tivesse algo – qualquer coisa, droga – passando na TV, na esperança de que o barulho de alguma forma afogasse os pensamentos que, em hipótese alguma, ele deveria ter em relação à Indira Papadakis.

Ela enfim chegou. De canto de olho, Jude notou que estava vestida, de moletom e calça de pijama escura e larga. O que era ótimo. Excelente.

No entanto, aquilo não substituía as imagens que ele ainda tentava descartar do cérebro em pane.

– Isso parece avançado demais para você – Indira comentou, tranquila, acenando com a cabeça para o programa infantil no último volume que passava na TV. Um porco de desenho animado abriu as asas e começou a voar e a contar as estrelas.

– Gosto de me desafiar – Jude respondeu, com os olhos fixos na tela e as palmas suadas pegando o controle e colocando na Netflix.

Indira se colocou na frente da TV e cruzou os braços – na frente dos seios que Jude *nem se lembrava mais* de como eram. Ela o encarou, esperando.

Jude engoliu em seco. E depois de novo.

Ele pigarreou. E tossiu.

– O tempo estava bom hoje, né? – murmurou, olhando para algum ponto na região do ombro dela.

– Oi? – Indira cuspiu, levando as mãos à cintura. Outra área em que Jude nem estava mais pensando.

– Talvez chova na terça – ele disse, estalando os dedos e fixando os olhos no outro ombro dela.

– Não vem com papo furado pra cima de mim depois de ter me visto pelada – Indira disse, apontando para ele. – Que droga foi aquilo?

– Foi um acidente – Jude respondeu, jogando a cabeça contra o encosto do sofá.

– Um *acidente* – Indira repetiu, sem conseguir acreditar. – Você *acidentalmente* abriu uma porta fechada com a luz acesa dentro e *acidentalmente* fechou, enquanto havia alguém lá?

– Você não trancou a porta! – Jude acusou, então se encolheu diante da fúria visível no rosto dela.

– Porque está quebrada! – ela sibilou. – Inventa outra desculpa, seu tarado.

Jude olhou nos olhos dela, com a frustração crescendo no peito.

– Você está agindo como se eu *quisesse* ter visto você pelada! – ele falou, colocando-se em pé. – Pode acreditar em mim: você é a última pessoa no planeta que eu queria ver sem roupa.

Indira abriu a boca, e suas bochechas ficaram vermelhas como tinta no papel. Silêncio preencheu a sala.

– Vai se catar – ela acabou dizendo, então deu meia-volta e se dirigiu à cozinha. – Se outro *acidente* acontecer, vou cortar seu pinto fora – Indira acrescentou, já do outro cômodo. O som da geladeira sendo aberta e fechada se seguiu às suas palavras.

A casa caiu em um silêncio agitado, e Jude desabou no sofá. Enquanto o barulho suave da água correndo e dos pratos sendo guardados chegava a ele, seu coração parecia determinado em sair do peito. Um lampejo de lembranças iluminava sua mente a cada batida.

Do nada, um som de vidro estilhaçado veio da cozinha, seguido por um "Ai! *Merda!*" de Indira e o raspar das garras de Grammy contra o piso enquanto ela fugia.

Jude se levantou de um pulo e correu para a cozinha, onde encontrou Indira agachada, segurando uma mão enquanto pingava sangue no piso frio.

– Você está bem? – Jude perguntou, colocando-se ao lado dela.

– Estou – Indira respondeu, apertando os olhos fechados e fincando os dentes no lábio.

– Deixa eu ver – Jude murmurou, tentando pegar a mão dela.

– Acho que você já viu o bastante por hoje, valeu – Indira resmungou, com gotículas de suor se acumulando na testa.

– Indira – Jude disse, com firmeza, então pegou a mão dela e abriu os dedos para analisar o corte. Tinha mais de sete centímetros e se encontrava na parte carnuda sob o dedão. A profundidade preocupava Jude.

– Vem aqui – ele disse, com aspereza, já a segurando pelos cotovelos para levantá-la e sentá-la em uma cadeira da mesa da cozinha. Jude foi rápido em pegar papel-toalha para que Indira pressionasse o corte, então procurou vassoura e pá debaixo da pia e na despensa e recolheu os cacos de vidro.

– Posso fazer isso – Indira protestou, ainda segurando a mão.

– Fica aí. Já volto – ele disse, deixando a vassoura de lado e saindo da cozinha.

– Eu estou bem, Jude. Não precisa se preocupar…

Ele ignorou os protestos dela. Subiu dois degraus por vez e correu até o quarto. Procurou na mala até encontrar seu *kit* de sutura, então voltou depressa para a cozinha.

– Você tem alergia a iodo ou anestésico? – Jude perguntou, com uma voz distante e clínica, enquanto abria o zíper da bolsa de náilon.

– Não – ela respondeu. – Mas está tudo bem, eu mesma posso dar os pontos. Sou canhota.

Jude se concentrou em pegar o que precisava, sentindo a pulsação nas têmporas, enrolando a língua atrás dos dentes enquanto um arrepio descia pela espinha.

Ele tentou não pensar na última vez em que havia dado pontos em alguém, dias antes de deixar o trabalho para voltar para casa. Estivera tratando uma pequena laceração na panturrilha de uma mulher quando seu cérebro entrou em pane e Jude se viu entre o momento presente e uma lembrança que o assombrava. Seus dedos ágeis tinham ficado rígidos e desajeitados, sua visão havia se encurtado. Precisara se afastar da paciente e ordenara com rispidez que uma enfermeira terminasse o trabalho, e fizera todo o possível para sair devagar em vez de correndo em desespero. Então se enfiara em um armarinho de suprimentos e tentara inutilmente recuperar o fôlego, mas acabou hiperventilando e quase desmaiando.

Jude não ia deixar que aquilo acontecesse de novo. Não agora. Não quando Indira precisava dele.

Depois de colocar as luvas, ele molhou um cotonete no iodo e em um anestésico tópico, virou-se para Indira e se ajoelhou a seus pés.

Jude voltou a pegar a mão dela, porém Indira a puxou de volta.

– É sério. Você não precisa fazer isso.

Jude engoliu em seco, passou a língua nos lábios e a encarou.

– Deixa eu fazer isso por você, Dira – ele pediu, olhando em seus olhos pela primeira vez desde que havia voltado.

Indira piscou, então estendeu a mão devagar para Jude.

– Tá.

Jude apoiou a mão dela sobre sua palma, e o calor da pele de Indira penetrou a luva, tornando difícil respirar.

Com cuidado, limpou o corte. Parecia que algo havia fisgado seu peito quando Indira inspirou fundo de dor, então ele passou o anestésico, para que ela se sentisse mais confortável. Quando a mão de Indira estava entorpecida, Jude olhou mais de perto para conferir se não havia sobrado nenhum caco de vidro lá dentro, segurando a palma dela bem perto do rosto e inclinando-a sob a luz.

Quando teve certeza de que estava tudo limpo e estéril, pegou a agulha, com a mão tremendo ligeiramente. No passado, os instrumentos cirúrgicos faziam com que se sentisse poderoso. Infalível. Agora, eram uma maldição.

Inspirou fundo para se controlar e começou a dar os pontos com cuidado. Os únicos sons no cômodo eram os da respiração de ambos, fora de sincronia.

– Pronto – ele disse após alguns minutos, passando uma faixa em cima do corte e depois o dedão sobre o material áspero. – Terminei.

Os dedos de Indira se fecharam em volta da mão dele por um momento. Jude não conseguia tirar os olhos de onde ela o havia tocado. Parecia que ia cair assim que Indira o soltasse.

– Obrigada – ela sussurrou.

Jude desviou os olhos das mãos de ambos para encará-la.

– Imagina – ele respondeu, piscando rápido.

Os dois ficaram se olhando por um momento, enquanto uma estranha eletricidade parecia uni-los, trazendo-os um pouquinho mais para perto.

De repente, algo caiu no andar de cima, ao que se seguiu um berro de Grammy e o som dela correndo, fazendo com que ambos saíssem do transe.

Indira balançou a cabeça e soltou algo entre uma resfolegada e uma risada antes de recolher a mão.

– Embora ainda não esteja feliz com você e... hã... sobre os acontecimentos de antes...

Um calor vibrante se espalhou pelas bochechas de Jude com as imagens que retornaram à sua mente.

– ...não precisa mais ir se catar.

Os lábios de Jude se curvaram. Era o mais próximo que ele podia chegar de um sorriso.

– Vou me esforçar ao máximo para não fazer isso.

– É melhor eu ir ver como está a monstrinha – Indira disse, olhando na direção do teto.

Jude concordou. Seus olhos passaram pela longa linha do pescoço dela antes de se fixar no chão. Ele se levantou, virou de costas e passou o dedão pela testa.

Então ouviu as pernas da cadeira em que Indira estava se arrastando sobre o piso e o ruído dos passos, mas não podia vê-la partir.

– Jude? – Indira o chamou, com uma voz suave.

Ele se arriscou a olhar para a porta, onde ela se encontrava, e uma série estranha de sentimentos que não conseguiria nomear se instalou em seu peito.

Indira passou a língua nos lábios.

– Obrigada, de verdade.

Jude assentiu e voltou a olhar para o chão.

– Imagina.

Depois de ficar alguns minutos ali, aguardando que os ruídos no andar de cima cessassem a ponto de confiar que Indira havia chegado lá, Jude recolheu suas coisas e subiu também.

Ele seguiu direto para o quarto e se jogou na cama, sentindo que afundava nela, de tão exausto que estava. Seus músculos eram como molas tensas, seu peito doía, sua respiração estava curta como se tivesse acabado de correr uma maratona. Odiava o tanto de trabalho exigido por seu corpo para fazer coisas que deveriam ser naturais para ele.

No entanto, mesmo sob o peso de todas aquelas dores, uma chama incomum brilhava em seu peito.

E Jude não conseguia deixar de lado a sensação de que aquela chama havia se originado com os dedos de Indira tocando sua pele.

CAPÍTULO 7

Jude

Jude havia começado a correr durante o verão em que trabalhou em diferentes regiões da Indonésia após uma série de terremotos devastadores. No início, era uma fuga, uma maneira de sufocar seus pensamentos. Fazia cerca de um ano e meio que trabalhava na OGCS, e estava desesperado por uma distração.

O calor escaldante nos ombros, as subidas que faziam os músculos arderem, tudo desviava sua atenção das lembranças que o assombravam.

Correr se tornou a única constante na vida dele conforme era enviado de um lugar a outro. Forçar seu corpo também lhe dava uma paz momentânea.

Era essa fuga que Jude buscava quando calçou os tênis logo cedo. Sua intenção era ser mais rápido que o fluxo constante de Indira preenchendo seus sonhos a noite toda.

Porém aquilo ficava difícil com um companheiro que não parava de falar.

– Acho que esse é o pior momento possível para planejar um casamento – Collin disse quando viravam uma esquina. – Está tudo caríssimo, e ainda tem uma série de problemas com os fornecedores… Por exemplo, tivemos que considerar cinco tipos de convite diferentes até chegar a um que com certeza ficaria pronto a tempo.

– Que chato – Jude comentou, concentrado nas pernas queimando.

– E isso não foi nada em comparação com o lance dos *smokings*. A gente deve ter passado umas seis semanas mudando de ideia. Jeremy queria me convencer a usar um terno xadrez laranja horroroso – Collin prosseguiu, falando com mais dificuldade conforme subiam uma ladeira. – Tipo, o terno do casamento do Beetlejuice seria uma opção melhor que *aquela* coisa.

– Que loucura – Jude disse, puxando o ar fresco para acelerar o ritmo. Ele queria colocar quilômetros de distância entre si e a enxurrada de lembranças da pele nua de Indira, ou o modo como as mãos dela a acariciavam.

– E ele tentou argumentar que a paleta de cores deve ser outonal, porque vamos nos casar em novembro – Collin disse, passando uma mão pelo cabelo dourado e ondulado. – Mas eu é que não vou entrar parecendo que estou fantasiado para o Halloween.

– Ah, nossa.

Jude continuou forçando as pernas.

– E aí os porcos voaram e eu vomitei um gatinho depois da bebedeira com Bruce Springsteen.

– Que... – Jude hesitou por um momento. – Espera, o quê?

Collin riu e parou de correr, apoiando as mãos nos joelhos. Jude desacelerou, relutante, e voltou trotando para o amigo.

– Sei que sempre foi meio ensimesmado e distraído – Collin falou, abrindo um sorriso simpático para Jude, que olhava para ele. – Mas poderia pelo menos fingir interesse pelo que eu digo. – Collin endireitou as costas e levou as mãos à cintura. – Só pretendo me casar uma vez, por isso tenho o direito de pirar com os detalhes mais bobos.

– E-eu... estava ouvindo... digo, eu ouvi. Eu... – Jude deixou a cabeça cair. – Desculpa – ele disse afinal. Era um cretino. Tinha voltado para celebrar Collin e Jeremy, contudo seu cérebro estava sempre a milhões de quilômetros de distância.

– Ei, Jude, só estou brincando – Collin disse, dando um tapinha no ombro do amigo. – Até eu estou entediado com os assuntos do casamento. Se dois anos atrás você perguntasse minha opinião sobre porta-guardanapos e gravatas-borboleta, eu riria na sua cara. Agora não saio mais do Pinterest.

Jude soltou uma espécie de risada pelo nariz.

– Por que você está sendo tão... hum, detalhista?

Collin voltou a rir e passou uma mão pelo cabelo suado. O sorriso lento que curvou seus lábios era contagioso.

– Porque é meio... divertido? – ele respondeu. – Jeremy sonha com o próprio casamento desde pequeno. Ele adora essas coisas. E eu adoro me deixar levar por ele, acho.

Jude balançou a cabeça, sentindo um peso estranho sobre os ombros ao tentar entender aquilo. Mas não conseguiu.

– Com o jardim é a mesma coisa – Collin disse, e um leve sorriso formou rugas no canto de seus olhos. – Nunca achei que eu fosse me importar com a altura da grama, com a poda de sebes, ou a exposição ao sol, mas agora somos ambos obcecados pelo assunto. Passamos horas trabalhando no jardim e ainda mais horas falando a respeito. É divertido ser detalhista. Se perder na complexidade simples de tudo. Pode ser... sei lá, muito legal se envolver com pequenas coisas na companhia de quem a gente ama.

Jude tornou a balançar a cabeça de novo, ciente de que nunca havia sentido aquele tipo de proximidade com alguém. Tinha consciência de que sempre existiria como uma casca vazia, sem se deixar afetar pelos detalhes da vida, porque a cena geral o devorava.

– Que bom que você tem isso – ele comentou.

Collin voltou a sorrir.

– Eu, hum, queria conversar com você.

Jude sentiu um buraco se abrir no estômago. Odiava conversar.

Os dois começaram a descer o quarteirão, Collin mordendo o lábio inferior enquanto procurava as palavras certas.

– Eu tenho a impressão de que você anda meio... bom, na verdade não é uma impressão, é um fato. Você está diferente. – Collin olhou de relance para Jude, com a testa franzida em preocupação. – É como se fosse outra pessoa. Ou como se vivesse pensando em algo que... sei lá, está o incomodando. Sempre foi quieto, mas você está diferente.

Jude não sabia o que dizer. Não vinha sendo ele mesmo. Provavelmente nunca mais seria. Sentia-se desconfortável em sua pele, como se não merecesse o espaço que ocupava. Como se seu corpo não lhe pertencesse. Ele se esforçava muito para ser normal, para não sobrecarregar ninguém com o peso da culpa, porém parecia que isso não havia passado despercebido a Collin.

– E eu acho que, hã... – Collin pigarreou e passou uma mão pela boca e pelo queixo. – Acho que eu quero deixar claro que, se você precisar conversar, estou aqui. Como falei, sei que ando focado no casamento e tal, mas isso não significa que a gente não possa... você sabe... conversar. E tal. Sei lá.

– Uau – Jude disse, olhando impressionado para Collin. – Isso foi lindo. E eu aqui achando que Indira que era a psiquiatra.

Colin riu e deu um soco no ombro de Jude.

– Tá, seu idiota, pode enterrar seus sentimentos se quiser. Mas fique sabendo que minha oferta não tem prazo de validade.

Jude parou e estalou os dedos, com as emoções entaladas na garganta. Collin interrompeu o passo também e ficou olhando para o amigo, avaliando-o com cuidado.

Jude inclinou o corpo um pouco para a frente, quase puxando Collin em um abraço. Sabia que o amigo retribuiria e deixaria que Jude largasse todo o peso sobre ele se precisasse.

No entanto, temia que, caso se abrisse, um pouco que fosse, desmoronaria por completo. E não suportaria cair mais do que já havia caído.

Então levou uma mão ao ombro de Collin e forçou um sorriso.

O amigo retribuiu com um sorriso genuíno e caloroso.

– Eu te amo, cara.

A amizade dos dois era o relacionamento que menos dava trabalho na vida de Jude. Eram melhores amigos desde o jardim de infância, e, quando chegaram ao Ensino Médio, eram tão próximos quanto irmãos. Eles haviam sido colegas de quarto ao longo da universidade. Jude estava lá na noite em que Collin e Jeremy se conheceram.

Algo em seu vínculo com Collin sempre fizera com que Jude se sentisse seguro.

E isso fazia a culpa arder no estômago dele diante dos muitos minutos do dia anterior que passara pensando na irmã caçula do seu amigo. Pelada.

Era ridículo. Obsceno, até. Jude nem *gostava* de Indira... não muito, pelo menos. Ficar na presença dela nunca era fácil. Indira era obstinada e irritante, e parecia encontrar uma alegria perversa em ser um verdadeiro pé no saco. Um desafio constante. Collin representava segurança, e ela, por outro lado, era assustadora, e ficar hospedado com os dois o deixava dividido.

– Conta mais sobre o casamento – ele disse, com um nó na garganta, voltando a descer a rua.

Jude não precisou pedir duas vezes.

Collin falou sobre flores. O salão. As opções de bolo. Listou pelo menos três variações de festas de noivado, e uma delas ocorreria *depois* do casamento. Jude decidiu não fazer muitas perguntas a respeito.

– E, em uma reviravolta mirabolante, meu pai vai me acompanhar até o altar.

– E não sua mãe? – Jude perguntou, chocado.

Angela havia criado Collin e Indira – e praticamente Jude, considerando todo o tempo que ele passava lá – sozinha, depois que Greg, o pai deles, tinha ido embora.

Collin nunca falara muito a respeito, entretanto, pelo que Jude havia captado ao longo dos anos, Greg havia abandonado a família para começar uma nova na Flórida, com a amante, e desde então se casara mais algumas vezes. Muitas promessas haviam sido quebradas, mas Collin parecia incapaz de se esquivar das armadilhas do pai.

– Os dois vão me acompanhar – ele disse, dando de ombros e sorrindo.

– E sua mãe concordou com isso?

Angela não escondia seu ódio pelo ex-marido.

Collin diminuiu a importância daquilo com um gesto.

– Conversei com ela e está tudo bem. Os dois são adultos. Vão aguentar.

– Bom, eu é que não ia tentar desafiar suas ordens de casamento – Jude disse, irônico, em uma tentativa de provocar Collin, como costumava fazer. O amigo riu, e Jude sentiu uma leve pontada de alegria.

– Que bom – Collin disse, quando os dois viraram a esquina da rua de casa. – Porque tivemos que fazer uma pequena mudança na logística. Indira e Chris iam entrar como casal, mas agora que terminaram…

– O que foi que aconteceu com eles, hein?

As palavras saíram de Jude antes que ele pudesse segurá-las. Não tinha o direito de fazer aquela pergunta. Pelo amor de Deus, quando foi que perdera a habilidade de pensar antes de falar? E por que estava curioso em relação a Indira?

Collin deu de ombros.

– Faz mais um menos um ano que eles estão indo e voltando. Nunca entendi muito bem os dois. Aqui entre nós, acho o cara meio irritante. Mas ele e Jeremy sempre foram próximos, sei lá. Chris é um daqueles parentes de quem você não gosta muito, mas a quem está preso de qualquer maneira.

A família de Jude era muito pequena: seu pai, sua mãe e eles eram todos filhos únicos. Por isso, não entendia direito o que o amigo estava falando, mas havia aprendido muito tempo antes a não questionar Collin quando ele se agarrava a uma opinião.

– Bom, o que eu ia dizer é que é claro que Chris e Indira não vão poder entrar juntos. Duvido que ele chegaria ao altar inteiro – Collin comentou, casualmente. – Então quem vai ter que entrar com ela é você.

Jude tropeçou e quase caiu de barriga no asfalto. Collin o segurou pelo cotovelo.

– Minha nossa, não precisa ser assim dramático – Collin comentou, dando risada. – Sei que vocês dois não se dão bem, mas vão dar um jeito de se suportar, certo?

Jude sentiu a culpa correndo em suas veias.

– Eu… hã… Indira já sabe disso?

De jeito nenhum que ela ia concordar. Os dois provavelmente acabariam se matando antes do fim da cerimônia.

Collin suspirou.

– Não precisa ficar com medo. Ela quase não morde mais.

O corpo todo de Jude corou diante de uma imagem muito impudica que ele absolutamente não podia permitir que entrasse em sua mente.

– De qualquer maneira – Collin disse, subindo os degraus da frente da casa aos pulos e destrancando a porta –, tenho fé de que vocês vão encontrar uma maneira de se comportar.

Jude pediu em silêncio a qualquer divindade que pudesse estar ouvindo que Collin estivesse certo.

CAPÍTULO 8

QUATRO SEMANAS PARA O CASAMENTO

Indira estava errada antes: o fundo do poço não era chorar histericamente em um trem. O fundo do poço era se embebedar em um restaurante Cheesecake Factory, com drinques cremosos e cheios de *chantilly*, sentada do outro lado da mesa de seu ex cabeça de vento, acompanhado do mais recente amor da vida dele, *e* de um cara que ela conhecia desde a infância e que a vira pelada no outro dia. E que gritou de susto por causa disso.

Ser adulta era muito divertido.

Ela virou o restante de seu martíni de *cheesecake* de *cranberry* e fez sinal para que trouxessem outro enquanto tentava ouvir as instruções bem específicas de seu irmão e de Jeremy para a montagem das lembrancinhas do casamento.

– Cada um de vocês tem vários cavaletes e telas em miniatura à sua frente – Jeremy explicou, da ponta da mesa, apontando para os suprimentos à frente dele próprio. – Quero que os usem para se expressar. Mais especificamente, para expressar o que o amor representa pra vocês. Cada pequeno quadro vai ser uma lembrancinha inestimável para os convidados. Vocês vão ter de fazer, cada um, uns trinta desses.

Indira olhou feio para as telas de sete centímetros e meio por dez diante dela, desejando queimá-las apenas com o poder da mente. Então levantou a mão, como uma criança na sala de aula.

– Sim, Indira? – Collin indagou, desempenhando com facilidade o papel de professor pirando com o poder.

Ela pigarreou.

– Considerando que os dois juntos têm um rendimento na faixa dos sete dígitos e que conseguiram reservar este salão inteiro, não seria melhor comprar as lembrancinhas em vez de forçar a gente a fazer artesanato? Numa Cheesecake Factory, além de tudo?

– Olha o respeito com a Cheesecake Factory – Lizzie a interrompeu, com uma paixão desnecessária.

Indira olhou feio para a amiga, mas sua expressão derreteu e um sorriso se abriu em seu rosto assim que Evie, a filha pequena da amiga, apareceu entre as duas e deu um beijo rápido nela.

– *Cheesecake!* – Evie gritou, antes de subir no colo de Indira, que adorava crianças pequenas e era louca pela menina. Lizzie e Rake sorriram para a filha.

Lizzie e Indira passavam tanto tempo juntas que Rake e Collin acabaram se aproximando também, de modo que Rake foi convidado a ser um dos padrinhos. Jeremy e Lizzie também tinham criado um vínculo, principalmente depois de ele descobrir o enorme talento dela para confeitaria erótica. Ela não apenas era madrinha de Jeremy como também ia fazer o bolo. Que com certeza seria safado.

– Sei que isso não deve ser divertido pra você – Lizzie sussurrou, fazendo carinho na bochecha da filha –, mas não lhe dá o direito de falar mal da Cheesecake Factory.

Indira voltou a olhar para a amiga. "Divertido" não estava nem entre as primeiras mil palavras que usaria para descrever aquela noite.

– Não monopoliza esse anjinho –disse Thu, inclinando-se e fazendo "*pllllrrr*" no pescoço de Evie. A menina soltou um gritinho e se contorceu no colo de Indira.

Thu tecnicamente não era madrinha, porém era próxima dos noivos, além de ser conhecida por dar um jeito de se enfiar em qualquer evento com comida na faixa.

– Monopolizo, sim – Indira retrucou, abraçando Evie. – Preciso de muito carinho no momento.

– Sinta-se livre para ficar com ela um dia ou um ano – Rake brincou, do outro lado de Lizzie. – Ela virou especialista em fugir do berço. Faz quase dois anos que não durmo uma noite inteira.

– Não seja modesto, meu bem – Lizzie disse, dando um tapinha na bochecha dele. – Elas sabem por que você passa as noites em claro...

Continua insaciável como antes – Lizzie concluiu, com uma piscadela lasciva para Thu e Indira. Rake corou na mesma hora.

– É só você falar e eu acabo com ele verbalmente – Thu disse a Indira, tomando um golinho de sua bebida e olhando feio para o outro lado da mesa. Chris e Lauren esfregavam narizes enquanto Jude olhava para o próprio pão em silêncio.

– Não me tente – Indira disse, com o canto da boca, sentindo a pele toda se arrepiar. Estava surpresa, e quase aliviada, com quão pouca falta sentia de Chris. Vê-lo exibindo por aí sua paixão recente, no entanto, era diferente.

– Eu guardo insultos pra esse cara desde que a gente se conheceu – Thu sussurrou, os cantos de sua boca se curvando em um sorriso maligno.

– Tipo quais? – Indira a incentivou, tomando um gole de sua bebida.

– Eu começaria dizendo que ele é o exemplo mais estereotipado de membro de fraternidade com a ponta dos cabelos descolorida e que se envereda pelo mundo das criptomoedas. Estou até pensando em fazer um PowerPoint com todas as vezes em que ele usou expressões como "topzera" e "sangue nos olhos" sem ironia em conversas, e acho que tenho direito a uma compensação por danos emocionais e intelectuais. Mas se em algum momento desta noite eu precisar improvisar, vou fazer um ataque rápido e pessoal à coleção perturbadora de camisetas polo dele e terminar com um comentário baseado em evidências de como as cervejas preferidas dele refletem seus piores, e únicos, traços de personalidade.

Lizzie fez um gesto de concordância.

Indira reprimiu uma risada e tomou outro gole de sua bebida, sentindo um calorzinho por dentro.

– Não posso deixar você destruí-lo sem Harper por perto para testemunhar. Acho que ela odiava Chris em segredo ainda mais do que você.

– Os plantões dela estão interferindo nos meus *hobbies* – Thu retrucou, fazendo beiço. – Harper precisa reavaliar suas prioridades.

As três deram risada.

– Não quero interromper – Collin, que estava ao lado de Jeremy, disse, com uma voz que transmitia que era exatamente aquilo que ele queria –, mas parece que vocês ainda não começaram a pintar. Preciso que levem a tarefa a sério. Olha só o Rake. Ele já fez dois quadros.

Rake corou e baixou a cabeça, sorrindo como se gostasse de ser o queridinho do professor.

– Ah, eu estou levando *muuuuito* a sério – Indira retrucou, enfiando o pincel na tinta preta e depois passando na tela. – Você não gostou? – Ela virou o cavalete para mostrar ao irmão o esboço de uma mão erguendo o dedo do meio. – Meu amor por você serviu de inspiração.

O rosto bonito de Collin se contorceu de uma maneira que encheu Indira de satisfação.

– Você é tão imatura – ele disse.

– A maturidade é uma construção social sustentada pelo patriarcado e com um escopo estreito, branco, cisgênero e neurotípico para impor a conformidade e depois ser implementada como uma tática para envergonhar e segregar qualquer pessoa que não siga esse paradigma.

Collin piscou para Indira. Uma ruga surgiu entre suas sobrancelhas enquanto ele tentava processar aquilo.

Um som áspero do outro lado da mesa chamou a atenção de Indira. Era o eco de uma lembrança, enferrujada e desgastada, mas ainda reconhecível.

Jude havia rido.

Indira olhou para ele, que a encarava com os olhos arregalados, como se também tivesse sido surpreendido pelo som.

Ele era quieto por natureza, mas seu silêncio desde que havia voltado era diferente, marcado por uma tristeza que Indira não compreendia muito bem.

Os dois continuaram se olhando, e parte da tensão deixou o rosto de Jude. Algo mais próximo de calor e até mesmo alegria parecia se insinuar naqueles olhos pretos como café.

Ela sentiu a garganta se fechar e ouviu uma vozinha em sua cabeça dizer: *Ah, aí está você.*

Evie decidiu que também queria pintar e se debruçou para a frente no colo de Indira para pegar um pincel. No processo, sua mãozinha rechonchuda derrubou um copo vazio sobre um prato, e o som agudo e alto fez todo mundo pular.

– Opa! – Evie gritou, arrancando uma risada estrondosa da mãe. Lizzie endireitou o copo, batendo com ele mais algumas vezes no prato ao longo do processo e fazendo mais barulho. Depois passou Evie para o próprio colo.

– Vamos pintar aqui comigo, mocinha – Lizzie disse, levando o nariz ao cabelo alaranjado da filha. Evie sacudiu as mãozinhas em empolgação.

Com a comoção repentina controlada, Indira voltou a olhar para o outro lado da mesa, desesperada por ver mais do Jude que ela conhecia.

No entanto, qualquer abertura no rosto dele havia dado lugar a uma expressão dolorida, o corpo tenso como se o som tivesse sido um golpe físico.

Os olhos de Jude iam de um lado para o outro do salão, até que ele afastou a cadeira da mesa e saiu correndo.

Indira não deveria segui-lo. Não era da conta dela, mesmo que ele estivesse chateado. Jude deixara bem claro que não queria que ela se metesse em sua vida. Mas Indira era Indira, e ela sentia uma necessidade inadequada e incurável de ajudar os outros.

Deu um último gole em sua bebida, pediu licença e deixou o salão, passando os olhos pelo restaurante antes de seguir para o banheiro, descendo um corredor escuro.

Jude estava recostado à parede, com a cabeça baixa, as costas curvadas e as pernas esticadas à sua frente. Indira pigarreou para chamar sua atenção com delicadeza e não o assustar.

Ela passou os olhos pelo perfil dele, sua expressão de entrega e fadiga, então se aproximou, parando a um passo de distância.

– Hum. Diarreia explosiva. – Assentiu de maneira sábia, olhando entre Jude e a porta do banheiro. Não conseguia evitar. Na presença dele, transformava-se em uma adolescente sarcástica pronta para a batalha. Depois daquela amostra de risada, ela queria trazê-lo de volta. O Jude dos velhos tempos.

Ele fechou os olhos e soltou o ar, parecendo achar graça.

– Não sei se era pra ser uma pergunta, mas pareceu uma afirmação, então não quero atrapalhar.

Jude fez sinal para que ela seguisse em frente.

Indira balbuciou, sem conseguir pensar em uma resposta. Só ficou ali, prestando atenção no amigo do irmão, que olhava fixamente para o chão. O sofrimento que irradiava dele lhe provocou uma dor no peito. Uma estranha vontade de abraçar o corpo magro de Jude tomou conta dela, que teve de se esforçar para manter os braços abaixados.

Devia seguir em frente, entrar no banheiro e jogar água fria no rosto para esquecer os sentimentos bizarros que provavelmente projetava nele.

Contudo, como havia tomado drinques doces demais e o bom senso a abandonara, aproximou-se de Jude e recostou-se ao lado dele na parede.

– Você não precisa ficar espreitando nas sombras, como uma criatura da noite. Todo mundo foi avisado da sua presença e recebeu instruções para se preparar.

Jude virou o pescoço para olhar para ela. Indira continuou olhando para a frente, apertando os lábios um contra o outro.

– Imagino que esteja esperando que eu pergunte que instruções são essas – Jude comentou, seco, porém Indira conhecia sua voz bem demais e notara o toquezinho na cadência que indicava que estava achando graça naquilo.

Ela assentiu.

– Eu disse que você se materializaria numa nuvem de gás tóxico e que eles precisavam se esforçar o máximo possível para ignorar o cheiro. Também expliquei que um dos seus olhares avaliadores e frios era capaz de fazer bebês e filhotinhos chorarem, e que é mortalmente alérgico a alegria e risadas, as quais têm o poder de fazer furúnculos purulentos estourarem em você.

– Genial – Jude comentou, sem emoção na voz. – Quanto tempo levou para pensar nisso?

– Ah, tipo umas doze horas – Indira respondeu, virando-se para encará-lo. – Eu não sabia se usava essa história da nuvem de gás tóxico ou uma escada para sua ascensão do fogo do inverno – ela acrescentou, em tom autodepreciativo, depois voltou um olho para o nariz e o outro à frente, e então o contrário, bizarramente.

Jude a encarou por um momento, com um sorriso se insinuando no canto da boca tensa. Ele balançou a cabeça e soltou outra risadinha.

Um silêncio pesado voltou a cair sobre os dois.

– Você está bem? – Indira perguntou. Deus, por que ela se importava tanto? Estava ficando irritada consigo mesma com todas essas perguntas.

– Estou – Jude respondeu, mas sua voz falhou. – Só é meio, hum, esquisito. Voltar. Reencontrar tantas pessoas depois de tanto tempo fora.

– Tem sido difícil? – Indira questionou.

Jude olhou para ela, com uma expressão de interrogação.

– Trabalhar para a OGCS, digo. Não posso imaginar como deve ser enviado para um país diferente a cada poucos meses. E em áreas de desastre ou conflito, ainda por cima...

O corpo de Jude estremeceu, seu maxilar ficou tenso e um músculo pulsou como se tivesse acabado de se lembrar de que deveria se manter em silêncio. O clima ficou mais frio, a distância cresceu entre ambos, e os dois ficaram ali, até que o abismo parecia muito maior do que quando estavam *fisicamente* separados.

Sem pensar, Indira estendeu uma mão, querendo tocá-lo, querendo livrá-lo de parte daquela dor.

Ele se encolheu, e ela se segurou antes de fazer contato. Algo em seus ombros curvados e seu rosto contraído a fizeram entender que tocá-lo só tornaria tudo pior.

– Jude – Indira sussurrou, cerrando as mãos em punhos e as levando ao esterno. – Você pode falar comigo. Sabe disso, né?

Ele olhou para o teto, e Indira viu o movimento em seu pomo de adão quando Jude engoliu em seco.

– Confia em mim – ele disse afinal –, é melhor eu não falar.

Então ele se virou e foi embora.

CAPÍTULO 9

Indira

– Vou ser sincera. – Indira puxou o ar enquanto tentava segurar as lágrimas no sofá da dra. Koh. – Há poucos lugares mais patéticos para se embebedar e ter uma crise emocional do que uma Cheesecake Factory.

A dra. Koh assentiu, com sabedoria.

– Isso parece muito desafiador.

Indira olhou para a terapeuta.

– A noite foi um completo desastre. E não consigo parar de pensar em tudo o que aconteceu. Não sei qual é o meu problema.

– A que parte da noite sua mente fica retornando?

Um lampejo do corredor escuro. O rosto abatido de Jude. O som de sua risada áspera e o fato de que Indira queria ouvir mais dela.

– Não sei – respondeu, dando de ombros. – Meio que… tudo.

– Como foi ver Chris com Lauren pouco tempo após o término?

Indira revirou os olhos e balançou a cabeça.

– Não foi grande coisa.

A dra. Koh lhe ofereceu um sorriso apaziguador.

– Vamos falar um pouco mais sobre as emoções envolvidas. O que isso despertou em você?

– Hum, acho que uma sensação esmagadora de abandono?

Ela soltou uma risada estrangulada, do fundo da garganta.

– Por causa da traição ou do novo relacionamento?

Indira mordeu o lábio enquanto considerava a pergunta, depois balançou a cabeça. Não vinha dormindo bem, e naquelas muitas horas olhando para o teto concluíra que a situação com o ex não a incomodava porque ela o amava, e sim porque isso pressupunha que ele não a amava. Tudo não tinha passado de um faz de conta, e os dois haviam deixado a distância entre eles se ampliar ao longo de meses. O relacionamento não tinha como durar, mas terminou de um jeito péssimo.

E era péssimo ter que ver o Chris e a nova namorada roçando narizes em uma demonstração pública de afeto.

– Sinceramente, meio que doeu mais ver o Jude indo embora do que processar o fim do relacionamento com o Chris.

– E por quê, na sua opinião? – a dra. Koh perguntou, inclinando a cabeça.

Indira deu de ombros.

– Você me aconselhou a não bancar a psiquiatra durante as sessões, então vou aceitar sua interpretação.

Isso arrancou uma risada genuína da dra. Koh, e nada mais.

Indira apoiou a cabeça no encosto do sofá e ficou olhando para a janela, por cima do ombro da dra. Koh. Era muito irritante como a terapia a obrigava a pensar sobre as coisas.

– Não sei mesmo – Indira respondeu. Seu joelho não parava quieto no lugar. – Talvez porque o conheço há tanto tempo e ele esteja muito... diferente. Fico preocupada. Incomodada. O que é esquisito, porque a gente nunca foi, tipo, melhores amigos ou sei lá o quê. Sempre brigamos mais do que qualquer outra coisa.

– E essa mudança em Jude está chamando mais sua atenção e consumindo mais da sua energia emocional do que a infidelidade de Chris?

Indira fez que sim, cravando o dente mais fundo no lábio inferior e engolindo uma onda repentina de sentimentos que ameaçava extravasar do peito.

– É esquisito, né? Que eu esteja mais concentrada em Jude.

Mais silêncio por parte da terapeuta.

– Talvez eu meio que... já esperasse isso do Chris – Indira admitiu, tranquila. – Ou pelo menos soubesse que era possível. Não a parte da traição com manteiga de amendoim, mas o término. Fora que as coisas nunca pareceram... *certas* com ele.

– Seu relacionamento com Jude parece mais "certo"?

Indira riu.

– Qual é a graça? – a dra. Koh perguntou.

Indira soltou o ar demoradamente.

– Conheço o Jude desde sempre. Ele morava no mesmo quarteirão que a gente e sempre foi o melhor amigo do Collin. Mas nós dois sempre fomos, tipo, opostos completos. Jude era sério desde pequeno, e meio ácido. Enquanto eu era toda sentimental.

A dra. Koh abriu um sorriso gentil.

– Apesar disso, eu corria atrás dos dois o tempo todo, sempre tentando entrar no mundo deles. Queria muito fazer parte da turma. Jude passava um tempão na nossa casa, ficava para o jantar e para dormir. Durante as férias, era como se morasse lá. E a gente brigava *o tempo todo*. Sempre pelas coisas mais bobas. Um comentário engraçadinho, um olhar sacana, uma respiração alta demais... Eu tinha um talento especial para irritá-lo, e meio que gostava disso. Porque significava que ele estava me vendo.

Indira esfregou o peito, sentindo uma dor a princípio leve crescer conforme era tomada pelas lembranças.

– Depois que o meu pai foi embora – ela prosseguiu, engolindo a raiva que queimava sua garganta –, minha mãe não conseguiu manter a casa, por isso nos mudamos para um apartamento de dois quartos. Não vou nem comentar como foi dividir o quarto na adolescência com um irmão mais velho. Mas isso acabou nos aproximando.

O carinho na voz de Indira provocou outra risada simpática da dra. Koh.

– E, ainda assim, Jude continua *sempre* presente.

Ele e Collin jogando *videogame*. Todos comendo pizza na mesa pequena diante da qual a mãe insistia que se sentassem para jantar todos os dias. Jude era uma constante no mosaico sempre em transformação da infância de Indira.

– Quando foram para a faculdade, o contato diminuiu, mas, quando no meu primeiro ano os dois ainda não tinham se formado, Jude e eu voltamos a nos bicar do mesmo modo quando éramos pequenos. Força do hábito, imagino.

Indira sentia falta das provocações constantes. Das brigas. Era... divertido. Não sabia muito bem o que queria de Jude agora, porém sentia uma necessidade esmagadora de *encontrá-lo* por baixo da frieza e da distância, de trazer o Jude que ela conhecera à tona.

– A bolsa de estudos que Jude recebeu exigia em contrapartida que ele fosse deslocado para áreas de conflito, desastre ou pobreza para fazer atendimento de emergência. Na festa de despedida dele, eu meio que… entrei em pânico.

– Como assim? – a dra. Koh perguntou.

– Não dei escândalo nem nada, mas lembro que passei a noite toda com a ansiedade pesando no peito. Um medo absurdo da… ausência de Jude. – Ela piscou diante das lágrimas que faziam seus olhos arderem. – Ele tinha sido uma presença constante na minha vida por tanto tempo que sua partida me assustava, não importava o quanto ele me irritasse. E ainda irrita.

A dra. Koh deixou o silêncio se estender por um minuto antes de perguntar:

– Você falou sobre isso com Jude?

– Nossa, não – Indira respondeu, arregalando os olhos horrorizada. – Ia ser, hum, embaraçoso demais.

– Por quê?

– Porque… sei lá. Seria esquisito. A gente não é… *sentimental* um com o outro. Nunca vai além da superfície. Seria aleatório.

Indira estava se cansando um pouco dos silêncios prolongados da dra. Koh.

– E o que eu diria? – ela questionou, jogando as mãos para o alto. – Ei, o fato de você ter ido embora pra viver sua vida, como um adulto autônomo, despertou sentimentos complicados de abandono em mim, e agora estou preocupadíssima com você?

– Talvez com um pouco menos de sarcasmo, mas sim, algo nesse sentido.

– De jeito nenhum – Indira disse, balançando a cabeça.

– Por quê?

– Porque eu… porque seria bizarro.

– O que seria bizarro?

Indira não entendia o motivo, mas começou a chorar. Lágrimas quentes rolavam por suas bochechas e seus ombros se sacudiam com violência.

– Eu sou bizarra – ela respondeu afinal, dando de ombros. – Entro em pânico quando as pessoas vão embora. Parece algo permanente, como a morte, e reajo como se fosse isso mesmo. Foi assim com todos os meus namorados na escola. E na faculdade. E na pós... Tanta gente já sumiu da minha vida depois de eu ter me apegado demais que chega a ser constrangedor. Não vou fazer isso com Jude, principalmente considerando que qualquer conexão que a gente possa ter não envolve intimidade emocional.

Ela inspirou fundo, e estremeceu, em uma tentativa de acalmar seu coração acelerado.

– Não estou a fim de ter uma conversa com Jude que mostre a ele como sou bizarra. Nem pensar.

Indira ficou mexendo na barra da camisa, enquanto o silêncio na sala a esmagava e as dúvidas a rondavam.

– Às vezes, eu me pergunto como posso atuar como psiquiatra com todas essas questões pendentes – ela sussurrou, expressando em palavras o medo que a mantinha acordada à noite. O mesmo temor que a rodeara na sessão anterior. Ficava puta por não superar aquilo. – Como posso ter tantos problemas e ajudar as pessoas?

O silêncio se prolongou a ponto de fazer Indira pensar que teria de ser a primeira a falar. Então a dra. Koh pigarreou.

– Indira, você tem consciência das questões que a incomodam, e isso já é metade do caminho.

Ela fez um barulhinho desdenhoso.

A dra. Koh se inclinou para a frente e apoiou os antebraços nos joelhos.

– Você estaria aberta a ouvir o que tenho para dizer?

Indira abriu a boca, mas a pergunta pareceu uma armadilha terapêutica, então acabou só dando de ombros.

– Você ainda está em início de carreira, e a dúvida é um sentimento quase universal, principalmente nos primeiros anos. Seja bondosa consigo mesma enquanto se situa em seu novo papel.

Os olhos de Indira permaneceram fixos nas próprias pernas.

– Também é um enorme equívoco – a dra. Koh prosseguiu – achar que psiquiatras e outros profissionais da área da saúde mental se conhecem por completo, têm estratégias e práticas de enfrentamento perfeitas, superaram todos os traumas e nunca perdem o controle. Seria ridículo exigir isso de quem quer que fosse, não importa a profissão. Nós também enfrentamos dificuldades. Também sofremos. Lidamos mal com situações e experimentamos depressão, ansiedade ou o que quer que seja. Todos temos falhas. Os desafios emocionais que você enfrenta enquanto ser humano não definem seu valor nem são um reflexo da sua capacidade de ajudar os outros.

Indira ergueu o olhar para a dra. Koh.

– Abordar os sentimentos é uma ótima maneira de iniciar o processo de cura.

– Odeio abordar meus sentimentos – Indira resmungou. Pensou em quantas vezes havia dito a seus pacientes exatamente a mesma coisa e imaginou que deviam ficar com raiva dela e daquele conselho.

– Se abordar os sentimentos fosse algo confortável, não os deixaríamos quietos até que infectassem nosso coração e nossa cabeça. Nós evitamos os sentimentos. Mergulhamos no trabalho ou recorremos a vícios ou outras muletas porque é mais fácil nos concentrarmos nessas coisas do que na dor.

– Infelizmente, isso faz sentido demais para que eu possa me opor ao que você está dizendo.

– Acho que é isso que chamam de avanço – a dra. Koh disse, esboçando um sorriso.

Indira piscou para ela, depois irrompeu em risos.

– Isso foi uma piada, dra. Koh?

A terapeuta tinha um sorriso nítido no rosto.

– Sou conhecida por fazer piadas de tempos em tempos.

Indira continuou rindo. O humor podia ser um dos aspectos mais curativos da terapia.

– Você acha que poderia ver Jude como um conhecido ou mesmo um amigo? – a dra. Koh perguntou. – Em vez de um inimigo de infância?

– Preciso mesmo fazer isso? – Indira perguntou, impertinente.

Outra risada. Indira aparentemente estava hilária hoje.

– Você não precisa fazer nada – a dra. Koh respondeu. – Mas, se vai ser obrigada a vê-lo até o casamento, se vai morar na mesma casa que ele até lá, talvez abordar suas emoções se torne mais fácil se os dois encontrarem um tipo de meio-termo. Talvez até iniciando um diálogo sobre suas emoções e preocupações.

Indira deu de ombros. Infelizmente, aquilo também fazia sentido.

– Esta semana – a dra. Koh continuou –, se eu puder encorajá-la a fazer alguma coisa, quero que aborde quaisquer emoções que surgirem. Rastreie a fonte delas, como um mapa no seu corpo. Deixe que ardam até se extinguirem, se conseguir.

Aquilo parecia horrível. Mesmo assim, Indira assentiu e assoprou o nariz uma última vez antes de se levantar para ir embora.

Na rua, ela se pegou tentando se esquecer dos sentimentos e de toda a dor que pesava sobre seus ombros, como sempre fazia ao sair da terapia. Então se impediu. Indira sentiu o peso da mágoa em seu peito. E, para variar, deixou-a ficar por lá.

CAPÍTULO 10

Me ajuda. Por favor. Me ajuda. Por favor.

O pedido desesperado não passava de um sussurro, porém deu início a uma avalanche de medo no peito de Jude. Ele precisava se mexer. Fazer alguma coisa. Qualquer coisa.

Mas não conseguia.

Era como se houvesse cimento em suas veias, enraizando-o, tornando-o incapaz de fazer qualquer coisa além de permanecer horrorizado, observando, sabendo como aquilo ia acabar. Tendo consciência de que a culpa era dele.

Não. Não. Não. Não consigo ver isso outra vez. Não consigo. Não consigo. Não con…

Jude despertou suando frio, com o coração martelando o esterno em um padrão irregular, e se sentou na mesma hora. Não conseguia recuperar o fôlego, não conseguia lavar o sangue fantasma de suas mãos.

Devagar, a realidade se assentou à sua volta, embora não inteiramente. Dois mundos vagos se sobrepunham: o quarto escuro e a luz implacável da sala de cirurgia. A casa e o deserto. O silêncio da meia-noite e o caos de uma zona de guerra.

Ele saiu da cama, precisando escapar antes de ficar preso para sempre entre esses dois lugares.

Jude enfiou as pernas e os braços compridos em roupas de academia. Correr ia salvá-lo. Se corresse com vigor, por tempo suficiente, rápido o suficiente, até longe o suficiente, poderia superar o caos em seu cérebro.

Ele pegou os tênis, com a intenção de calçá-los quando já estivesse lá fora, para que seus passos não acordassem os outros.

No entanto, enquanto descia a escada na ponta dos pés e já vislumbrava a porta da frente, o brilho suave e os murmúrios abafados da TV chamaram sua atenção.

Indira estava no sofá, toda encolhida debaixo de uma manta. Quando notou Jude, ela teve um leve sobressalto, mas logo se sentou, o que fez a manta cair até sua cintura. Seus cachos escuros e volumosos emolduravam seu rosto como uma nuvem tempestuosa.

– Oi – Indira cumprimentou, baixo, inclinando a cabeça para olhar para ele. A luz da TV permitiu que Jude identificasse curiosidade na expressão dela.

– O que está fazendo? – Jude perguntou, com a secura que lhe era característica. Ele não queria ser tão duro, entretanto sua garganta sempre parecia enferrujada, especialmente quando tentava formar palavras para dirigir a Indira.

Diante do tom de voz dele, a expressão dela enrijeceu.

– O que *você* está fazendo? – ela retrucou. – São quase três horas da manhã e você está parecendo um marcador de texto.

Ela apontou com a cabeça para a camiseta e as listras no tênis dele, tudo amarelo-neon.

– Eu… – Jude apontou inutilmente para a porta antes de deixar a mão cair ao lado do corpo. – Não estou conseguindo dormir –admitiu, sem saber por que lhe contou a verdade.

Talvez porque estivesse exausto, talvez porque se sentia incapaz de articular o que quer que fosse e talvez porque tudo à sua volta parecia irreal. Ou porque os olhos de Indira pareciam penetrar sua pele, mesmo no escuro. Talvez porque uma energia suave irradiasse dela, uma mistura confusa de delicadeza e dureza, que criava a estranha sensação no peito dele de que ela o compreendia.

Mas provavelmente era só exaustão mesmo.

– Também não consegui dormir – Indira disse. Um momento de silêncio se seguiu. – Você, há… quer ver TV comigo?

O cérebro de Jude reagiu com um *não* imediatista, só que sua língua não jogou a sílaba para fora. Jude sabia que não deveria sobrecarregar Indira com a enfermidade sutil que escapava dele como uma nuvem tóxica. Devia deixá-la em paz, sair e correr até adentrar o esquecimento doloroso, poupando-a do drama.

No entanto, algo nela o atraía, como se Indira tivesse enlaçado o peito dele e agora puxasse a corda com delicadeza e de forma constante. As pernas de Jude começaram a se mover, arrastando seu corpo destroçado até o sofá de aparência macia onde Indira se encontrava, docemente sonolenta, como se aquilo importasse. Como se ele fosse encontrar conforto ali. Quando sabia que era impossível.

– O que você está vendo? – Jude indagou, sentando-se rígido no sofá e deixando tanto espaço quanto possível entre os dois.

– *Bob's Burgers* – ela respondeu, ligando o desenho de novo. – Mas só os especiais de Ação de Graças.

Os lábios de Jude se curvaram.

– Por que só os especiais de Ação de Graças?

Indira sorriu, com os olhos fixos no desenho animado que passava na TV, em que uma mulher usando um vestido azul-petróleo cantava uma música sobre molho de *cranberry*.

– Não sei. Eles me deixam feliz, acho. Desaceleram o cérebro e me ajudam a dormir.

– Por que você não consegue dormir?

Ela deu de ombros, ajeitando a manta para cobrir as pernas de Jude. Os músculos das pernas dele reagiram como se Indira tivesse passado a mão ali.

– Nem sempre é um problema, mas às vezes o trabalho não me deixa dormir. Ou me acorda, na verdade.

– Você está com problemas no trabalho?

Jude se odiava um pouco pela pequena faísca de esperança de que ela também estivesse com dificuldades na carreira. De que ele talvez não estivesse totalmente só.

No entanto, Indira balançou a cabeça.

– Não, não é isso. Na verdade, hoje foi um dia bom. Já faz uns meses que estou atendendo um menino que nunca fala nada. Considerando tudo o que passou em uma vida tão curta, não o culpo. – Indira parou de falar por um momento e mordeu o lábio inferior. – Hoje decidi tentar algo novo e o levei para fora, para ficar sob o sol. A princípio, ele pareceu hesitante, mas depois foi relaxando, devagar. Passou as mãozinhas na grama e enterrou os dedos na terra. Levantou o rosto para o sol e até sorriu. E então falou. Foram só algumas frases, mas quase chorei de tão feliz que fiquei de ouvir a voz dele.

Por um momento, tudo o que se ouviu foi o som da TV.

– Estou esperançosa – ela sussurrou. – Adoro ver as pessoas aprenderem a se curar. É mágico.

Jude não conseguia tirar os olhos da boca dela. A cadência de suas palavras lembrava uma canção de ninar.

– Então por que você não consegue dormir? – ele se ouviu perguntando.

Indira abriu um sorriso, um sorrisinho com um leve toque de dor.

– Não sei. Acho que fico preocupada com meus pacientes. Mesmo quando as coisas estão indo bem. Às vezes sinto ter deixado escapar uma peça crucial do quebra-cabeças, e isso me deixa inquieta.

– Você não deveria deixar o trabalho afetá-la assim – Jude disse, o que lhe pareceu muito fácil de falar e difícil de fazer.

Indira se virou de frente para ele, com o rosto sem expressão a não ser por seus olhos, que eram piscinas sem fundo de ironia.

Ela olhou para Jude como se *soubesse*. Como se tivesse visto cada sonho que o assombrava, testemunhado cada despertar sobressaltado. Olhou para Jude como se passasse horas andando de um lado para o outro do quarto com ele, até o nascer do sol, ansiando por dormir, porém morrendo de medo da ideia de se sujeitar a uma tortura como essa.

O olhar de Indira fez a pele de Jude ficar arrepiada e seus músculos se contraírem. Ele se sentia exposto e seu coração palpitava.

– Salgadinho? – Indira ofereceu, mantendo a voz baixa e os olhos fixos nos dele, enquanto se abaixava para pegar um pacote de Doritos.

– Quero – ele aceitou e engoliu em seco, perdido no no tom de cobre hipnotizante dos olhos dela. Depois do que pareceu uma eternidade, Indira enfim piscou e voltou a se concentrar na TV.

Em vez de se sentir aliviado e livre da intensidade do olhar dela, Jude teve a distinta sensação de que caía para trás, como se a irmã do amigo tivesse cortado a corda bem quando ele estava suspenso à beira de um penhasco. Qual era o problema dele?

E então ela riu. Uma risada profunda e boba. E genuína, o que pareceu recolocar algumas das partes desconjuntadas dele no lugar. Pelo menos por um momento. Jude respirou fundo e procurou se afundar no sofá, absorvendo o som da TV, a respiração de Indira e o barulho do saco de Doritos quando ela estendeu a mão para pegar mais um pouco.

– Essa parte é muito engraçada – Indira comentou, de boca cheia, apontando com o queixo para a tela.

Jude manteve os olhos fixos na TV, entretanto seu corpo permaneceu em alerta máximo. Tenso e rígido como se seus sonhos ou qualquer forma de perigo pudessem derrubar a porta a qualquer momento.

Ele sentiu os olhos de Indira sobre si, avaliando-o, daquela maneira cuidadosa e sensual. Os olhares dela costumavam irritá-lo. Provocá-lo. No entanto, por algum motivo, em meio à confusão da madrugada e do sono, o peso do olhar de Indira na pele dele lhe trazia conforto.

Jude olhou para ela e tentou abrir um sorriso sincero. O que saiu foi um sorriso lento e hesitante, mais assustador que qualquer outra coisa, mas ao menos ele tinha tentado.

Os olhos de Indira se concentraram em sua boca, traçaram seus lábios. Então ela sorriu de volta, o que foi o bastante para virar o mundo de Jude de cabeça para baixo. Ele sentiu a respiração pesada, o coração despencando e depois ricocheteando pelo torso, enquanto uma onda de calor o varria inteiro, até os dedos dos pés.

Devagar, tão devagar que Jude soube que ela fazia aquilo por ele, Indira estendeu a mão através dos centímetros que os separavam e pegou a dele. Seu corpo se aproximou um pouco mais, embora ainda houvesse bastante sofá entre os dois, e ela pousou a mão de Jude sobre suas pernas.

Jude se perguntou se ela fazia ideia da sensação que provocara no corpo todo dele. Quando Indira encurtara a distância e o tocara, foi como se cada terminação nervosa tivesse sido acessada e inundada por hormônios positivos.

Voltando a se concentrar na TV, ela começou a massagear preguiçosamente a mão dele, acariciando a palma com os dedões, puxando cada articulação com delicadeza.

Uma estranha sensação de calma desceu da nuca para a espinha de Jude, espalhando-se devagar pelo peito. Pelos braços. Pelas pernas.

E era uma sensação boa.

Pela primeira vez em meses, Jude sentia algo que não era vergonha ou medo. Ele sentia… satisfação. O que era delicioso, agradável e desorientador.

Parte dele temia aquilo. Caso cedesse aos sentimentos positivos, seria ainda mais dolorido quando eles fossem embora, o que era inevitável. Entretanto, era impossível resistir ao brilho da TV, à maciez do cobertor e à delicadeza dos dedos de Indira. E ele não resistiu.

Pela primeira vez em muito tempo, Jude se sentiu quase normal. Como uma pessoa de verdade, sentada no sofá, vendo TV e comendo porcaria. Quase conseguiu rir diante da ideia de como pequenas coisas lhe traziam um alívio enorme. No mesmo instante, porém, sua garganta se fechou, como se estivesse a um passo de chorar, como se toda a dor que mantinha sob controle fosse extravasar.

Jude precisava se segurar. Precisava se controlar. Enfiou todas as emoções conflitantes e confusas em caixas separadas e as relegou aos cantos mais distantes de sua mente, torcendo para que permanecessem trancadas e juntando pó. Não ia desperdiçar aquele breve sossego analisando sua resposta. Ficaria sentado no sofá, ouvindo Indira rir.

Aconteceu de um jeito tão gradual que ele nem notou a princípio, mas, conforme os dois passavam ao especial de Ação de Graças de outra e mais de outra temporada, Indira se moveu mais para perto dele, até que estavam lado a lado, a mão de Jude ainda na dela, o corpo de Indira encostando no dele de maneira confortável e calorosa. Jude sentia o peito dela subir e descer contra o próprio bíceps, as vibrações de sua risada no pescoço e no ombro. Até a gata sarnenta e bizarra dela se juntou a eles, empoleirada no braço do sofá, com os olhos fixos em Jude, piscando lenta e intermitentemente.

Era a primeira vez que o tocavam assim desde… desde sempre. Jude não tinha uma única lembrança de alguém o tocando por um período tão longo de maneira tão confortável. O que deveria desconcertá-lo. Fazia anos que não era tocado de verdade; seu único contato físico com outras pessoas era quando havia alguém destroçado na maca diante dele que apenas suas mãos seriam capazes de curar. Ele passara a evitar o toque tanto quanto possível – como se sua pele fosse queimar, caso permitisse que alguém se aproximasse assim. No entanto, o calor e o conforto de Indira o levavam a um estado quase sedado de calma eufórica. Sem pensar, sem se impedir, Jude se recostou nela.

Então caiu no sono mais profundo de toda a sua vida.

CAPÍTULO 11

Jude

– Ai, minha nossa! Jude! Como *você* está?

Devia ser a décima quinta vez que alguém cumprimentava Jude mais ou menos daquela maneira enquanto ele pairava nos limites da mais recente festa de noivado/evento pré-casamento de Collin e Jeremy.

Seu corpo ficou tenso enquanto era puxado em outro abraço esmagador por alguém que reconhecia apenas vagamente da faculdade.

Os noivos, extrovertidos que eram, haviam convidado todos os amigos da faculdade para ir ao Dusty Luke, um bar onde quase todos os estudantes da Callowhill haviam afogado as mágoas pelo menos uma ou duas vezes. O que significava que toda a turma estava apertada naquele pequeno estabelecimento no oeste da Filadélfia.

E cada um deles parecia determinado a tocar Jude sem motivo e gritar na cara dele por conta da música alta e do barulho das outras conversas.

– Mandaram você para o exterior, não é? – Brad, alguém de quem Jude se lembrava vagamente de quando estudavam cadáveres, perguntou, chegando perto demais e invadindo o espaço pessoal de Jude. Era a primeira vez que se via em meio a um grupo tão grande de pessoas desde que voltara, e estava ansiando profundamente pela segurança e solidão de seu quarto. Jude já havia pensado que o encontro na Cheesecake Factory tinha sido demais, e aquilo estava em outro nível.

– Você é do Exército? – a esposa de Brad, Marta, perguntou, também chegando perto demais.

– Não – Jude murmurou, tomando sua água e torcendo para que esfriasse o calor que sentia por dentro. Tinha visto as consequências da guerra, os ferimentos terríveis que as pessoas infligiam umas às outras. Sempre que se lembrava daquilo, era como se lhe dessem um soco na garganta.

Brad abriu a boca para fazer outra pergunta, porém o barulho de alguém batendo no microfone que havia na frente do bar chamou a atenção de todos.

Jeremy e Collin estavam no palquinho que havia no canto, sorrindo para os amigos com as bochechas rosadas.

– Oi, pessoal! – Jeremy cumprimentou a todos, com o microfone na mão. – Temos algumas coisinhas pra dizer. Primeiro, obrigado por terem vindo à nossa festinha. – Os dois sorriram em resposta aos aplausos dispersos. – Todo mundo diz que os noivos não conseguem aproveitar o dia do casamento, por isso decidimos comemorar tantas vezes quanto possível!

– E hoje à noite – Collin disse, pegando o microfone de Jeremy –, pensamos que seria divertido virar umas cervejas, comer uns hambúrgueres e fazer um *quiz*! Vai ser uma mistura de conhecimentos gerais e fatos sobre nós dois. Tem um prêmio para quem ganhar.

– Qual é o prêmio? – alguém próximo a Jude perguntou. Ele reconheceria aquela voz em qualquer lugar. Olhou em volta até ver Indira com os cotovelos apoiados em uma mesa alta e um copo na mão.

Jeremy voltou a pegar o microfone.

– Boa pergunta! É algo superlegal, feito por encomenda, de edição limitada, muito *fashion* e nem um pouco cafona… – Jeremy e Collin olharam um para o outro com sorrisos idênticos no rosto, então imitaram um rufar de tambores batendo nas próprias pernas. – Uma camiseta *Jellin*!

Jeremy pegou, da mesa atrás deles, uma camiseta enrolada e a abriu com um floreio diante da plateia.

Era… especial. Com toda certeza.

No meio da camiseta, caricaturas de Collin e Jeremy se abraçavam, debaixo da palavra *Jellin* (que aparentemente era o nome de casal deles e a *hashtag* do casamento) escrita em letra cursiva.

– Ficou incrível, né? – Collin quis saber, rindo e olhando em adoração para Jeremy. Ele afastou o microfone da boca quando outra risada veio, e fechou os olhos por um momento para se recompor. – Vão se preparando, porque começamos logo mais.

A multidão aplaudiu e comemorou, porém os resmungos de Indira não passaram despercebidos a Jude. Ela era foda. Ele sorriu e chegou mais perto.

Tudo em Indira o atraía, de modo que precisou fazer um esforço consciente para não mover mais os pés.

Os dias anteriores tinham sido um exercício de autocontrole, o que era surpreendente. Jude tentava, desesperadamente, cortar quaisquer laços que tivessem se estabelecido desde aquela história... bizarra... de dormirem abraçadinhos no sofá.

Jude não queria que Indira olhasse de perto demais para ele e notasse os danos que havia sofrido. No entanto, morar com ela era um tipo de tortura visceral – sua risada enquanto falava ao telefone atravessava a parede que os dois dividiam, ele ouvia a voz encantadoramente rouca dela cantando no chuveiro, seu perfume suave e terroso se impregnava em tudo o que Jude possuía. Ele sentia um puxão debaixo das costelas, que o tentava a... a...

Apenas existir ao lado dela.

Por isso, naturalmente, Jude a vinha evitando tanto quanto possível.

Ele recuou e se enfiou em um canto, torcendo para desaparecer contra a parede escura e descascada do bar enquanto o zum-zum-zum em volta ameaçava liquidá-lo. Jude odiava ruído de fundo. Deixava-o no limite e fazia seu coração martelar contra o peito.

Tentou se concentrar no rosto das pessoas – estudando seus traços de modo que todo o resto parecesse desfocado –, em vez de absorver a quantidade esmagadora de corpos à sua volta.

Foi então que avistou Chris perto de Indira, conversando com a nova (novíssima) namorada, Lauren. Os dois se balançavam juntos em uma dancinha fora de ritmo. Não era preciso ser muito inteligente para entender qual era a do cara.

Jude arriscou outra olhada para Indira, que olhava com o rosto inexpressivo para o ex. Quando Chris deu um beijo molhado na bochecha de Lauren, Indira fez uma careta e virou-se de costas para os dois, com aversão marcando suas belas feições.

Indira deve ter sentido o peso da atenção de Jude nela, porque virou o rosto para ele, de repente, e seus olhos se encontraram. Jude não conseguiu desviá-los. Os lábios de Indira se entreabriram ligeiramente e uma leve ruga se formou entre suas sobrancelhas.

Depois do que pareceu ser uma eternidade, ela ergueu uma mão para um aceno, com um canto da boca se levantando em um sorrisinho.

Jude não sabia o que fazer. Sentia uma desconexão tão grande com os braços e o restante do corpo que tinha dificuldade de imaginar o que seria uma reação normal. No entanto, percebeu que imitava o gesto, o que fez o sorriso de Indira se ampliar um pouco.

De repente, Chris jogou a cabeça para trás, rindo de algo que Lauren havia dito. Ele trombou com Indira, empurrando-a para a frente e fazendo com que derrubasse metade de sua bebida. Ela se virou, arreganhando os dentes.

Chris se virou também, e seu sorriso alegre cedeu espaço a uma expressão de surpresa, depois de horror. E, por fim, de pena.

Jude não conseguia nem imaginar um universo no qual Indira receberia bem aquela reação.

De fato, a voz dela chegou até onde Jude se encontrava. Não conseguiu entender exatamente o que ela dizia, mas ficou claro que Indira não estava feliz. Jude não a culpava. E soube que as coisas estavam saindo de controle quando ela começou a enfiar o dedo no peito de Chris.

Antes mesmo que pudesse processar o que estava fazendo, suas pernas estavam em movimento, e ele correu até Indira.

– Oi – disse, chegando um pouco perto demais dela para que aquilo parecesse natural. Indira piscou para ele.

– Oi – ela conseguiu dizer, inclinando a cabeça para trás para vê-lo melhor.

Jude não sabia o que fazer em seguida, ou mesmo por que estava ali. Por algum motivo muito bizarro, ele fez um movimento brusco e indeciso na direção dela. Os olhos de Indira se arregalaram em alarme e horror.

Ah, foda-se.

Ele se inclinou e lhe deu um abraço de lado e desconfortável. A princípio, Indira ficou rígida, depois seu corpo relaxou, parecendo familiar contra o corpo de Jude. Ele deixou o braço cair e deu um passinho para trás.

Jude olhou para Chris, que o olhava com uma expressão confusa no rosto, como se não conseguisse se lembrar de quem se tratava, apesar de terem se visto várias vezes nos eventos pré-casamento.

– Você quer, hum, ir lá para o canto comigo? – Jude perguntou, voltando a se concentrar em Indira e acenando com a cabeça para seu esconderijo.

Ela ficou em silêncio por um momento, depois sua expressão se tornou sarcástica.

– Aposto que você diz isso pra todas as garotas – respondeu, cáustica.

– E faço sucesso – Jude retrucou, com uma risadinha.

Indira sorriu para ele, depois fez "obrigada" com os lábios, sem produzir som, antes de seguir para o canto, com Jude em seu encalço.

Antes mesmo que chegassem lá, Collin voltou a pegar o microfone. O som agudo e irritante do retorno cortou o salão. Jude parou na mesma hora. Seu pescoço ficou rígido e suas mãos taparam os ouvidos, seu corpo todo entrando em alerta vermelho.

– Muito bem – Collin disse, apesar do barulho, acrescentando uma camada de estática ao caos. – Chegou a hora! Formem grupos de cinco ou seis pessoas, por favor.

O bar irrompeu em movimento e som – com o arrastar de cadeiras pelo piso grudento, mesas sendo empurradas contra a parede, Collin aproximando o celular do microfone enquanto a música-tema de *Jeopardy!* tocava. Os nervos de Jude ficaram em frangalhos.

Algo no cérebro dele parou de funcionar e seu mundo saiu do eixo. Por conta do som baixo e profundo das pessoas rindo e gritando no bar, do ruído estridente do retorno do microfone, do barulho das banquetas batendo, que lembrava tiros… e… *tudo.*

– Jude.

A voz suave de Indira interrompeu a confusão de sentidos. Ela entrou em foco, na frente dele.

Parecia calma. Gentil. Estável.

Parecia tudo.

A cabeça dele girava. Jude queria pedir ajudar, mas não sabia como. Queria… queria…

– Vou tocar você – ela sussurrou, erguendo as palmas. – Tudo bem?

De alguma maneira, ele conseguiu fazer que sim. Indira estendeu um braço e acariciou os nós dos dedos das mãos cerradas em punho de Jude. Ele forçou os músculos a relaxar, deixou que Indira abrisse seus dedos e deslizasse a palma contra a sua.

– Vamos sair daqui – ela disse, mantendo os olhos grandes e castanhos fixos em Jude. Servindo de âncora para ele.

Indira começou a andar, puxando-o delicadamente pelo braço.

Jude a seguiu.

Não havia nada que pudesse fazer naquele momento além de segui-la para fora do caos do bar e para o frescor da noite.

CAPÍTULO 12

Jude

O mundo ainda girava quando Jude soltou a mão de Indira. Ele se apoiou contra a parede de tijolos aparentes do beco adjacente, passou os dedos pelo cabelo e o puxou, de cabeça baixa.

Os sapatos de Indira entraram em seu campo de visão, que até então consistia apenas em concreto.

Jude não conseguia se convencer a olhar para ela. Sua respiração estava curta e ele sentia um amargor na boca, o estômago revirado. A vida era assim agora? Ou não sentia absolutamente nada ou sentia tudo de uma vez? Que existência de merda. E tão solitária.

– Nesse momento, você está seguro – Indira disse, com suavidade.

As palavras o pegaram Jude de surpresa. Ele ergueu a cabeça e seus olhos encontraram os dela.

O rosto de Indira estava sereno enquanto observava Jude. Ele desejou poder se afogar na tranquilidade dela.

– Você está aqui, neste beco – ela prosseguiu. – E eu estou aqui com você. É uma noite fria de outubro, e o cheiro é ruim. Mas estamos ambos aqui. Estamos seguros.

A rouquidão encantadora da voz dela embalava o turbilhão de pensamentos dele.

No entanto, o conforto era tão assustador quanto o caos. Jude sentia ambos com profundidade. Dolorosamente. Ambos existiam alheios à segurança do torpor. A brandura da voz de Indira, a proximidade de seu corpo, o expunha, derrubava as portas atrás das quais ele mantinha a dor fechada. E o deixava desesperado para fugir daqueles sentimentos.

– U-um abraço – Jude conseguiu dizer. – Por favor, me abraça, por favor.

Ela agiu rápido, enlaçando sua cintura com os braços, apertando-o, abraçando-o forte. Ele se agarrou às costas de Indira como se fosse derreter contra a pele dela.

De repente, ele estava chorando. Seu peito arfava, seus pulmões ameaçavam explodir enquanto engolia o ar e as emoções o inundavam.

Jude nem se lembrava da última vez em que havia chorado. Não chorara por conta de um osso quebrado, quando pequeno, nem mesmo no funeral dos avós. Não chorara por raiva, estresse ou frustração. Nem quando testemunhara toda morte e toda dor e todo sofrimento que havia no mundo.

Doía, aquele choro. Raspava sua garganta e esfolava sua pele. Ele não conseguia parar.

Indira o abraçou o tempo todo. Ficou na ponta dos pés, o corpo comprimido contra o dele. Ancorando Jude. Uma mão traçava círculos em suas costas, transmitindo carinho, enquanto a outra descansava na curva do pescoço dele; Jude, por sua vez, mantinha a cabeça apoiada no ombro dela.

Uma hora, as lágrimas secaram, mas Indira não o soltou; ela continuou acariciando a nuca dele e fazendo um barulhinho tranquilizador enquanto Jude recuperava o fôlego.

Uma mistura bizarra de alívio e vergonha o inundou, porém o que mais chamava sua atenção era que estava feliz por sentir um pouco menos de dor, como se tivesse se livrado de um peso amarrado ao pescoço. Era um pouco aterrorizante constatar o quanto precisava de Indira naquele momento. Jude queria permanecer nos braços dela para sempre.

– Quer conversar? – Indira perguntou baixinho contra o ombro dele.

Jude balançou a cabeça, depois fez que sim, então deu de ombros.

– Na verdade, não – respondeu, as palavras abafadas pelos cachos densos dela.

– Você *precisa* conversar?

Com um suspiro, Jude se afastou, o corpo rígido se desemaranhando do calor dela.

– Eu... não sei. Queria dizer que estou bem, mas também sei que você costuma discordar de mim, então isso me parece inútil.

Ele passou as mãos pelo rosto, depois fez uma tentativa fraca de sorrir. Indira o encarou, com seus olhos infinitos. À espera.

Ele puxou o ar de maneira entrecortada e começou a falar.

– A OGCS me mandou para vários lugares. Lugares lindos. Mas lugares com... não sei nem como descrever. Extrema precariedade. – Jude fixou o olhar na parede de tijolos aparentes à frente deles. – E a minha postura foi tão arrogante. Achei que um ano de residência num hospital da Filadélfia havia me ensinado tudo o que eu precisava saber... achei que seria... não sei, fácil. Iria para onde me mandassem, consertaria um osso quebrado aqui, faria um parto ali, daria pontos acolá. Estava disposto a fazer o necessário, sem hesitar. Tudo com a motivação inabalável de me livrar da dívida estudantil.

Ele ficou em silêncio por um momento, e seus olhos buscaram Indira.

– Não é ridículo? Estava tão obcecado pela ideia de economizar que topei ser mandado de um lugar para outro do mundo brincando de ser Deus. Agora me odeio por isso.

– Não fala assim – Indira sussurrou. – O fardo dos empréstimos e dos juros pode ser pesado a ponto de se tornar debilitante. Você não é uma pessoa ruim por dedicar anos da sua vida ao serviço em regiões carentes para reduzir esse fardo.

– Sou uma pessoa ruim porque meu interesse não era humanitário. Meus motivos eram puramente egoístas.

Jude inclinou a cabeça para trás e olhou para o céu.

Ele piscou algumas vezes, tentando desemaranhar suas emoções e expressá-las em palavras. Para explicá-las para Indira.

Aquilo vinha acontecendo com frequência. Quando tentava pensar, nós se formavam no seu cérebro, impossíveis de serem desfeitos. Sua mente costumava ser tão ágil, ele sempre estava muito adiante nas conversas ou ações. Agora, parecia incapaz de completar os processos mais simples.

– Aonde quer que eu fosse, perdia pessoas. Não era rápido o bastante para cauterizar uma ferida ou inteligente o bastante para reconhecer logo do que se tratava. Vi pessoas perderem olhos. Pernas. Vi civis bombardeados no meio de um dia normal, vilarejos devastados por furacões. Famílias inteiras mortas dentro da própria casa. Vi pessoas nos estados mais primitivos da dor, e com muita frequência não consegui ajudar. Começou a parecer que era eu quem estava levando sofrimento para elas.

Jude era assombrado pelos corpos nas macas, seus olhos suplicantes e marcados pela dor em busca de uma salvação que ele não podia oferecer.

– Jude – Indira sussurrou, estendendo uma mão para ele. Jude não a aceitou, e a mão dela congelou naquela posição. – Médicos não são infalíveis. Somos colocados em situações impossíveis e tudo o que podemos fazer é dar o nosso melhor.

– O meu "melhor" é deixar as pessoas morrerem, Indira. Como posso me perdoar por isso? Como posso abandonar a ideia de que me coloquei em situações para as quais não estava preparado, quando outra pessoa, alguém mais capaz, poderia estar fazendo o meu trabalho?

Indira olhou no rosto dele.

– Não estou entendendo o raciocínio – ela disse, com certa impotência na voz.

Jude enfiou as mãos nos cabelos e os agarrou. Merda! Por que era tão difícil falar?

– Tipo, eu me candidatei a isso, sabe? Mandei meu currículo para a vaga, fiz entrevistas. Vendi a melhor versão de mim mesmo com o único propósito de pagar meu empréstimo. Não queria ajudar. Não queria salvar as pessoas. Só queria me livrar das dívidas. Não ter de pagar mensalidade. E como saber se não fiquei com a vaga de alguém mais capacitado? De alguém que poderia salvar todas aquelas pessoas? Como posso viver com o fato de que minhas deficiências como médico são o motivo pelo qual algumas pessoas morreram?

Ótimo. Jude estava chorando de novo.

Indira mordeu o lábio.

– Jude, você já falou a respeito disso em terapia?

Ele soltou uma risada dura e amarga.

– Acredite ou não, não oferecem terapia nos lugares onde trabalho.

– Mas você tentou falar com alguém da OGCS sobre proteger sua saúde mental? Talvez alguém acima de você. Talvez…

– Para, Indira – Jude disse, os dentes cerrados, a cabeça girando.

Ele estava morrendo de vergonha. Completamente constrangido. Seu desequilíbrio atual lhe dava medo. Jude não tinha a menor ideia de com quem poderia conversar em regiões em guerra ou com agitação social. Sua incapacidade de lidar com a situação era insignificante quando comparada ao trauma que civis sofriam todos os dias apenas tentando sobreviver. Se fizesse isso, estaria sendo egoísta de novo.

Indira pressionou os lábios, contudo seus olhos deixavam claro que ela queria continuar insistindo. Aquelas rugas na testa dela haviam sido causadas por ele, assim como a tensão em sua boca.

Agora os dois tinham mais um motivo para se odiar.

Jude queria estender os braços e abraçá-la de novo, mergulhar em sua leveza, em sua bondade, até conseguir se convencer de que ele também era bom. Porém não podia fazer isso com ela. Quando estava com Indira, seus sentimentos eram intensos demais para que aquilo fosse seguro. Só iria machucá-la.

Ele voltou a baixar a cabeça e arrastou a ponta do sapato pelas rachaduras no concreto.

– E o que foi que serviu de gatilho, no bar? – Indira perguntou, colocando-se ao lado dele na parede.

– O barulho, acho – Jude respondeu, pressionando as mãos contra os tijolos ásperos atrás de si. – E a quantidade de pessoas. Vários lugares onde trabalhei eram bombardeados ou atacados com frequência. Eu... às vezes tenho dificuldade de lembrar que não estou mais neles quando um barulho me pega de surpresa.

De canto de olho, Jude notou que ela assentia.

– Ainda bem que Collin e Jeremy pegam superleve com os eventos pré-casamento. Seria péssimo se tivesse que encarar semanas de reuniões barulhentas e dramáticas.

Uma risada subiu do fundo da garganta e surpreendeu Jude. Indira virou a cabeça para ele e olhou para sua boca. Ele notou um sorriso florescendo no rosto dela.

– Me sinto um imbecil – Jude admitiu, apontando para o bar. – Quero estar presente pra eles. Vim até aqui pra isso. Collin é meu melhor amigo e sempre pude contar com ele, sabe? Não quero perder um momento tão importante porque estou todo fodido.

Indira desviou o rosto, mas antes algo fez seus olhos brilharem.

Ela pigarreou.

– Tem alguma coisa que eu... que a gente... possa fazer pra facilitar pra você? Posso falar com eles. Ver se os dois não cancelam uma das quarenta festas planejadas. Ou se maneiram um pouco.

– Não – Jude respondeu, alto demais. Áspero demais. Indira deu um pulo. – Desculpa – ele disse então, mais calmo. – Não conta pra eles. Eu não… não quero tirar a atenção do casamento. Não quero… acho que não quero que eles saibam.

– Eles não iam gostar de ver você sofresse assim – Indira comentou, franzindo as sobrancelhas.

– Eu…

Jude não sabia o que dizer. Tinha certeza de que seus amigos não iam querer que ele se sentisse daquela maneira: destroçado em um momento que deveria ser de alegria. Entretanto, não havia o que fazer, então por que levá-los a se sentirem culpados também?

– Isso ajudou – Jude disse, abarcando o beco com um gesto. – Esse tempo com você ajudou.

Indira ficou em silêncio. Ele pigarreou, sentindo o desconforto distanciá-los.

– Falando em sofrer – Jude disse, mudando de assunto de maneira falsamente casual. Era desconfortável admitir quão mal estava e o fato de que talvez nunca se recuperasse. Precisava de um descanso depois de ter falado a respeito. – Não consigo acreditar que perdeu a paciência com seu ex com aquela agarração toda. Esse nível de maturidade não combina com você.

Indira pareceu indignada; deixou o queixo cair e o encarou na hora. Jude tentou esconder um sorrisinho, porém foi impossível. Ela lhe lançou um olhar fulminante, mas acabou sorrindo também, e deixou que ele mudasse de assunto.

– Bom, sendo sincera, estou precisando de todo o meu limitado autocontrole para não surtar toda vez que vejo os dois – ela disse. – E Jeremy e Collin programaram mais uma série de eventos com os padrinhos.

– Eu, hã, sinto muito que não tenha dado certo – Jude disse, olhando para os próprios sapatos, e ficou surpreso em descobrir que estava mentindo. Uma parte estranha, egoísta e nova dele estava meio que… *feliz* por Indira não estar sofrendo pelo tal do Chris. Ele não sabia bem o que aquilo significava. Provavelmente só estava sendo protetor, porque a conhecia havia anos.

– Não sinta – Indira disse, com um movimento do punho e apenas um leve toque de tristeza na voz. – A única coisa que saiu ferida foi meu orgulho. É humilhação demais esbarrar com o namorado se pegando com outra pessoa. Mas acho que acabou sendo o melhor mesmo.

– Não acha que vocês podem se reconciliar? – Jude perguntou, com o coração palpitando como as asas de um beija-flor.

– De jeito nenhum – Indira respondeu, puxando um cacho de cabelo. – No momento não quero nem pensar em ter um relacionamento. É a última coisa que desejo agora.

Ah.

Aquilo era... uma declaração. Uma declaração bem inócua. Então por que o coração enferrujado e trancafiado de Jude ao mesmo tempo ficou exaltado e desanimado?

– Mas preferiria não ter de ver os dois desfilando por aí enquanto fico largada num canto – Indira prosseguiu. – Não ajuda em nada ser a única solteira do meu grupo de amigas no momento. Seria bom sair com alguém só para me distrair de todas as demonstrações de afeto pegajosas que estão acontecendo à minha volta.

Uma ideia perigosa se formou na cabeça de Jude, depois ricocheteou em seu cérebro. Uma ideia ruim.

Muito ruim.

No entanto, saber disso não impediu sua boca de se abrir.

– Eu poderia... sei lá, poderia fingir ser seu namorado na frente do Chris. Ou algo do tipo – ele soltou, pressionando as palmas trêmulas com força contra a parede atrás de si.

Indira olhou para ele, com o rosto contorcido entre confusão e aversão.

O que doeu.

– Pra, tipo assim, manter você distraída ou sei lá. Ou pra lhe dar uma desculpa pra se livrar dos casais apaixonados... não sei. Para você ter com quem dançar no casamento...

– Já vi você dançar, Jude, então não sei se deveria incluir isso como um incentivo.

Ele revirou os olhos, depois bateu com o ombro de leve no dela.

– Tá. Esquece esse negócio de dançar. Você provavelmente esmagaria meus dedos com esses seus pés gigantes.

– Eles são bem proporcionais! – Indira retrucou, ultrajada, mostrando um pé. Não era como se ela tivesse pés de palhaço, mas sempre tinham parecido um pouco grandes demais para sua altura. Quando criança, ela parecia um filhote de dogue alemão, com o corpinho magro sobre patas gigantescas batendo pra lá e pra cá.

Era... fofo.

– Ah, claro – Jude disse, irônico, e Indira bufou.

Um silêncio caiu sobre ambos, e Jude resistiu à vontade de insistir. Era uma ideia ridícula. Ele não devia se meter na vida de Indira.

– Por que você faria isso? – ela perguntou, olhando para a frente. – Por que fingiria ser meu namorado, ou sei lá o quê? O que ganha com isso?

Jude deu de ombros.

– Não sei. Como falei, fico meio perdido com tudo o que está rolando, mas sua companhia parece me ajudar.

Indira olhou para ele.

– Pode acreditar que é a última coisa que eu esperaria também – Jude disse, sentindo as bochechas queimarem.

Ela fingiu estar brava e deu uma cotovelada na barriga dele.

– Isso... acho que isso me daria um motivo para escapar de algumas situações sociais sem chamar muito a atenção. Seria como um amortecedor para tudo.

Jude fez um gesto vago à frente deles.

Indira continuou em silêncio, e ele se arriscou a olhar na direção dela. E ela parecia magoada.

– Achei que me conhecesse o suficiente para não achar que preciso de um acordo para ajudá-lo ou apoiá-lo – Indira disse afinal, sem emoção na voz.

Jude sentiu um aperto no coração e se atrapalhou com as palavras.

– Merda. Não. Desculpa, eu não quis dizer isso, só...

– Só o quê?

– Só me sinto um inútil – admitiu, e sua voz soou distante. – Tipo, o tempo todo. Sinto que não tenho nada de bom para oferecer a ninguém e... acho que pensei que isso fosse algo que eu pudesse oferecer a você, pra variar um pouco. Não quis ofender.

Jude sentiu os olhos de Indira nele, mas não conseguiu encará-la. Uma vergonha esquisita e embaraçosa tomou conta dele.

– Sei que a gente nem sempre se deu bem... – Indira disse, afirmando o óbvio. – Parte de mim quer... sei lá, que a gente seja amigo? Ou pelo menos que não sejamos *frenemies*.

– Amigo? – Jude ecoou, e a palavra pareceu estranha em sua boca.

– Mas não sei, talvez a gente deva manter a faísca viva – Indira disse, batendo com o ombro no dele.

– Você quer ser minha amiga? – Jude perguntou, um pouco ávido demais.

Indira mordeu o lábio inferior, mantendo os olhos fixos à frente.

– Sim, eu gostaria de ser sua amiga.

Um calorzinho começou a se espalhar pelo peito dele.

– E sua namorada de mentirinha, já que você está se jogando pra cima de mim – Indira disse, com o sarcasmo que lhe era característico, afastando-se da parede.

– É? – Jude perguntou, sentindo o mesmo calorzinho descer por seus braços e pernas até as pontas dos dedos das mãos e dos pés.

– Desde que me compre flores e diamantes de mentirinha, e que me pague jantares de verdade no DoorDash. É o preço de ter uma namorada de mentirinha.

Ela abriu um sorrisinho provocador.

Jude retribuiu.

– Então tá bom – ele concordou, também se afastando da parede. – Estamos combinados.

CAPÍTULO 13

O primeiro passo daquela mentira gigante era contar a verdade para Jeremy e Collin.

E isso foi feito da maneira mais dramática que Indira conseguiu, porque se recusava a perder a oportunidade de chocar o irmão.

– Jude e eu estamos loucamente apaixonados – ela anunciou, entrando na cozinha quando Collin, Jeremy e o namorado de mentirinha estavam sentados à mesa, tomando o café da manhã num silêncio pacífico. Os três engasgaram com a comida.

– Por isso – ela prosseguiu, sentando-se no braço da cadeira de Jude, com o quadril encostado no bíceps dele –, vamos juntos ao casamento de vocês.

Indira foi pega de surpresa por um friozinho repentino na barriga. E por uma dor no peito que não fazia sentido.

– *Oi?* – Collin disse, entre uma tossida e outra.

Com um sorriso exagerado, ela apoiou uma mão (desajeitada) no topo da cabeça de Jude. Ele olhou para Indira, confuso e horrorizado. Os olhos arregalados de Collin se alternavam entre a irmã e o melhor amigo.

– Não é, *benzinho*? – Indira ronronou, pontuando aquilo com uma piscadela safada. Depois, levou dois dedos ao queixo de Jude, para fechar a boca dele.

– O que está acontecendo? – Jeremy sussurrou.

Jude só soltou um ruído gorgolejante estranho.

– Mas você… ele… isso é literalmente impossível. Vocês dois? Não. Eu… – Collin voltou a engasgar, com o ar, o próprio cuspe ou sua confusão, e Jeremy teve que bater nas costas do noivo.

Indira deu risada, torcendo para que assim as leves cutucadas de tristeza não a incomodassem tanto.

– Calma. Estou brincando – ela disse, afastando-se de Jude para se sentar na própria cadeira, enquanto os outros piscavam, perplexos. – É de mentirinha – Indira explicou, com um floreio de mão que indicava que aquilo devia ser óbvio. – Ele vai ser meu par de mentirinha no casamento. E nos outros eventos que vocês programaram, imagino.

– Desculpa, mas *como assim*? – Jeremy perguntou, massageando as costas de Collin, cujo rosto se encontrava em um tom preocupante de vermelho. – Vocês vão fazer um daqueles esquemas de comédia romântica da Netflix?

Indira revirou os olhos.

– Não que seja da conta de vocês, mas gostaria de comparecer ao casamento com alguma dignidade enquanto Chris passa a noite toda se roçando na nova namorada. E Jude vai me ajudar com isso. Sendo meu namorado *de mentirinha*.

Ela se serviu de uma caneca do café quentinho que estava no centro da mesa, tomou um gole e abriu um sorriso sereno.

– Que esquisito – Collin disse afinal.

– Não vou me incomodar com a opinião de um homem que ainda usa produtos de 2008 de *Grey's Anatomy*. – Indira acenou com a cabeça para a camiseta velha e manchada que o irmão vestia, com uma foto toda desgastada dos membros do elenco.

– É um item raro, *vintage* – Collin retrucou, agarrando a camiseta. – Garanto que vai valer uma pequena fortuna um dia.

– Tem furos debaixo do braço.

Jude soltou um ruído que Indira poderia jurar ter sido uma risada disfarçada de tossida. Collin olhou para Jeremy, em busca de apoio, mas o noivo só olhou para o teto, com os cantos dos lábios voltados para cima.

– Vamos entender melhor – Jeremy acabou dizendo, enquanto massageava os ombros caídos de Collin. – O que a encenaçãozinha de vocês envolve?

Indira deu de ombros.

– Nada demais. Vamos fingir ser um casal para eu ter uma boa desculpa pra ficar de canto com o Jude falando mal de todo mundo, ou só pra sumir um pouco. Assim vou me sentir menos humilhada com o Chris desfilando com a Lauren por aí.

– Sinto muito por isso – Jeremy disse, sincero. – A gente não precisa falar a respeito, mas tenho a impressão de que Lauren pode ter desempenhado um papel na decisão "mútua" de vocês terminarem.

– Bom, eu é que não vou começar um fã-clube para ela, e com certeza é sacanagem dormir com o companheiro de alguém, mas quem tinha um compromisso comigo era o Chris. Prefiro concentrar minha raiva naquela decepção ambulante.

– Quer que eu fale com ele? – Jeremy perguntou. – Sério. Se for demais, ou se precisar que eu retire o convite dele para ser padrinho…

– Não – Indira respondeu na mesma hora. Não ia deixar que seu relacionamento fracassado forçasse Collin e Jeremy a fazer mudanças no dia mais especial da vida deles. – Vou sobreviver. Nem que isso signifique ficar presa a esse cara aqui por algumas semanas.

Ela apontou com o dedão para Jude.

Ele olhou para ela sem expressão no rosto. E disse:

– Ah, por favor, continua a me zoar. Isso só me deixa com mais vontade de ajudar você.

Indira riu.

– E você, o que ganha com isso? Por que concordou? – Collin perguntou a Jude, olhando para o amigo como se ele tivesse acabado de admitir que havia dado um beijo de língua em um gambá por vontade própria.

Jude engoliu em seco.

– Você me conhece, estou sempre disposto a ajudar os necessitados.

Indira cutucou a lateral do corpo de Jude, bem onde sabia que ele sentia cócegas – algo a que recorrera com frequência quando eram crianças. Ela ficou satisfeita com o gritinho que Jude soltou.

Collin se afastou da mesa e levou sua tigela do café da manhã para a pia.

– Bom, mal posso esperar para ver o desenrolar dessa história bizarra. Obrigado pelo presente de casamento adiantado.

– Isso significa que não preciso comprar nada da lista? – Jude perguntou.

– De jeito nenhum.

– Não se preocupa, docinho – Indira respondeu, franzindo o nariz e sorrindo para Jude. – Como somos um casal devotado, podemos comprar algo juntos pra eles.

Tanto Jude como Collin fizeram uma careta.

– Nossa, bastaram cinco minutos e já não aguento mais isso – Jeremy disse, com um sorriso, então levou sua louça para a pia também.

– Ah, não fica com ciúme, Jeremy. Posso lhe dar um apelido carinhoso também. Que tal fofucho?

– Nunca fiquei tão animado com a perspectiva de ir para o trabalho – Jeremy disse, com o que Collin concordou. Os dois haviam optado por fazer turnos mais longos no hospital aos sábados para compensar a lua de mel e deixaram a cozinha com a mesma expressão de aversão.

Indira e Jude trocaram um sorriso e ficaram se encarando por um momento, e de maneira muito íntima. Quando Jude pigarreou e desviou o rosto, Indira sentiu um aperto no coração. Os dois ficaram em silêncio por mais alguns minutos, com Indira arriscando uma olhada tímida para Jude de tempos em tempos enquanto tomava seu café.

– O que fazemos agora? – Jude perguntou, olhando para o teto.

– Bom, coraçãozinho, provavelmente precisamos dar um jeito de nos sentir menos desconfortáveis um com o outro – Indira sugeriu.

– Acho que parar com esses apelidos agora mesmo pode ajudar nesse sentido.

– De jeito nenhum, coisa linda.

Isso rendeu a ela um olhar rápido e um sorriso relutante, suave e doce.

– Na verdade, preciso trabalhar um pouco hoje – Indira disse. – Repassar os arquivos de alguns pacientes que têm consulta durante a semana.

Indira se esforçava ao máximo para apresentar uma abordagem holística a seus pacientes, envolvendo não só psicoterapia, como também intervenções farmacêuticas e monitoramento do progresso.

– Como anda o trabalho? – Jude quis saber.

Ela não teve como segurar um sorriso.

– Ótimo – Indira respondeu, com reverência na voz. – Às vezes é bem desafiador. Inclusive emocionalmente. Acho que nunca vou criar casca grossa e chegar ao desapego clínico, mas não consigo pensar num trabalho que me deixaria mais realizada.

O ambulatório onde ela trabalhava mantinha uma parceria com a ala de internação do hospital, de modo que as crianças podiam receber tratamento intensivo assim que lhes era dada alta. Com frequência, ela deparava com crianças no pior momento de sua vida, e tinha o privilégio de poder ajudá-las.

– Não é… – Jude engoliu em seco e ficou brincando com os dentes do garfo.

– Não é o quê? – Indira deu um chute de leve na canela dele.

– Eu, hum… – Jude pigarreou e alargou o colarinho. – Não sei por que todo o conceito me deixa nervoso – ele falou afinal. – De terapia, digo. Parece tão esquisito. Não sei como você consegue.

Indira soltou uma risadinha.

– Bom, terapia *é* esquisito mesmo.

Jude olhou para ela como se tivesse apresentado provas irrefutáveis de que alienígenas existem.

– Pensa – ela falou, dando de ombros. – Você se senta lá e revela seus sentimentos mais profundos. Conta sobre quem realmente é para outra pessoa. Alguém que nem conhece. É claro que você fica nervoso. Várias pessoas ficam. É de deixar os nervos em frangalhos.

– Ah, fala mais sobre isso – Jude disse, incentivando-a com um gesto. – Você realmente está me convencendo. Deveria fazer um comercial para a TV.

Indira riu outra vez.

– Mas é isso que torna a terapia algo tão *incrível*. Você fica lá uma hora, talvez duas, sem nenhuma outra responsabilidade no mundo além de focar em si mesmo. Em seus sentimentos. Em seus pensamentos. Todo o tempo é dedicado a se descobrir, inteiramente, com profundidade, e ainda tem outra pessoa pra ajudar quando necessário. Terapia é algo assustador porque exige coragem. É uma das formas mais radicais de amor-próprio.

Jude ficou olhando fixo para a mesa, com o maxilar tenso enquanto apertava as pontas dos dentes do garfo com o dedão.

– Você… está pensando em fazer terapia? – Indira sussurrou, inclinando-se na direção dele. – Porque, se estiver, tenho um montão de psiquiatras e psicólogos incríveis para recomendar. Posso falar com eles, ver se estão…

– Para, Indira.

O tom de Jude não era maldoso, mas era um que colocava um ponto-final naquela história. Indira então se retraiu.

– Desculpa – ela disse, baixinho.

Jude olhou para ela. A tensão nas feições dele deu lugar a uma expressão derrotada.

– Eu não quis ser um imbecil… me desculpa. Só estava puxando assunto. Volto ao trabalho em seis semanas. Não poderia começar terapia, mesmo que quisesse.

Indira abriu a boca, prestes a discordar. Pronta para rebater qualquer problema que ele manifestasse. No entanto, um único olhar de Jude, bruto, cansado e sofrido, calou a boca dela.

– Bom, o trabalho anda bem – Indira disse, baixo, retornando ao papo furado, para não correr riscos. – Aliás, é melhor eu começar – ela acrescentou, levantando-se e fazendo um gesto na direção da escada.

Jude concordou e tentou sorrir, contudo o sorriso não chegou aos olhos, não criou rugas de expressão em volta de sua boca.

Indira se demorou um momento, querendo dizer mais; as palavras se acumulavam de tal maneira que foi um milagre ela ter conseguido se segurar. No entanto, não era hora de insistir. Não importava o quanto quisesse ajudá-lo, nem sabia se teria aquele privilégio um dia. Se um dia ele confiaria nela o bastante para baixar a guarda.

As palavras dele na noite interior voltaram à sua mente: *Me sinto um inútil.*

Bem, talvez naquilo ela pudesse dar um jeito.

– Ei, Jude – Indira chamou, cutucando as unhas à porta da cozinha.

Ele levantou a cabeça e olhou para ela com cautela. Indira abriu um sorriso. Seu coração brilhou quando a tensão nos olhos dele pareceu diminuir.

– Que tal um encontro de mentirinha?

CAPÍTULO 14

Indira

– Sem querer ser chato, mas…

– Qualquer pessoa que começa uma frase assim sabe que vai ser chato pra caramba – Indira o cortou.

Jude suspirou.

– Tá. Querendo muito ser chato, se essa é sua ideia de um primeiro encontro, entendo por que seu histórico romântico não é exatamente satisfatório.

Indira tirou uma mão do volante para tentar dar um soquinho na coxa de Jude, que se protegeu com facilidade.

– Não sei por que você está reclamando – ela disse, olhando para o retrovisor para mudar de pista. – Eu disse que compro algo especial pra você para compensar.

Os dois estavam indo ao apartamento de Chris, para pegar as coisas dela. Os pneus do carro tinham sido trocados, e parecia não haver melhor momento que o presente para recuperar o que lhe pertencia. A busca por um apartamento ia de mal a pior – Indira não encontrava nada razoável que não fosse pelo menos mil e quinhentos dólares mais alto que seu orçamento –, portanto parecia que ia ter que incomodar Collin e Jeremy por mais algumas semanas.

– Bom, em primeiro lugar – Jude disse, levantando o indicador –, não sou criança. Não dá mais pra me comprar com brinquedos e hambúrgueres.

Indira olhou para ele com ceticismo.

– Em segundo lugar, você me disse que ia ser a prova de fogo, fingir que estamos juntos na frente do Chris, mas ele nem vai estar lá. Então me explica qual é o meu papel, além de braço involuntário.

Indira bufou.

– Tá bom, espertinho, você me pegou. Falei pro Chris sumir e não quero ter que carregar todas as minhas coisas sozinha, então pensei em usar sua força de trabalho. A verdade é essa. Está feliz agora?

Inicialmente, ela vendera para Jude a ideia de que aquilo era crucial para o esquema de namoro de mentirinha deles, visto que o casamento se aproximava. Era tudo mentira, claro, porém, se Indira e Jude iam tentar ser amigos, ela podia muito bem começar o explorando como exploraria um amigo.

Jude resmungou algo que soou como "Não, não estou nem um pouco feliz", enquanto cruzava os braços.

– Você quer que eu lhe pague um sanduíche depois ou não? – Indira perguntou, lançando um olhar ameaçador para ele. – Porque posso dar meia-volta agora mesmo, se continuar reclamando.

Os lábios de Jude se curvaram e ele se virou para a janela, tão carrancudo que Indira teve que se segurar para não rir.

– Quero – ele resmungou pouco depois, fazendo Indira rir com vontade.

Ela pegou a saída para o centro da cidade e seguiu pelas ruas estreitas, passando por cima dos inúmeros buracos característicos da Filadélfia. Quando chegou perto do apartamento, preparou-se para o caos que seria encontrar um lugar para estacionar.

Depois de cerca de quatro tentativas (fracassadas) de fazer baliza, duas subidinhas no meio-fio e um toque de leve num poste, ela acabou gastando trinta dólares em um estacionamento próximo e desligou o motor.

Os dois ficaram sentados em silêncio por um momento, enquanto Indira tentava acalmar o coração que insistia em martelar depois de todo aquele estresse. Ter carro em uma cidade grande era como ter uma panela de ferro fundido – a princípio parecia um luxo, depois acabava ficando claro que não valia a pena.

Do nada, Jude irrompeu em risos, fazendo Indira se sobressaltar. Ela olhou para ele horrorizada, enquanto o barulho enferrujado ecoava pelo carro. Com os ombros chacoalhando, Jude se inclinou para a frente e apoiou a mão espalmada no painel.

– Qual é a graça? – Indira sibilou, com os cantos dos lábios se erguendo conforme as risadinhas de Jude o deixavam sem fôlego.

– Acho que você é a pior motorista que eu já vi! – ele conseguiu explicar, com o rosto vermelho e os olhos lacrimejando.

– Para com isso! Sou uma ótima motorista!

– Segundo quem? – Jude questionou, tentando, sem sucesso, se recompor.

– Foi você que me ensinou a dirigir, espertalhão, junto com o Collin. Então de quem é a culpa?

Indira tinha pontos demais em sua carta para insistir em se defender.

Jude bufou.

– Ah, é... verdade. Deve ter sido uma experiência tão traumática que eu bloqueei.

– Sorte a sua. Os gritos de Collin ainda assombram meus sonhos.

– Acho que estou me lembrando da vez em que você ameaçou andar na contramão na estrada se eu fizesse mais algum comentário engraçadinho.

– Isso continua valendo – Indira disse, tentando parecer séria, mas logo caiu na risada diante das lembranças dos dramas da adolescência.

– Eu acredito – Jude disse, esticando uma mão e puxando um cacho do cabelo de Indira, que voltou ao lugar na mesma hora.

O gesto a deixou séria, e ela inspirou fundo. Parecia algo que um companheiro faria, e seu coração se retorceu no peito enquanto sua mente repassava ecos de toques passados. Leves. Inofensivos.

Ela recordou os empurrões quando eram pequenos. Os abraços desconfortáveis e rígidos da adolescência. Um mais afetuoso, na festa de despedida dele – o modo como o dedão de Jude havia acariciado duas vezes o ponto entre as omoplatas dela.

Jude piscou várias vezes, olhando para ela como se estivesse revivendo a mesma recordação.

O que era ridículo.

Muito, *muito* ridículo.

Isso foi confirmado quando Jude fez questão de afastar o corpo dela tanto quanto possível.

Ele pigarreou.

– Pronta?

Ela olhou pela janela. Não, não estava pronta. A sensação de voltar a um lugar onde tentara tanto se encaixar não era nada boa. O lugar onde se esforçara para fingir que tudo estava bem.

Em vez de admitir isso, no entanto, ela só disse "Vamos" e saiu do carro.

CAPÍTULO 15

Jude

Havia algo de muito errado com Jude (além de todo o trauma emocional).

Ele não conseguia tirar Indira da cabeça, por nada no mundo.

As piadas ridículas, a voz rouca, a doçura por baixo da casca grossa – tudo isso girava em sua mente, despertando os sentimentos mais estranhos nos momentos mais aleatórios.

O que era algo muito esquisito. Ele precisava se controlar. Precisava parar de ficar sonhando acordado com o cabelo cacheado dela. Precisava parar de desejar tocar a pele dela, por mais que parecesse macia e quente. Precisava deixar tudo aquilo de lado, porque sentimentos tão persistentes não podiam ser bons.

Indira vasculhou o molho de chaves, enfiou uma dourada na fechadura, virou a maçaneta e entrou no apartamento, com Jude em seu encalço.

Então ela recuou tão de repente que seu cabelo bateu no rosto de Jude; alguns fios soltos chegaram mesmo a entrar no olho dele.

– Que *merda* é essa? – Indira perguntou, alto, dando um passo para o lado e revelando Chris, a poucos centímetros da porta, torcendo as mãos com uma expressão de cachorrinho abandonado. Essa expressão, no entanto, foi substituída por confusão quando ele viu Jude.

– O que você está fazendo aqui? – Chris indagou, com os olhos fixos nos de Jude.

– O que *você* está fazendo aqui? – Indira retrucou, dando um passo à frente e se colocando entre os dois. – Mandei mensagem falando pra você se escafeder.

Ela enfiou o celular na cara dele.

– Eu sei – Chris respondeu, com jeito de súplica. – Mas quero falar com você. Liguei várias vezes.

– E eu o ignorei várias vezes – Indira retrucou, erguendo as mãos em um gesto exasperado.

– É que… eu queria muito conversar… sobre tudo. – Chris voltou a olhar para Jude. – A sós.

Jude contraiu o maxilar, irritado, e suas mãos se fecharam e abriram ao lado do corpo.

– Não – Indira disse, cruzando os braços. – Não quero conversar. Agora me dá licença enquanto eu pego minhas coisas.

– Dira, por favor.

Chris deu um passo na direção dela, com os braços estendidos.

Sem nem pensar duas vezes, Jude enlaçou a cintura de Indira e a puxou para perto de si, fazendo seus quadris se tocarem. Ela virou a cabeça na direção dele, que manteve os olhos fixos em Chris.

– Ela pediu que você saísse – Jude falou, baixo. – O mínimo que pode fazer é respeitar o pedido. Ela não tem que pedir de novo.

– Preciso que ela me ouça – Chris disse, franzindo a testa e olhando de um para o outro, e para a mão de Jude na cintura de Indira.

– Acho que você perdeu o direito de ser ouvido – Jude disse. – Você quer ouvir o cara? – ele perguntou para Indira.

Os olhos arregalados e a expressão confusa de Indira deram lugar a um sorriso vingativo.

– Não, não quero.

– Viu? – Jude disse, voltando a olhar para Chris e puxando-a para mais perto ainda.

Os lábios de Chris se entreabriram.

– O que tá rolando aqui?

– Estamos namorando – Jude e Indira disseram, em uníssono. Ele apertou a cintura dela de leve, sentindo o braço elétrico.

– Que… que rápido – Chris comentou, com a voz falhando.

O queixo de Indira caiu, mas ela logo o fechou para cerrar os dentes.

– Sua audácia não tem mesmo limites – Indira disse, afastando-se de Jude e passando pelo ex para chegar à cozinha. – Eu mando mensagem quando terminar.

Chris ficou ali por mais um segundo, mágoa e confusão estampados no rosto enquanto via Indira abrir os armários e depositar vários itens na bancada. Até que endireitou os ombros e seguiu para a porta.

Jude levou uma mão ao ombro de Chris para segurá-lo antes que chegasse ao corredor.

– Você deveria ouvir Indira, ou quem quer que fosse, sem que outra pessoa precisasse interferir – Jude alertou, sua voz baixa, porém cortante. – Que isso não se repita.

Chris engoliu em seco. Jude o soltou depois que ele balançou a cabeça concordando.

Então fechou a porta na cara de Chris.

CAPÍTULO 16

Indira não demorou para reunir suas coisas. Enquanto enfiava tudo no último saco de lixo que encontrou no apartamento de Chris, ela não podia deixar de sentir certo prazer.

Enquanto Jude guardava tudo no carro – reclamando o tempo todo da quantidade absurda de sapatos que ela tinha –, Indira correu até a Bed Bath & Beyond, uma loja de departamento a dois quarteirões dali, para comprar algumas caixas organizadoras, onde acomodaria tudo quando chegasse à casa de Collin. Ela tinha uma pilha grossa de cupons de vinte por cento de desconto na loja, e o fato de poder usá-los a deixou em um estado quase de euforia.

De volta ao carro, Indira conseguiu sair do centro da cidade apenas com três finas, apesar do drama que Jude fazia.

– Quer ir ao Dalessandro's? – Indira perguntou, quando entrou na rodovia. Ela e Jude não concordavam a respeito de muitas coisas quando pequenos, porém a supremacia do sanduíche de carne e queijo do Dalessandro's era ponto pacífico entre ambos.

– Deus, sim – Jude respondeu, soltando em seguida um gemido que deveria ser divertido, mas que fez Indira sentir frio no estômago e ardor nas bochechas.

Ela acidentalmente virou o volante um pouquinho a mais, o que fez o carro entrar levemente na pista da direita e vários motoristas buzinarem. O corpo de Jude foi para a frente com o movimento repentino, e ele espalmou uma mão contra o painel. A outra aterrissou diretamente sobre a perna de Indira, e os dedos escorregaram por sua *legging* e se seguraram na parte interna da coxa.

O contato *não fez* Indira apertar as coxas uma contra a outra. E ela *não* perdeu o ar com a sensação que percorreu seu corpo. Ou que *não* percorreu seu corpo... ou qualquer que fosse o número de negações necessárias naquele momento.

Jude, tranquilo como sempre, se jogou para o lado oposto do carro com tanta vontade quanto uma moça protegendo sua virtude em um romance histórico.

Eles passaram o restante do trajeto num silêncio desconfortável.

– Quer ligar antes para fazer o pedido? – Indira indagou depois de um tempo. – Vamos chegar em menos de dez minutos.

– Beleza – Jude falou, erguendo o quadril para tirar o celular do bolso de trás e procurando o número na agenda.

Indira pigarreou.

– Eu quero...

– Com provolone, cebola, cogumelo, tomate, maionese e *ketchup*? – Jude perguntou.

Indira piscou, surpresa.

– Você se lembra de como eu peço?

As bochechas de Jude ficaram levemente coradas.

– Bom, você me fez comprar um monte de sanduíches pra você, na época da escola. – Seguiu-se um silêncio desconfortável. – O do Collin também. Eu me lembro de como ele pede.

Indira não conseguiu desviar o olhar, até que Jude se virou para a estrada, nervoso. Ela voltou a se concentrar na direção.

– Claro – disse, e repassou o último minuto mentalmente enquanto Jude ligava para pedir.

Ou os padrões de Indira eram muito baixos ou o fato de Jude se lembrar de como ela pedia seu sanduíche depois de quase uma década era a coisa mais romântica que já havia lhe acontecido.

Provavelmente as duas coisas eram verdade.

Ela parou no Dalessandro's e pegou a bolsa, porém Jude saiu do carro antes que Indira encontrasse a carteira.

– Pode deixar. Eu já volto – ele disse, fechando a porta e trotando pela rampa de entrada.

Indira ficou sentada ali, chocada, em silêncio.

Ele também ia *pagar*? Estaria Jude tentando mexer com ela e com seu coraçãozinho bobo e sofrido?

O assunto precisava ser mencionado no grupo das amigas.

Indira: Jude lembra como eu peço meu sanduíche
Indira: e pagou
Indira: será que significa alguma coisa?

As respostas foram quase imediatas.

Thu: UAU! Outro macho fazendo o mínimo! Precisamos comemorar isso!
Lizzie: sanduíche de onde?
Harper: É um encontro de mentirinha ou... vocês dois vão comer fora só pela comida?
Indira: Hum... as duas coisas?

Indira havia contado às amigas sobre o namoro de mentirinha porque… bom, porque as três eram capazes de farejar um segredo a quilômetros de distância e não eram contra humilhação pública ou a orquestração de cenas longas e dramáticas para conseguir respostas quando necessário. Então era mais fácil contar a verdade.

Thu: posso ser chata, mas acho que é só um sanduíche
Lizzie: ainda preciso de mais detalhes sobre a procedência do sanduíche
Lizzie: e o que foi colocado nele
Harper: Thu, quando foi que você virou uma cínica?
Thu: Harpy... você não me conhece nem um pouco?
Indira: ele está voltando pro carro isso foi inútil tchau

Indira enfiou o celular na bolsa enquanto Jude abria a porta e se sentava. O cheiro de sanduíche e batata frita se espalhou pelo ar.

– Você não precisava ter pago – Indira disse.

– Não tem problema – Jude respondeu, tamborilando na coxa.

– É sério. Posso fazer uma transferência. Talvez eu até tenha dinheiro em casa. Eu…

– Dira – Jude falou, baixo. – Eu quis pagar, tá? Deixa eu fazer isso.

Indira tentou engolir o nó em sua garganta, mas, como não confiava na própria voz, só assentiu.

Collin não morava muito longe do Dalessandro's, e Indira parou o carro alguns minutos depois. Jude deixou a comida no painel, desceu e começou a descarregar o porta-malas. Já havia levado seis sacos de tralhas até a porta antes mesmo que Indira descesse do carro.

Ela pegou os últimos dois sacos com uma mão e a comida com a outra, entrou em casa e seguiu na direção do quarto.

Jude parou diante da porta fechada, pôs metade dos sacos no chão e olhou nervoso em volta.

– Pode abrir – Indira disse, acenando com a cabeça para a maçaneta, um pouco cansada depois de ter carregado suas coisas escada acima.

Jude mordeu a bochecha por dentro enquanto fazia o que ela pediu. Indira fez sinal para que ele entrasse e depois o seguiu. Jude parou depois de alguns passos, piscando rápido, como se tivesse medo de permitir que seus olhos se demorassem no que quer que fosse.

– Tudo bem? – Indira perguntou, passando por ele.

Jude balançou a cabeça.

– Tudo. Desculpa. Eu meio que esperava ver seu antigo quarto do outro lado da porta.

– Infelizmente, não consigo convencer o Collin a dividir um beliche comigo, por mais que implore. – Ela e o irmão sempre reclamavam dos horrores de ter dividido um quarto ao longo de toda a adolescência. – Mas acho que estou quase conseguindo convencê-lo a pendurar uns pôsteres de *Doctor Who*.

– Você sempre foi boa decoradora – Jude disse.

Indira abriu um sorriso grande demais. Vulnerável demais.

E a impressão de que quem o havia recebido foi o velho Jude.

Quando Indira avançou um passo, um cabide despontando de um saco de lixo rasgou outro, e uma avalanche de livros e cadernos deslizou pelo chão.

Indira xingou quando o canto de um livro de capa dura bastante grosso caiu no seu pé. Ela se abaixou e deixou cair a comida.

– Tudo bem? – Jude quis saber, aproximando-se dela. Uma de suas mãos pairou entre os dois e uma expressão incerta se instalou no seu rosto.

– Tudo – Indira respondeu, tirando o sapato e esfregando onde tinha doído.

– Espera. – Jude virou a cabeça de um lado para o outro. Seus olhos brilhavam quando retornaram a Indira. – São seus diários?

– Não! – ela mentiu. – Vai embora.

Indira ficou de quatro e começou a juntar os diários.

– São, sim! – Jude disse, com uma alegria infantil na voz. – Sei o que são por todas as vezes em que Collin os roubou de você…

– Vocês eram dois monstros – Indira resmungou, tentando dar um chute nele. Jude riu.

– Que legal que você guardou – ele disse, com a voz mais baixa. Jude se sentou no chão de pernas cruzadas e esticou a mão para pegar um caderno de capa verde-claro brilhante. Ele passou os dedos pelas beiradas várias vezes, e o coração de Indira acelerou como se fosse sua bochecha que estivesse sendo acariciada.

– Você escrevia neles *o tempo todo*. Eu quase não a via sem um diário e uma caneta na mão quando a gente era pequeno.

Jude não estava exagerando. Indira amava escrever em seus diários. Mesmo antes de ser alfabetizada, enchia os cadernos mais lindos de rabiscos desleixados. Depois de adulta, ela mantivera o hábito de comprar cadernos, mas não se dedicava mais a escrever neles.

Ela pegou um diário e abriu em uma página aleatória, então deu risada da primeira frase que leu.

– Olha só isso, que típico – Indira disse, posicionando o caderno de modo que ele pudesse ler também. Jude se aproximou, e ela sentiu o calor do que emanava do corpo dele. Jude inclinou a cabeça e os dois leram.

JUDE É UM MENINO MAU, MAS MAMÃE DISSE QUE PRECISO SER LEGAL COM ELE. ELA TAMBÉM ME ENSINOU UMA PALAVRA NOVA, COMPAICHÃO, E FALOU QUE EU DEVIA TER COMPAICHÃO POR JUDE, QUE NEM TENHO PELOS PASSARINHOS QUE VEJO NO BOSQUE, PORQUE OS PAIS DELE TRABALHAM MUITO E ELE ACABA FICANDO BASTANTE COM A GENTE. VOU ESCREVER UMA CARTA PRO JUDE PRA GENTE FICAR AMIGO.

– Isso é tão bonitinho – Jude sussurrou, passando um dedo pelas marcas no papel.

Indira virou a página. Ali estava a carta para Jude, com um xis enorme por cima.

QUERIDO JUDE,
OI, COMO VAI VOCÊ EU VOU BEM. VOCÊ SABE O QUE É COMPAICHÃO? MAMÃE DISSE QUE É SER LEGAL COM AS PESSOAS. ACHO QUE VOU TER COMPAICHÃO POR VOCÊ E SE VOCÊ TIVER COMPAICHÃO POR MIM A GENTE PODE VIRAR MELHORES AMIGOS.

OBRIGADA,
DIRA

Na página ao lado, no entanto, Indira havia escrito:

JUDE É MESMO MAU, ELE ME AFOGOU NO LAGO HOJE. ENTROU ÁGUA NO MEU NARIZ. CHEGA DE COMPAICHÃO.

– Nossa, eu me lembro desse dia – Indira disse, apontando para o que havia escrito e olhando para Jude.

– Lembra nada – Jude disse, parecendo cético. – A gente era muito novo.

– Eu devia ter uns 6 ou 7 anos, mas me lembro. Collin estava todo fofo e bonzinho, me ajudando a entrar no lago que tinha perto de casa. Então você apareceu e empurrou nós dois.

Jude deu risada.

– Isso não parece *nem um pouco* ser algo que eu faria.

Indira revirou os olhos.

– Collin ficou puto, aí ele começou a tentar dar um caldo em você, e, quando eu vi, vinha água de todo lado por causa dos dois bobões.

– Tá, acho que estou me lembrando também – Jude disse, com os olhos se iluminando. – Você *gritava,* e seu cabelo ficou de um jeito que parecia que tinha um *poodle* em cima da sua cabeça, e Collin e eu não conseguíamos parar de rir. Depois você choramingou por horas.

– Isso! – Indira disse, enfiando um dedo no peito dele. – Não tem nenhuma mentira aqui nesse diário. Você *era* mesmo mau!

– Eu era *péssimo* – Jude concordou, com a voz sem emoção.

Indira franziu o nariz para ele.

– Uma ameaça à sociedade. E nossos pais não entendiam por que a gente não se dava bem.

Inúmeras vezes ela ouviu escondida conversas entre a mãe e os pais de Jude, os três desistindo de entender a aversão acalorada de um pelo outro.

– Você que pegava no meu pé – Jude disse, se fazendo de coitadinho. – Nunca me deu uma chance.

– Não querendo ser a dona da verdade...

– Mas tentando ser mesmo assim...

Indira se esticou para dar um tapa no braço de Jude.

– Eu estava sempre correndo atrás de vocês, implorando para brincar com vocês. Se alguém é culpado de nossa antipatia mútua...

– Sou eu – Jude disse, sem nenhum sinal de humor na voz. Ele ficou em silêncio por um momento, olhando ainda para o diário. – Desculpa mesmo por ter sempre excluído e provocado você.

O remorso na voz dele levou o coração de Indira ao limite. Agindo por instinto, ela pegou a mão dele e a apertou de leve, o que fez ondas de calor subirem por seu braço.

– Para. Não precisa pedir desculpa. Éramos dois idiotas. Acho até que era o que fazia da gente... a gente. Gosto do nosso passado.

Jude abriu um sorriso hesitante, porém sincero.

– Você gosta do fato de que nunca fui uma pessoa muito legal?

Indira riu e mordeu o lábio enquanto olhava para ele.

– Você pode não ser exatamente legal, mas eu sempre soube que era bonzinho.

Os olhos de Jude pareceram escurecer e ficar mais intensos. Marcavam seu rosto com uma abertura vibrante que fez a pulsação dela acelerar.

Indira sentiu coisas demais ao mesmo tempo, então puxou a mão de volta, para folhear o diário enquanto tentava controlar o rubor.

– Cara, os verões eram muito divertidos – Jude disse, após alguns momentos de silêncio pesado. – Os passeios pelo bosque. As "trilhas" que fazíamos. Quando subíamos no carvalho. A cada verão a gente ia um pouco mais alto.

– Você e Collin iam um pouco mais alto – Indira retrucou, louca para entrar em um assunto seguro. – Eu me mantinha firme no chão. Humanos não foram feitos para escalar árvores. Não é da nossa conta o que acontece lá em cima. E, pra falar a verdade, é até falta de educação com os pássaros que estão fazendo ninhos e tentando criar uma família ali. Vocês estavam basicamente invadindo propriedade alheia.

– É um jeito bem tortuoso de dizer que você tinha, e acho que ainda tem, medo de altura.

Indira revirou os olhos.

– Ah, nossa, que estranho eu não gostar de cair do alto e quebrar todos os ossos do corpo!

– Tenho saudade daqueles verões.

A voz de Jude soou nostálgica e maravilhada ao mesmo tempo, e ele voltou a olhar para o caderno.

– Tenho saudade daquela casa – Indira disse, tentando ignorar a queimação repentina que sentia no nariz e nos olhos. Embora o pai houvesse tido a decência de deixar que a mãe ficasse com a casa quando ele abandonou a família, Angela não havia conseguido mantê-la, nem mesmo acumulando dois empregos.

– Tenho muitas lembranças lá.

Indira pensou em seu quarto, com edredom cor-de-rosa e tapete roxo e felpudo. Pensou em como descia correndo a escada de madeira para ir à cozinha toda manhã, e se lembrou de que o antepenúltimo degrau sempre rangia. Pensou no pequeno vitral retangular acima da porta da frente, e em como o sol da tarde formava um arco-íris na entrada, transformando as partículas de poeira em rastros de fadas, ponto de partida para as histórias que inventava.

– Que outras pérolas você esconde aí? – Jude questionou, escolhendo um diário com todo cuidado.

– O mundo interior de uma adolescente muito profunda e complicada, tenho certeza – Indira disse, com falsa arrogância. Ela pegou um caderno com capa preta de veludo que sabia ser da época inconstante do Ensino Médio, abriu em uma página aleatória e começou a ler em voz alta. – "Matemática é algo irreal, e os livros didáticos são propaganda consumista. Ninguém precisa de sessenta e duas melancias." Viu? Eu falei que esses cadernos eram o espelho de uma mente prodigiosa.

Jude deu risada.

Ela passou para outra página, sobre a qual ela havia colado um *post-it* verde. Indira ficou surpresa ao ver os garranchos de Jude nele.

O filme nem foi tão ruim. Talvez eu te deixe escolher mais vezes. Mas você canta muito mal.
P.S.: Você estava bem bonita de vestido.

O *post-it* a levou de volta àquele dia.

Indira era uma adolescente desengonçada que usava aparelho nos dentes e que ia ao seu primeiro baile. E estava na companhia de um grupo de meninas razoavelmente populares, porque Tamar, que era a líder, havia reconhecido sua existência havia pouco tempo.

Tamar tinha sido superlegal com Indira nas semanas anteriores ao baile, e até lhe dera conselhos sobre como escrever para Matt, o menino por quem Indira estava decidida a se apaixonar, casar, ter muitos filhos, nunca se divorciar e viver feliz para sempre. Em retrospectiva, os "conselhos" eram mais instruções diretas de Tamar para bombardear o desinteressado Matt com perguntas.

No baile, em vez de juntar Indira e Matt, como havia prometido, Tamar dissera a ela que seu vestido era bonito, porém ficaria melhor se ela tivesse peitos. Depois, ficou se esfregando com Matt na pista de dança e se pegando com ele enquanto Indira assistia a tudo horrorizada. Ela também se lembrava de que aquela fora a primeira vez em que falara com Lizzie, que chamara Tamar de cretina e estabelecera as bases do que viria a ser uma amizade de décadas.

– Tive que *implorar* pra vocês me levarem pra casa – Indira disse, lembrando-se de que fora acometida por um ataque instantâneo de lágrimas enquanto corria pelo ginásio à procura de Collin e Jude, com as pernas bambas como as de um filhote de girafa, tanto pela enxurrada de emoções como pelos saltos altos.

A boca de Jude voltou a ficar tensa.

– E a gente foi meio indelicado a respeito.

Indira não deu atenção àquilo.

– Vocês eram adolescentes com pares e planos… Não foram *nem um pouco* sutis quanto a suas intenções para o fim daquela noite.

Jude soltou uma risada surpresa.

– Não posso dizer que sua relutância em me levar para casa fosse injustificada.

Jude olhou para Indira, de modo hesitante e gentil. Ela sorriu, e os músculos dele relaxaram um pouco.

Collin tinha implorado e subornado Jude até que ele concordasse em levar Indira para casa. O trajeto de carro havia sido tenso, com Indira chorando baixo e Jude tendo a delicadeza de fingir que não ouvia, apesar de estar claramente irritado.

Mas, assim que estacionou diante do prédio dela, ele a surpreendera, perguntando se não queria ver um filme para espairecer. Jude até a deixara escolher, e Indira fizera algum comentário sobre como o cavalheirismo ainda não tinha morrido.

Era a primeira vez que saíam só os dois, e ela presumira que logo estariam brigando, como sempre.

No entanto, a noite fora... divertida.

Indira se lembrava de como chegara perto de... *gostar* de Jude. O filme que escolhera fora *Across the Universe*, e não demorara muito para os dois mergulharem na estética anos 1960 e na trilha sonora composta só por músicas dos Beatles.

Jude tinha rido até suas bochechas e seu nariz ficarem vermelhos quando viu Indira subir na mesa de centro e cantar aos gritos "Hey Jude", quase no fim.

– Acho que essa noite foi a primeira vez em que o fiz rir – Indira disse, passando um dedo pelas pontas do *post-it*.

Ela acordara no sofá, coberta e com o *post-it* grudado na testa. Os sapatos de Jude não estavam mais ao lado da porta. A ausência dele a fizera sentir uma pontada estranha, como se, ao perder o momento de sua partida, Indira também tivesse perdido a chance de solidificar aquela proximidade confortável como o novo normal.

E talvez tivesse razão.

Indira passou o diário a Jude e pegou outro para folhear.

– Ah, merda, me esqueci completamente dos sanduíches – ela disse, fechando o caderno para olhar para a comida. – Devem ter esfriado.

– Não tem problema – Jude disse, esticando a mão para pegar a comida e roçando no ombro dela no processo. O contato fez algo quente e brilhante dançar na pele de Indira e penetrar seus ossos. Ela queria mais daquilo.

Jude pegou os sanduíches e entregou o de Indira.

– A comida é boa, mas o entretenimento é ainda melhor – ele disse, sacudindo um caderno para ela. – Tem suas vantagens ser forçado a trabalhar de graça, no fim das contas.

Indira riu tão alto que Jude se sobressaltou diante do barulho, o que só a fez rir ainda mais alto.

Eles passaram horas sentados no chão, comendo, lendo e recordando.

CAPÍTULO 17

TRÊS SEMANAS PARA O CASAMENTO

– Imagina só – Indira sussurrou para Lizzie, Thu e Harper cerca de uma semana depois, quando estavam todas na sala de jantar de Collin. Fazia tanto tempo que as quatro amigas não conseguiam se reunir, por isso Indira as convidara para o mais recente evento pré-casamento do irmão, que ficara feliz em contar com mais mãos para ajudar.

– *Manteiga de amendoim.* Tipo, vocês já viram quando gruda manteiga de amendoim no céu da boca de um cachorro? É caótico!

– Incluir isso de caso pensado na pegação é no mínimo ousado – Harper sussurrou.

– Não é de Deus – Thu disse de canto de boca, então tomou um gole de vinho e arriscou uma olhada para Chris, do outro lado do cômodo.

– A viscosidade está muito longe do ideal pra esse tipo de coisa – Lizzie acrescentou. – Confiem em mim, sou especialista.

– Obrigado a todos por virem – Collin agradeceu, cortando a conversa ao bater palmas e seguir para a ponta da mesa.

– Como se a gente tivesse escolha – Indira sussurrou para Jude, que estava perto dela e reprimiu uma risadinha.

– Temos nos divertido muito mantendo vocês pertinho dos preparativos para o casamento – Collin prosseguiu, exibindo seu belo sorriso para os convidados. – E acho que hoje vai ser especial. Porque vamos nos concentrar na arte da flor…

– Isso é um eufemismo? – Indira perguntou.

Do outro lado da mesa lotada, Collin olhou feio para ela. Havia uma variedade de flores que iam do rosa-claro ao vermelho-vivo bem no meio do móvel, e cada pessoa tinha à sua frente um pote plástico dentro do qual havia uma gosma de aparência amarela horrível.

– Como eu estava dizendo – Collin prosseguiu, virando-se para o grupo –, o casamento é o símbolo de um recomeço, o desabrochar de um novo capítulo no amor.

Indira olhou de soslaio para Jude, que precisou pressionar os lábios para não sorrir.

– E, por essa razão – Jeremy continuou, envolvendo um braço na cintura de Collin –, não queremos ver uma única flor murcha no nosso casamento. Por isso, vamos passar cera nelas.

– De cera você entende, não é, Harper? – Thu perguntou com ar inocente para a amiga.

– *Foi só uma vez* – Harper respondeu, ficando tão corada como no dia do incidente traumático envolvendo depilação da virilha, quatro anos antes. Lizzie, que cheirava uma flor, riu tanto que acabou engasgando, e Thu precisou dar tapas em suas costas.

– Se não conseguem se comportar, vou ter de pedir que se retirem – Jeremy disse, empunhando uma dália como se fosse uma arma.

– Eu não fiz nada! – Harper choramingou.

– Puxa-saco – Thu disse, fingindo tossir.

– Você é culpada por associação, meu bem – Jeremy disse, com um sorriso triste, porém firme.

– Podemos nos concentrar, por favor? – Collin pediu, jogando as mãos para o alto, exasperado. Todo mundo ficou quieto, e Indira fingiu coçar o nariz com o dedo do meio. O irmão fez de conta que não notou.

– Estamos buscando uma *vibe* extravagante, rústica e rural chique, que aponte ao mesmo tempo para o luxo e o refinamento. Entenderam? – Collin questionou. – Queremos os arranjos da ponta de cada fileira prontos ainda hoje. Estamos visualizando um arranjo de aparência aleatória, com flores do campo, puxando para o natural. E chegamos a uma fórmula perfeita pra conseguir isso.

Jeremy começou a explicar a importância de uma proporção de três para dois entre anêmonas e ramos de sinforina, e de nunca misturar dálias e escabiosas. Indira olhou em volta e ficou feliz ao ver Chris e Rake com cara de confusos com as palavras que ouviam.

– Depois que tiverem montado um buquê, é hora de encerar! – Jeremy disse, como se estivesse explicando algo absolutamente simples.

Collin pigarreou, em preparação para sua parte da apresentação.

– A cera de soja já está aquecida. – Ele apontou para a gosma amarelada na mesa. – Vocês só precisam mergulhar os botões, não por muito tempo, para não ficar pesado, e deixar que o excesso escorra antes de separar.

– Desculpa, mas não entendi direito – Indira disse, erguendo a mão. – Pode mostrar de novo?

– Claro. Você pega a flor. – Collin escolheu uma rosa bem vermelha. – Mergulha a pontinha na cera. E deixa o excesso escorrer.

– *Hum*...

Indira tamborilou na própria bochecha e inclinou a cabeça para o lado, com a testa franzida. Ela olhou para Jude, que assentiu, em uma confusão solidária.

– Desculpa, Collin, mas é pra escorrer primeiro? Ou mergulhar? – Jude perguntou, apoiando o queixo na mão.

– Mergulhar – o noivo respondeu, inocente.

– Nossa – Jude disse, esfregando as têmporas. – Continuo confuso. – Indira riu, mas disfarçou, tossindo em seguida. – Pode mostrar mais uma vez?

Collin soltou um suspiro, mas fez o que o amigo pediu.

– Claro. Você pega a flor...

Indira e Jude irromperam em risos, divertindo-se, o corpo dos dois se sacudindo com a criancice. Ela descansou a testa no braço de Jude e os dois continuaram a rir, ele com uma mão na lombar dela.

O calor da palma dele no corpo dela fez a coisa perder a graça para Indira, que foi tomada pela sensação de que cada terminação nervosa de seu corpo se localizasse bem ali. Era algo bom demais para ser seguro. Então ela se afastou um pouco, querendo abrir uma brecha naquela intimidade toda.

Indira se lembrou de que os dois eram namorados de mentirinha, e tecnicamente aquele tipo de toque *deveria* acontecer. Ela meio que... se inclinou para a frente e acabou batendo a testa sem querer em um osso do ombro de Jude, e cambaleou para trás. Ele segurou a nuca dela para impedir que Indira batesse a cabeça na parede, seus dedos se emaranhando nos cachos dela e puxando suavemente, disparando uma sensação espinha abaixo.

Se o primeiro toque já havia parecido íntimo…

– Vocês são dois insuportáveis – Collin disse, franzindo a testa para eles.

Jude soltou sua mão da de Indira quando Jeremy se esticou por cima da mesa para bater na cabeça dos dois com um ramo, defendendo a honra do noivo.

– Eu gostava mais de vocês quando não se davam bem – Collin disse. – Pelo menos os dois concentravam toda a maldade um no outro e me deixavam em paz.

– Eles são um casal muito fofo e detestável, né? – Thu comentou, com uma vozinha doce, franzindo o nariz como se achasse tudo uma graça.

Indira sentiu o rosto tão quente a ponto de ser desconfortável e afastou o cabelo do pescoço.

– Você é a especialista em detestabilidade aqui, não é, Thu-Thu? – Indira retrucou, imitando o tom de voz da amiga.

– Quanto tempo faz que vocês estão juntos? – Lauren perguntou, com um sorriso simpático e sinceridade nos olhos.

Indira e Jude trocaram olhares preocupados, por um momento alheios à noção de tempo. Quando aquilo começara? Dois dias antes? Seis meses? Tinham sido pegos de surpresa. *Droga, Lauren.*

Jude abriu e fechou a boca algumas vezes enquanto Indira só piscava.

– Ótima pergunta – ela acabou dizendo, virando-se para Lauren. – Quanto tempo faz que você e Chris estão juntos mesmo? Só como referência. Deve fazer algumas semanas a menos, imagino.

Lauren e Chris tiveram a decência de empalidecer diante da pergunta. Lizzie arfou como se estivesse assistindo a uma novela, levando uma mão à boca e usando a outra para segurar a mão de Rake de maneira bastante dramática.

– Bom, se as coisas já estavam esquisitas antes… – Thu disse, olhando para a amiga.

– Desculpa – Indira falou para ninguém em particular, sentindo a pele queimar. – Com licença.

Ela foi direto para o banheiro, trancou a porta atrás de si, apoiou as mãos na pia e ficou olhando para as bochechas coradas e o cabelo despenteado.

O que estava acontecendo?

Um simples toque não devia mexer tanto com ela.

Era de mentira. Era tudo um teatro.

De mentirinha.

Uma... vibração muito real... na região pélvica... *não* era algo que o melhor amigo de seu irmão mais velho deveria ser capaz de provocar. O diabo em pessoa. Indira precisava se controlar.

Ela deu tapinhas nas bochechas algumas vezes antes de apertá-las, espremendo seus lábios de maneira que ficou parecendo um peixe.

Aquilo não serviu de nada, o que não chegava a ser uma surpresa.

Qual é o seu problema?, Indira perguntou para seu reflexo no espelho. O pensamento "Eu gostaria que não fosse de mentira" a atingiu como um raio.

Ela fechou os olhos na hora e balançou a cabeça como se tivesse entrado água no ouvido. Não. Não, não, não. Isso não aconteceu. Não.

Com um suspiro, lavou as mãos e saiu do banheiro.

Conversas pontuadas por risadas altas dominavam a sala de jantar quando ela retornou. Todo mundo estava sentado à mesa, mergulhando com cuidado as flores na cera, sem nenhuma cadeira à vista sobrando.

Lauren e Chris estavam sentados à ponta mais próxima, os dois segurando uma flor no nariz do outro, enquanto trocavam olhares cheios de desejo.

Eca!

Harper e Thu estavam perto dos dois, conversando, enquanto Lizzie estragava os arranjos perfeitos de Rake, fazendo o marido se alternar entre suspiros de derrota e sorrisinhos indulgentes enquanto ela mesma ria e beijava sua bochecha.

Collin e Jeremy perambulavam pelo cômodo, supervisionando o progresso dos convidados com intensidade exagerada. Indira ficou tentada a passar a perna no irmão em sua próxima ronda.

Jude estava sentado diante de Chris, com as costas curvadas e os olhos indo de um lado para o outro enquanto ruídos diferentes e repentinos disputavam sua atenção. Ela o observou por um momento, com atenção. Seu corpo tenso como um elástico. Seu cabelo escuro. Seu nariz comprido. As orelhas salientes e os braços e pernas tão desajeitados que chegava a ser fofo.

Seu cérebro desacelerou por tempo o bastante para reaprender os detalhes característicos dele. A sarda na têmpora direita. A leve marca entre as sobrancelhas, de tanto fazer careta. O modo como seu cabelo enrolava na nuca, o movimento que sua garganta fazia quando ele engolia.

Indira o tinha conhecido a vida toda, porém parecia ser a primeira vez que realmente o via.

Jude olhou para ela, então seus olhos se desviaram e retornaram como se afinal tivesse encontrado um lugar seguro em que pousá-los. Indira foi na direção dele.

– Tudo bem? – ela sussurrou em seu ouvido, abaixando-se e fingindo verificar uma dália castanho-avermelhada.

– Tudo. Só um pouco…

Jude engoliu em seco e respirou fundo.

Indira entendeu.

– Vou pegar uma cadeira. Aguenta aí, amendoinzinho.

– Acho de verdade que a gente pode dispensar os apelidos.

– Você prefere "meu pônei"?

Jude fechou os olhos e suspirou.

– Você é insuportável.

– Você também, amoreco – ela disse, dando uma piscadela e endireitando o corpo. Em seguida olhou em volta, como se uma cadeira fosse se materializar do nada para que pudesse se sentar ao lado de Jude.

– Algum problema? – Collin perguntou.

– Estou procurando um lugar onde me sentar.

– *Hum*… – Collin olhou em volta. – Posso oferecer um espaço no chão? – ele perguntou, apontando para o canto.

– Posso oferecer um chute na canela?

– Não precisa ser agressiva assim – Collin disse, tentando manter o tom irritado mais baixo do que as conversas alheias. – Supera e…

De repente, Jude pegou o cotovelo de Indira e o puxou delicadamente. O toque fez uma onda de eletricidade subir pelo braço dela e descer pelos joelhos, que fraquejaram. Ela se desfez como um castelo de cartas.

E caiu bem no colo de Jude.

Indira piscou rápido, batendo o cabelo sem querer no rosto dele quando se virou para olhá-lo.

– A gente divide a cadeira – Jude disse, bruscamente.

Indira estava tão perto dele que sentiu o peito vibrar com as palavras.

– É – Indira disse, olhando nos olhos de Jude, com a voz baixa e entrecortada.

O coração martelava e a cabeça girava enquanto as sensações a inundavam. O aroma das flores, Jude e seus olhos pretos como café, a pressão das pernas dela sobre as dele e o fato de que sentia cada movimento dos músculos de Jude ecoarem nos seus – diante de tudo isso, ela não tinha como resistir e se acomodou um pouco mais nele.

Jude pigarreou e Indira tentou se recompor mais uma vez. E isso era um esforço quase impossível, considerando a pontada que sentia entre as coxas, e que cada movimento a tornava mais intensa e fazia um calorão subir pelo seu corpo.

Sentiu os olhos de Chris nela e conseguiu tirar os olhos de Jude por um momento para voltá-los na direção do ex, que a encarava, com os lábios entreabertos e a testa franzida.

– Está precisando de alguma coisa, Chris? – Indira perguntou, toda inocente, pegando uma flor e a girando entre os dedos.

Ele fez que não e virou a cabeça. Jude deu um apertão rápido e amistoso no braço de Indira, e os dois trocam um sorriso conspiratório.

Collin se enfiou no campo de visão dela, dirigindo-lhe um olhar quase zangado, com uma sobrancelha arqueada e os lábios em uma linha fina diante da irmã caçula sentada no colo do melhor amigo.

É de mentirinha, Indira fez com a boca, sem produzir som, depois olhou na direção de Chris, cuja concentração se alternava entre Indira e Lauren. O queixo de Collin relaxou um pouco e ele assentiu de maneira quase imperceptível.

– Tudo bem aí, meu... duende maravilhoso? – Indira sussurrou para Jude, começando a encerar sua flor. Ela sentiu um roçar em seu ombro quando ele fez que sim com a cabeça.

– Tudo. Estou melhor agora – ele sussurrou, debruçando-se para usar a cera também. Ela sentiu as palavras no pescoço, e ficou toda arrepiada. – Você é como um escudo humano contra sobrecarga sensorial.

– Vou colocar isso no meu currículo.

Jude riu baixo, e os dois entraram em um ritmo tranquilo, concentrados na pilha de flores enquanto o restante se tornava ruído de fundo.

Ótimo. Aquilo era ótimo. O esquema dos dois estava funcionando. Jude se sentia pelo menos um pouco mais confortável. Chris estava recebendo uma dose do próprio remédio.

E Indira…

Bem, Indira estava de novo tentando se lembrar de que aquilo era um teatrinho.

Porém, o calor de Jude era real, o toque de Jude era real, e o coração dele batia em ritmo constante contra as costas dela.

Já o coração de Indira estava cheio de todas as coisas muito reais que sentia naquele momento de mentira.

O grupo continuou encerando as flores e conversando, enquanto Jeremy se certificava de que ninguém ficasse sem vinho rosé. Para ajudar na criatividade, claro.

– Nem durmo pensando nisso – Indira ouviu Collin dizer a Lizzie e Rake. – Mas não conseguimos decidir.

– Decidir o quê? – Indira quis saber, ajeitando-se no colo de Jude para encarar o irmão.

– A cor da flor da lapela do papai – Collin respondeu, com uma flor de um roxo intenso numa mão e um botão laranja queimado na outra. – A princípio, ia ser da mesma cor que a dos padrinhos, mas estou tentado a achar que seria fofo se ele e mamãe usassem uma cor diferente, para se destacar. As fotos ficariam mais legais com um pouco de variedade.

Indira sentiu o coração gelar e ser lancetado por pontadas agudas de dor.

– Sabe o que deixaria as fotos ainda mais legais? – ela perguntou, concentrando-se em mergulhar uma flor na cera enquanto ouvia o sangue correndo dentro dos ouvidos.

– O quê? – Collin perguntou.

– Se aquele cretino não aparecesse em nenhuma delas – ela respondeu, curvando os lábios em um sorriso falso.

Collin deixou as flores de lado. Um silêncio desconfortável recaiu sobre a sala de jantar.

– Nossa – ele retrucou, balançando a cabeça para a irmã. – Que beleza, Dira. É simplesmente do nosso pai que você está falando.

– "Doador de esperma" seria um termo mais apropriado do que "pai", considerando o quanto ele esteve presente na nossa vida nos últimos anos, não acha?

– Dira – Harper sussurrou, estendendo uma mão diante da voz exaltada da amiga.

– Por que você está agindo assim? – Collin indagou, com os lábios retorcidos.

– Não entendo por que você o convidou.

– Porque é meu casamento e quero que ele esteja presente – Collin gritou de volta.

– Mas *por que* você o quer presente? – Indira questionou, desemaranhando-se de Jude para se levantar e poder ficar frente a frente com o irmão. – Ele deixou a gente, Collin. Você viu as dificuldades que mamãe enfrentou. É um tapa na cara ficar todo "Ah, pai que me abandonou, desempenhe esse papel superimportante no meu grande dia, ao lado de quem criou a gente de verdade".

– Acredite ou não, Dira, eu não preciso justificar minhas escolhas pra você.

Ela abriu a boca para dizer alguma coisa, porém Collin a impediu.

– Você é a única que ainda não cresceu e superou. Mamãe e eu conversamos sobre isso e ela disse que não tem problema. Todo mundo seguiu em frente, menos você.

Fez-se um silêncio intenso. Quase assustador. Indira sentiu aquilo na pele, e uma onda de constrangimento a atingiu diante de todos os olhares fixos nela.

– Acho que já fizemos bastante coisa para uma noite – Jeremy interveio, simpático, levando as mãos aos ombros do noivo e lançando um olhar apaziguador para a cunhada. – Esse pólen todo subiu à nossa cabeça. Por que não encerramos por hoje e vamos até a cervejaria descendo a ladeira? A primeira rodada é por minha conta.

A máscara de raiva de Collin abandonou seu rosto lentamente, porém seus olhos permaneceram frios enquanto fitavam a irmã.

– É uma boa ideia – ele disse.

– A gente topa – Chris falou depois de um tempo, pigarreando e erguendo uma mão entrelaçada com a de Lauren. Jeremy sorriu.

– E o resto? – Jeremy perguntou para as outras pessoas reunidas em volta da mesa.

Thu, Harper e Lizzie olharam para Indira com expressão de interrogação. Ela abriu um sorrisinho tenso e fez que sim com a cabeça para incentivá-las.

– Vocês deviam ir – disse, baixo.

As amigas a fitaram por um longo momento, só concordando depois que ela assentiu de maneira mais firme.

– Vou ficar – Indira anunciou. – Estou morrendo de dor de cabeça, acho que é melhor ir direto pra cama.

Collin abriu a boca, com o gelo já tendo se afastado de seus olhos, mas Indira ergueu uma mão para impedi-lo.

– É sério – ela disse. – Vão se divertir. Preciso de um analgésico e cama.

Eles trocaram um olhar, numa compreensão mútua de que a discussão e as palavras duras que haviam trocado seriam deixadas para trás. Collin concordou.

– Está bem – ele disse, olhando em volta. – Então peguem os casacos e vamos.

Todos se levantaram para sair.

– A gente pode ficar, Dira – Harper sussurrou, postando-se ao lado dela.

– É, não precisamos ir. Não quer que fiquemos com você? – Lizzie perguntou, com os olhos grandes, dourados e repletos de calor numa oferta de conforto.

– Juro que estou bem – Indira respondeu, coçando o pescoço. – Só preciso de um tempinho a sós.

– Você vem, Jude? – Collin perguntou, enrolando um cachecol no pescoço.

– Acho que vou ficar. Alguém precisa arrumar tudo isso – ele explicou, apontando para a mesa. – Alguém que não sejam os noivos.

– Você é bom demais pra gente – Jeremy agradeceu, apertando o ombro de Jude ao passar. – Mas não precisa se matar de trabalhar. Eu organizo tudo quando a gente voltar.

Indira se virou para Jude e notou que ele a encarava, avaliando seu rosto com intensidade nos olhos. Sua expressão fazia com que ela se sentisse desprotegida. Exposta demais. Indira rompeu o contato visual.

– A gente se vê depois – Collin disse por cima do ombro enquanto conduzia o restante do grupo porta afora.

O silêncio que se seguiu teve impacto sobre o mínimo de compostura que Indira tivera êxito em reunir, e, assim que a porta se fechou, foi como se ela murchasse. Indira se arrastou até o sofá, caiu sentada nele e apoiou a cabeça nas mãos, sentindo uma dor crescente na garganta e atrás dos olhos. Algumas lágrimas escaparam, e ela começou a chorar baixinho, como uma represa se rompendo.

Seu irmão tinha razão: ela não conseguia superar. Não importava o quanto tentasse, o quanto se esforçasse para deixar aqueles sentimentos para trás, aquela raiva, aquela mágoa, sempre jorravam dela, tóxicas e infinitas.

Indira se encerrou de tal maneira em seu sofrimento que deu um pulo quando Jude pigarreou. Ela olhou na direção dele. Jude estava recostado à parede, suas feições tensas na penumbra.

– Como... – Jude pigarreou outra vez, e um toque de cor pontuou suas bochechas. – Quero ajudar – ele sussurrou. – Me diz como.

CAPÍTULO 18

Jude não sabia ao certo por que Indira riu quando ele lhe perguntou como podia ajudar, mas pelo menos aquilo a fizera parar de chorar. Odiava quando ela chorava.

– Embora eu valorize seu comprometimento enquanto namorado de mentirinha, estou bem – ela respondeu, com a voz oscilante.

– Você parece bem mesmo – Jude comentou, sem emoção na voz, dando um passo na direção dela enquanto tentava ignorar a irritação que o termo "namorado de mentirinha" provocava nele. Era só aquilo mesmo para ela, então não devia ficar tão incomodado.

Indira riu outra vez, depois enxugou as lágrimas das bochechas.

Os olhos dela passaram por ele. Seus pés. Seu nariz. Seus antebraços. Seus olhos. Jude os sentia em cada canto do corpo, o que fazia sua pele inteira se arrepiar.

Indira deu tapinhas no assento ao lado do seu, e Jude precisou se segurar para não sair correndo para se sentar lá. Ele se acomodou mantendo vários centímetros de distância entre os dois e deixou o silêncio perdurar.

– Isso me deixa puta – Indira disse afinal, fazendo um aceno vago na direção da mesa. – Tudo o que envolve meu pai me deixa puta. Eu odeio o cara. E quero que Collin odeie também.

Ela puxou os dedos um a um, até que estalassem.

– Não quero ver meu pai no casamento do meu irmão. Não quero ouvir sobre sua terceira esposa perfeita, seus filhos gêmeos perfeitos. Não quero ver fotos da casa perfeita deles, do gramado perfeito e do barco atracado no deque aos fundos. Não quero ser lembrada de como, para conseguir tudo isso, ele abandonou a gente.

Jude fora testemunha ocular da partida de Greg. Das mudanças sutis em Collin. De sua repentina falta de paciência com a irmã. Do peso que colocara sobre os próprios ombros quando se determinara a cuidar da mãe.

Ele se lembrava de como Indira chorava fácil naquela época. De como se agarrava a Jude e a Collin com uma ferocidade assustada. Jude não entedia completamente o sofrimento dela, mas mesmo assim o respeitava.

Indira ficou em silêncio por mais um momento, e ele viu uma lágrima gorda escapar. Seus longos cílios descansavam pesados no alto das bochechas.

Jude não sabia o que havia tomado conta dele quando chegou mais perto e passou um braço por cima dos ombros curvados dela.

Indira estremeceu, porém logo se apoiou nele – só um pouquinho –, e seu calor se espalhou pelo peito de Jude.

– Não importa quantos anos passem, tudo permanece tão fresco na minha memória como no dia em que ele foi embora – Indira sussurrou contra a bochecha de Jude. – Collin tem razão, eu ainda não superei. E não sei por que não consigo por um ponto-final na história. Mas ele aparecer no casamento, todo carismático e charmoso, desempenhando o papel do pai que apoia o filho, me deixa furiosa. Não fomos o bastante pra ele quando pequenos, e agora o cara acha que nos agraciar com sua presença no dia mais importante da vida do meu irmão vai compensar a confusão que ele criou?

– Vocês dois eram… *são* mais do que suficientes. – A voz de Jude saiu como um grunhido rouco. – Quem não estava à altura era ele.

– Não parece – Indira retrucou, com uma risada amarga e enxugando as lágrimas. – Porque ele está feliz e prosperando e tem uma vida-modelo, enquanto eu continuo carregando todo esse ressentimento. Queria não me importar. Por que não consigo?

Indira o olhou como se esperasse de verdade que ele tivesse a resposta. O coração de Jude oscilou por um momento, então começou a bater duas vezes mais rápido. De repente, ele estava desesperado para oferecer uma resposta que aplacasse a dor visível nas feições dela.

No entanto, Jude não tinha nada.

Indira rompeu o contato visual, e ele odiou ser mais uma decepção a contribuir para o cansaço nos olhos dela.

– Se importar é meio que o seu lance – Jude disse afinal. – Conheço você desde que tinha o quê? Uns 5, 6 anos? Desde pequena, você se importava com todo mundo. Com tudo. Imagino que seja difícil controlar algo que é da sua natureza.

Indira olhou para ele como se lesse uma inscrição sagrada no fundo de seu âmago, como se o enxergasse de uma maneira que o deixava vulnerável. O efeito era sempre perturbador…

Ou, pelo menos, costumava ser. Agora, Jude encontrava um estranho… *conforto* naquilo – no olhar que levava seu sistema a entrar em pane, embora fizesse uma vibração gostosa percorrer suas veias.

Indira ficou em silêncio por um momento, olhando fixamente para o tapete e mordendo a bochecha por dentro.

Então sua expressão se desfez. Indira se desfez por inteiro, na verdade. Sua cabeça pendeu para a frente, sua coluna se curvou em derrota e ela começou a soluçar sobre os joelhos.

E Jude…

Entrou levemente em pânico.

Ele não sabia o que fazer com aquele jorrar de emoções e sentimentos, por isso agiu por instinto, meio que… se jogando desajeitado por cima das costas dela. Jude a abraçou forte, subindo e descendo uma mão (de uma maneira que torcia fosse tranquilizadora) pelo braço dela. A situação toda era esquisita, e o ângulo em que se encontrava fazia seu pescoço doer, mas Indira pareceu relaxar ao toque. À pressão. Por isso, ele não se mexeu. Nem um milímetro. E a abraçou enquanto ela chorava.

Uma hora, as lágrimas pararam de rolar e Indira soltou o ar devagar. Jude se soltou dela, com as bochechas quentes e o estômago em nós. Ela se sentou, mas seus ombros continuaram caídos.

– Desculpa – ela disse afinal, ainda sem olhar para ele. – Estou péssima hoje, deve ser um saco ter que lidar com isso. É que aconteceu tanta coisa nas últimas semanas que estou me sentindo um pouco sobrecarregada e… bom. É um pouco demais. Eu não queria despejar tudo em você assim.

Sem pensar, Jude estendeu uma mão e a apoiou na nuca dela. Indira se virou, voltando seus olhos grandes e vulneráveis para ele.

– Não faz isso – Jude disse, levando a outra mão à bochecha de Indira e virando de vez o rosto dela na direção dele. O calor da pele dela fazia rajadas de eletricidade subirem e descerem pela espinha dele. – Não peça desculpas. Você tem todo o direito de me dizer, ou de dizer a quem quer que seja, que está chateada. Não precisa fingir que está tudo bem.

Indira passou os olhos pelo rosto dele, depois soltou algo entre um soluço e uma risada.

– De onde foi que surgiu essa... *compaixão* toda? – ela indagou, franzindo o nariz e apontando para ele. – Conversar com você parecia mais o equivalente verbal a uma lavagem intestinal.

Foi a vez de Jude rir, contudo a risada saiu ofegante e pouco contribuiu para desfazer o nó de tensão em seu estômago.

– Pode acreditar, estou tão horrorizado com essa expressão de sentimentos quanto você. Você desperta o pior em mim.

Indira revirou os olhos, mas sorriu. E Jude sentiu fisicamente aquele sorriso. Sentiu a maneira como a bochecha dela se esticava sob a palma dele, que permanecia no rosto dela. Sentiu o calor que subiu pelos dedos e foi direto para o peito.

Os olhos deles voltaram a se encontrar, e os dois se deram conta ao mesmo tempo da intimidade com que Jude a tocava. De como haviam se aproximado e de como suas bocas estavam separadas por poucos centímetros. Das lufadas suaves de ar quente que atingiam a pele de um por conta da respiração do outro. Jude continuou a investigar o rosto dela – atrás do quê, não sabia –, entretanto as coisas pareceram se encaixar, e o corpo de Indira se moveu quase imperceptivelmente na direção dele, fazendo-o sentir um puxão bem no meio do estômago.

A enxurrada de sensações o deixou congelado – era assustador, perturbador e dolorosamente doce. A sensação era ao mesmo tempo de não conseguir respirar e de ter os pulmões repletos de ar.

Indira arqueou uma sobrancelha e puxou o ar, seus lábios se entreabrindo como se fosse fazer uma pergunta. Nenhuma palavra saiu, no entanto.

Jude ficou simultaneamente aliviado e aterrorizado com o silêncio dela. Uma pergunta o tiraria daquele transe bizarro. Uma pergunta o despertaria e faria com que pulasse para longe de Indira, de sua pele quente e de sua boca perigosamente próxima. Mas isso ele teria de tirar as mãos dela. E isso, por algum motivo maluco, ele não queria fazer.

No intervalo entre uma inspiração e um batimento cardíaco, a interrogação no rosto de Indira se transformou em algo diferente. Algo suave, aberto e só um pouquinho voraz.

Antes que Jude percebesse o que estava acontecendo, ela avançou.

E o beijou.

Os lábios quentes dela o procuraram, e Indira enlaçou seu pescoço e o puxou para mais perto.

Jude obedeceu sem resistência.

Ele retribuiu o beijo, seu cérebro incapaz de acompanhar todas as sensações que tomavam conta do seu ser ao mesmo tempo. O deslizar da língua dela contra a sua. O roçar do cabelo dela em suas bochechas. O gosto dos lábios dela, que ele recebia como se estivesse morrendo de fome.

Um gemidinho escapou de Indira e reverberou no peito de Jude.

O ruído o virou do avesso.

Ele grunhiu em resposta, acomodando-a contra as almofadas do sofá. Aproximando-se dela.

Indira.

Céus, aquela era *Indira.*

Ele não devia beijá-la, de jeito nenhum. Não deveria estar agarrando seus quadris, encaixando-os nos seus. Não deveria estar deixando a boca quente e sedenta dela se encaixar perfeitamente na dele.

Indira, a irmã caçula do melhor amigo dele, não devia estar enfiando as mãos no cabelo de Jude, puxando-o até que ele grunhisse de prazer.

Seu nome se repetia sem parar na mente dele – *Indira Indira Indira.* Jude não conseguiu evitar gemer contra a boca dela antes de iniciar um beijo mais intenso. Mais forte. Enquanto ela se jogava na direção dele. Enquanto inclinava a cabeça para ir ainda mais fundo.

Jude achava que conhecia o corpo humano. Conhecia os músculos, os vasos sanguíneos, os ossos e os órgãos, e como funcionavam em uma harmonia milagrosa. Porém, aquele beijo parecia ter o poder de redirecionar as terminações nervosas. Transformar sangue em fumaça. Incendiar cada célula. Indira era uma febre, uma febre que não tinha pressa, que esperava até poder comprometer todo o sistema.

As mãos dela desceram pelo peito dele até chegar ao botão da calça jeans. Jude a beijou com ainda mais vontade, provando a doçura perigosa de sua boca macia. Mordendo aqueles lábios que sempre tinham uma resposta pronta para tudo.

– Merda – Indira sussurrou, raspando os dentes no pescoço dele. – O que está acontecendo?

Jude não sabia como responder. Não tinha palavras para o universo alternativo em que pareciam ter caído. Tudo o que sabia era que aquilo não devia estar acontecendo.

Mas tinha que acontecer.

Ele não queria que terminasse.

Em meio à respiração ofegante de ambos, um som diferente emergiu. Um tilintar distante. Um aviso quase imperceptível que os dois queriam ignorar. Então, os sons inconfundíveis da chave na fechadura e da tranca abrindo os trouxeram de volta à realidade.

Ambos viraram a cabeça naquela direção, o cabelo de Indira entrando na boca entreaberta de Jude, o corpo pesado dele ainda a apertando contra o sofá. Eles assistiram em pânico à maçaneta girando.

Dos dois, foi Indira quem recobrou o juízo primeiro. Com um gritinho, conseguiu sair da posição em que estava, e Jude caiu para a frente e bateu o rosto no braço do sofá. Indira se levantou depressa e correu para o banheiro.

Jude rolou para fora do sofá no último segundo; ficou em pé, ajeitou a calça e escondeu o pau duro antes que Collin entrasse pela porta.

– O que você está fazendo aqui? – Jude gritou. Então se arrependeu quando a cabeça de Collin recuou em espanto. Estava um pouco tenso demais.

Qual seria a reação apropriada para o fato de seu melhor amigo quase tê-lo surpreendido se pegando com a irmã?

– Eu moro aqui! – Collin respondeu, com um tom brincalhão. – Esqueceu?

– O que eu quis dizer foi… por que voltou tão cedo?

– Esqueci a carteira. Só percebi quando me sentei à mesa, então vim correndo pra casa. – Collin pegou a carteira do prato de cerâmica que ficava no aparador da entrada, depois olhou em volta. – E, *hum*, eu queria ver como Dira está. Trocar uma palavrinha. Cadê ela?

A mente de Jude de repente era um branco total.

– No espaço! – ele gritou.

Collin piscou.

– Oi?

– Eu… ela…

O barulho da descarga e da água correndo interrompeu os esforços de Jude. Indira surgiu na sala, parecendo perfeitamente composta, a não ser pelas bochechas vermelhas.

– Oi – ela disse, com um aceno fraco para Collin.

– Oi. Podemos falar um minuto?

Indira fez que sim, depois os dois foram até a mesa de jantar. Jude permaneceu no lugar, com as costas apoiadas na parede do corredor enquanto tentava tranquilizar a mente. Do suave murmúrio de vozes, algumas palavras chegaram a ele – "desculpa", "eu te amo", "está tudo bem" –, porém Jude era incapaz de processá-las, pois os gemidos de Indira ocupavam todo o seu cérebro.

Depois de alguns minutos, Collin estava de volta à porta da frente.

– Tem certeza de que não querem tomar uma cerveja com a gente? – ele perguntou por cima do ombro.

– Prefiro ficar – Indira respondeu, da sala de jantar.

Collin lançou um olhar interrogativo para Jude, que fez que não com a cabeça e lhe ofereceu o que torcia parecesse ser um sorriso casual.

– Eu também – Jude disse, sentindo a culpa fermentar no estômago. De jeito nenhum ele ficaria sentado diante de Collin, tomando cerveja e falando bobagem, com as marcas dos lábios de Indira ainda na sua pele.

– Então tá – Collin assentiu. – A gente se vê depois.

Assim que a porta se fechou, Jude foi atrás de Indira na sala de estar.

– A gente nunca vai poder contar o que aconteceu – ele falou, abrindo as mãos espalmadas na mesa e forçando seus olhos a não pousarem nos lábios de Indira, que estava do outro lado do móvel.

– Nem sei do que você está falando – Indira murmurou, tomando um gole de água e prendendo um cacho de cabelo atrás da orelha.

– Ótimo. Porque aquilo – Jude apontou na direção do sofá – nunca deveria ter acontecido.

A amizade com Collin era uma das poucas coisas boas de sua vidinha triste. Ele não tinha como se convencer de que estava honrando aquela amizade se ficasse se pegando com a irmã caçula do melhor amigo.

– De novo, nem sei do que você está falando – Indira insistiu, com os lábios franzidos e a raiva escondida fazendo seus olhos se estreitarem.

– E *nunca mais* vai acontecer – Jude prosseguiu, parecendo incapaz de se segurar. – Esse lance entre a gente é de mentirinha. Só isso. Ficou claro? Estamos entendidos?

Talvez quanto mais vezes ele dissesse que os dois não podiam voltar a se tocar mais fácil seria para seu cérebro, que no momento protestava, aceitar.

Indira se levantou e o imitou, também espalmando as mãos sobre a mesa e se inclinando para a frente. O movimento parecia predatório, e Jude sentiu o medo descer na mesma hora por sua espinha.

– Não sei se você está escolhendo ser tão anta quanto possível no momento, mas repetir sem parar que não podemos falar a respeito é, na verdade, falar a respeito. Então vamos ver se *agora* fica claro. Você parece ser o único precisando de confirmação de que aquilo – ela imitou o gesto que ele havia feito para o sofá – nunca mais vai acontecer. Então pode ficar pensando o quanto quiser em como foi bom enfiar a língua na minha garganta, mas futuros comentários devem ficar trancafiados nesse seu cabeção. Como disse, é tudo de mentirinha. Nunca vai ser nada além.

Jude ficou boquiaberto. Indira deu um tapinha na bochecha dele e contornou a figura dele.

– Fico feliz que esteja tudo claro – ela sussurrou, então foi embora.

CAPÍTULO 19

Indira

– Então você e Jude estão… mentindo? Eu entendi direito? – a dra. Koh questionou, pressionando as mãos uma contra a outra enquanto arqueava uma sobrancelha para Indira.

A paciente se remexeu no sofá.

– Bom… acho que falando da maneira mais crua possível, sim. Mas Collin e Jeremy sabem. E minhas amigas. Então, na verdade, é como se só estivéssemos mentindo para o Chris.

E pra você mesma, sua boba.

– E… você acha que é uma boa ideia?

– Bom, quando você usa esse tom comigo, não parece – Indira respondeu, encarando o teto. – Mas Jude disse que com isso fica mais fácil lidar com a sobrecarga sensorial, porque ele tem uma desculpa pra se retirar sem precisar responder a uma enxurrada de perguntas. Todos vão achar que estamos… fazendo o que os casais fazem em cantos escuros ou o que quer que seja.

– Você conversou com o Jude sobre as dificuldades que ele está enfrentando? E de onde elas vêm?

– Eu tentei – Indira respondeu, dando de ombros, derrotada. – Ele contou um pouco. Parece que internalizou muita culpa por causa dos pacientes que não sobreviveram, ou de resultados que ficaram longe do ideal. E acho que viu muita violência nos lugares aos quais foi enviado.

A dra. Koh demonstrou entender.

– E ele está se tratando?

– Não. Eu queria insistir, mas… tenho medo de forçar a barra. Tenho medo de sugerir demais. Ele começou a se abrir comigo agora, não quero arrombar a porta e trazer as paredes abaixo. E… – Indira engoliu em seco e olhou para o lado.

– E o quê? – a dra. Koh insistiu.

– Não quero que me veja como sua psiquiatra. Ou que ache que estou bancando a terapeuta e que ele é um estudo de caso pra mim. Sei lá.

– Por que essa ideia incomoda você? – a dra. Koh perguntou.

Lágrimas fizeram os olhos de Indira arder antes de rolarem quentes por suas bochechas.

– Porque… poxa, sei lá. Quero que ele me veja como eu. Não como uma psiquiatra, não como a irmã caçula de Collin. Quero que ser eu mesma baste.

A dra. Koh se inclinou, apoiando os cotovelos nas coxas. O silêncio perdurou, denso. Indira quase conseguiu ouvi-la pensando enquanto a observava.

– Indira – a doutora disse, inclinando a cabeça. – Tem algo que você precisa entender. Algo crucial. Independentemente de como Jude a veja, não importa se ele for atrás de ajuda, se ele se abrir com você, ou qualquer outra situação, você basta, exatamente como é.

Indira piscou algumas vezes, incapaz de olhar nos olhos da terapeuta.

– De onde você acha que vem esse seu medo? – a dra. Koh indagou, baixinho.

– Vai mesmo me obrigar a falar?

A terapeuta balançou a cabeça para os lados.

– Você não precisa dizer nada que não queira aqui.

Com lágrimas ainda rolando pelas bochechas, Indira suspirou e desviou o rosto, sacudindo tanto a perna que o sofá inteiro vibrava.

– Eu era nova quando meu pai foi embora. E crianças… digerem as ações dos adultos e das pessoas à sua volta de maneira diferente. Isso não é segredo pra ninguém. – A voz de Indira soava desapegada. Ela refletia sobre sua infância como faria no caso de um paciente. – E quando sua mãe fica mal, seu irmão não conversa com você e seu mundo parece estar ruindo, fica difícil não procurar algo para culpar. E é óbvio que comecei a pensar que talvez, se tivesse sido uma filha melhor ou feito algo diferente ou… sido o suficiente, nada disso teria acontecido.

Indira encarou a dra. Koh, esgotada.

– E eu… sei lá. Acho que comecei a procurar essa aprovação onde achava que pudesse conseguir. Porque talvez assim provasse que sou digna ou que vale a pena ficar junto de mim.

Um silêncio tomou conta da sala, até que Indira soltou um suspiro derrotado.

– Sei que não é racional. Reconheço que esses medos e essa necessidade de validação externa não determinam meu valor. Mas isso não me impede de *senti-los*.

O problema de se conhecer e de ser introspectiva ao mesmo tempo que se era, assumidamente, complicada do ponto de vista emocional estava no fato de que Indira conseguia identificar seus sentimentos e sua origem e entender por que eles não lhe faziam bem, embora fosse incapaz de romper esse círculo vicioso.

– Alimentamos a expectativa de que ter consciência de que nosso cérebro ou nossas emoções mentem para nós significa que somos capazes de superar tudo automaticamente – a dra. Koh disse, sem tirar os olhos de Indira. – Mas não é assim que funciona. Não esperaríamos que alguém que tenha asma seja capaz de correr um quilômetro e meio sem ter de fazer uso do inalador só porque reconhece que tem asma. A cura das feridas interiores leva tempo. Às vezes a vida toda. O que importa é estarmos dispostos a trabalhar nisso.

– Estou cansada – Indira admitiu, com um soluço estrangulado.

– Eu sei – a dra. Koh disse, com olhos compreensivos.

– O que eu faço?

– Descanse. E, quando estiver pronta, continue trabalhando.

CAPÍTULO 20

– Está animado pra sábado? – Collin perguntou, dando um nó na gravata de Jude, que provava a roupa de padrinho no alfaiate.

– Na verdade, sim – Jude respondeu, puxando as mangas do paletó.

Collin olhou feio para ele.

– Vou fingir que não captei a insinuação e que não percebi que você não estava tão animado para nenhum dos outros eventos pré-casamento.

Jude se esforçou ao máximo para parecer inocente.

Havia descoberto um dia livre na agenda cheia de Collin e convidado o amigo para acampar, como faziam quando eram pequenos. A ideia era descansar e relaxar um pouco antes do casamento.

Jude adorava a natureza. Ele e o amigo passaram a maior parte da adolescência enfiados no bosque que dava para os fundos da casa de Collin, acampando no quintal durante o verão e também o outono, se os pais deixassem. A ideia de passar um tempo com o melhor amigo, na tranquilidade do campo, era como um afago no peito.

– Acho que o tempo vai estar bom – Collin acrescentou, franzindo a testa para a gravata e desfazendo o nó. – Talvez a gente possa até tentar pescar no domingo de manhã.

Jude ficou tão ansioso que quase chegou a ouvir o borbulhar do riacho. No entanto, parecia haver um vazio pequeno, mas incômodo, em seus planos para o fim de semana.

– Então – ele disse casualmente, afastando os dedos de Collin de sua gravata. – Você acha que a gente deve convidar a Indira?

– Dira? *Para acampar?* – Collin soltou uma risada desdenhosa. – Não. Nunca. Acho que nunca conheci uma pessoa tão avessa à natureza.

– É?

Jude sentiu um aperto no coração. Quando aquilo acontecera? Na infância, Indira adorava a natureza. E por que não saber que ela havia mudado o incomodava tanto?

– Uma vez ela me disse que achava que o barulho do mar de uma máquina de som para dormir era mais gostoso que o do mar de verdade. Então não acho que ela vá se interessar.

Jude tentou engolir em seco o nó que surgiu em sua garganta e ignorar a estranha dor em seu peito, assim como a vozinha sussurrando que ele havia deixado coisas importantes passarem despercebidas diante de seus olhos.

Era até melhor que Indira não fosse. Os dois precisavam de espaço. De quilômetros entre eles, na verdade. E barreiras de proteção, para não se tocaram. E não se olharem. E para bloquear os inúmeros aspectos tentadores dela. As últimas vezes em que tinham se encontrado foram bastante desconfortáveis, com os dois mais parecendo caranguejos-ermitões querendo voltar para a concha.

Além disso, Jude já não estava gostando do quanto tinha começado a desfrutar da presença dela, mesmo antes da pegação-emque-nunca-mais-deveria-nem-pensar(-mas-com-que-podia-sonhar-porque-não-dava-para-controlar-os-sonhos).

Ele voltaria ao trabalho em algumas semanas, e estar de volta àquele mundo assustador – com pessoas que dependiam dele para viver ou morrer e onde cada momento parecia água escorrendo por entre seus dedos – não ficaria mais fácil se ele sentisse falta de Indira.

Espaço era bom. Era necessário. Era uma proteção.

Era o melhor para ambos.

– A roupa ficou ótima em você, aliás – Collin elogiou, espanando os ombros do amigo com as mãos.

Jude deu uma risadinha, olhando-se no espelho. O terno, bem cortado e em um tom de verde-floresta impactante, era mesmo bonito.

Jude se perguntou o que Indira estaria usando quando os dois entrassem na cerimônia. Como sua pele brilharia em contraste com um vestido de um tom de verde similar ou como a saia desceria por suas curvas e emolduraria o balanço do quadril, as mãos dele já coçando para descer por suas costas e descansar na lombar dela. Jude sentiu o coração batendo nos ouvidos enquanto imaginava um tecido diáfano sobre a clavícula dela, acentuando seu pescoço comprido. Destacando o volume de seus…

– Você está bem?

A voz de Collin interrompeu o transe de Jude, que piscou várias vezes para controlar a imaginação vívida demais

– Estou, desculpa. Só viajei um pouco.

Collin olhou para ele como quem disse "deu pra ver".

– Acabamos aqui? – Jude perguntou, sem esperar pela resposta para sair do provador, quase derrubando um senhor baixinho que organizava gravatas em um mostruário.

– Hã, parece que sim – Collin respondeu, do outro lado da cortina. – Tem certeza de que você está bem?

– Estou – Jude insistiu, largando o corpo sobre um banco, mordendo um dedo e depois enterrando a cabeça nas mãos, rezando para que seu pau inconveniente o deixasse em paz.

Ele não deveria ficar fantasiando com Indira, ou seu pescoço… entre outras coisas. Jude precisava banir tudo aquilo oficialmente do cérebro, porque, puta merda, ele precisava parar de ficar meia bomba só de pensar na irmã caçula do melhor amigo. Principalmente quando o tal amigo *estava presente.*

Qual era o problema com ele? O que explicava sua obsessão por Indira?

Ela é segura.

O pensamento sacudiu Jude, mas desapareceu antes que ele conseguisse rastrear de onde vinha. Porém, era um tanto… preciso.

Indira era familiar. E divertida. E sempre muito irritante. No entanto, sua presença lhe transmitia segurança, ele não tinha como negar.

Tudo isso faz sentido, Jude raciocinou, louco para que sua parte racional assumisse o controle. Aquele era o motivo pelo qual haviam firmado aquele acordo. Fazia tanto tempo que a conhecia que Indira era algo a que podia se agarrar quando começava a perder o chão.

Era isso.

E nunca seria mais que isso.

Jude foi se trocar e então se juntou a Collin na entrada da loja.

– Encontrei a outra barraca no porão, pra você usar no fim de semana – Collin disse, voltando ao assunto que Jude havia deixado de lado. – É velha, mas vai servir.

– Valeu. Estou ansioso.

Collin deu um tapinha nas costas de Jude.

– Que bom ouvir isso. Vai ser ótimo. Supertranquilo e de boa.

Jude assentiu, sorriu e seguiu Collin até o carro.

Supertranquilo e de boa. Exatamente o que ele precisava.

O sábado, no entanto, não foi supertranquilo nem de boa, o que não chegou a ser uma surpresa.

Jude observou num silêncio horrorizado o caos que tomava conta do *hall* de entrada, enquanto Collin e Rake brigavam com todos os equipamentos que seriam levados e enquanto Lizzie e Jeremy davam gargalhadas descontroladas a cada poucos minutos. Jude não demorou muito para se dar conta de que havia cometido um erro fatal: Collin, como o extrovertido demoníaco que era, havia aplicado a mentalidade "quanto mais gente melhor" à tentativa desesperada de Jude de passar um fim de semana na natureza. Ele fizera algo parecido na época da faculdade, distribuindo convites para acampar como se fossem doces no Halloween. Na época, Jude não se incomodava.

Agora, odiava com o fato de estar tão incomodado.

– Minha nossa, o que está acontecendo? – Indira perguntou, na soleira da porta da frente, com os fones de ouvido no pescoço e o rosto corado depois de correr.

Como se fosse uma estrela do atletismo, Lizzie passou por cima de uma barraca e de uma caixa térmica e agarrou Indira no que Jude imaginava fosse um abraço. Mas na verdade pareceu mais um meteoro colidindo com a Terra com todas as forças.

– Oi, querida! – Lizzie disse, passando um braço por cima dos ombros da amiga para trazê-la para dentro e fechando a porta com o pé. – Ainda dá tempo de você se juntar à nossa aventura na natureza.

Lizzie abarcou com um gesto toda a confusão no corredor.

– Desculpa, mas quê? – Indira perguntou, com o rosto contraído virado para Lizzie.

– Vamos acampar – Rake explicou, examinando uma geladeira térmica amassada.

– Vem também! – Lizzie convidou, saltitante.

– Vai ser divertido – Collin acrescentou com um sorriso, fechando o zíper da mochila dele.

– De jeito nenhum. – Os olhos de Indira passaram por sobre aquela bagunça, demorando-se um pouco mais em Jude. Ela voltou a se virar para a amiga. – Eu não sabia que *você* gostava de acampar.

Indira franziu tanto as sobrancelhas que Jude teria rido, se não estivesse absolutamente surtando com a ruína de seus planos de paz.

– Na verdade, vai ser minha primeira vez – Lizzie disse. – Mas estou aberta a experimentar. E desesperada para ter uma folguinha dos gritos estridentes da filha de Rake.

– Sim, porque é claro que ela puxou a mim no volume de voz, meu bem – Rake disse, com ironia, fazendo Lizzie soltar uma gargalhada.

Indira notou que Jude se encolhia diante do barulho repentino. Ela o avaliou por um momento. A pulsação de Jude acelerou enquanto ele se perguntava se Indira era capaz de identificar o pânico que tinha tomado conta dele. Não queria que visse o caos que cada emoção deflagrava. Não queria que visse quão problemático ele era.

– Eu... achei que só Jude e Collin fossem – Indira comentou, com a expressão espelhando a confusão interna de Jude a respeito de como as coisas haviam saído dos eixos daquela maneira.

Lizzie deu de ombros.

– Pelo que entendi, Jude convidou Collin. Collin convidou Jeremy, claro. E o Rake. E eu me convidei, com toda a intenção de transformar isso numa versão caseira de *Largados e pelados*.

Ela deu uma piscadela exagerada para Rake.

– Você chegou a perguntar para o Jude se estava tudo bem? – Indira questionou Collin, virando-se para o irmão. – Ou apenas passou o trator por cima dos planos dele?

Collin olhou confuso para a irmã.

– Por que você está sendo combativa desse jeito? Jude sugeriu que a gente convidasse você primeiro. Por que se importaria se outros amigos fossem junto?

Os olhos de Indira dispararam na direção de Jude. Ele olhou para o chão, o constrangimento capaz de penetrar o transe da sobrecarga sensorial.

– A... a questão não é essa.

Collin soltou um suspiro.

– Você quer ir acampar ou não?

– Não, eu não quero ir acampar! – Indira jogou as mãos para o alto. – Também não quero que você deturpe a viagem que Jude planejou!

– Então tá, nem tudo precisa ser levado tão a sério – Collin retrucou, revirando os olhos.

– Você não pensou nos sentimentos dele!

– Pode relaxar um pouco? Só vamos acampar, e isso não é uma novela. Vai ser um fim de semana divertido. Se for agir assim, é melhor nem ir.

– Eu *não vou*! – Indira gritou, depois abriu a boca para dizer mais alguma coisa, porém Jude a cortou.

– Chega, Indira.

A voz dele soou como um chicote estalando do outro lado da sala. Jude se odiou por isso. Pelo modo como suas palavras duras a fizeram fechar a boca. Pelo modo como os lábios dela se retorceram e sua expressão se alterou.

No entanto, não conseguiu evitar; as vozes exaltadas dos irmãos eram como agulhas atingindo as terminações nervosas ao longo de sua espinha. Jude estava suado e um pouco tonto e precisava descobrir o que fazer em relação ao caos que se desdobrava à sua frente.

Os olhos cor de cobre de Indira brilharam na direção de Jude. A raiva deixou a expressão dela, e seu maxilar cerrado em obstinação e as rugas profundas entre as sobrancelhas deram lugar a uma mágoa branda enquanto ela avaliava o rosto dele.

– Você tem razão, Collin – Indira disse, seus olhos se demorando um segundo a mais em Jude antes de ela os forçar a passar ao irmão. – Eu é que estou causando aqui. Bom, vou ter que recusar seu convite para dormir no chão congelante. Estou cheia de trabalho e preciso dar uma adiantada nas coisas.

Collin franziu a testa, balançou a cabeça e voltou a reunir suas coisas. Indira abraçou o próprio corpo, vestiu um sorriso falso no rosto e se afastou do grupo.

Depois de um momento, Rake seguiu o exemplo de Collin, e Lizzie foi para junto de Indira, apertando de leve a mão da amiga e sussurrando algo que Jude não conseguiu ouvir.

Ele a tinha magoado. Indira estava tentando protegê-lo e ele havia descontado nela. Jude queria se socar por ter provocado a tristeza discreta que marcava as feições dela. No entanto, não queria que aquilo tomasse uma proporção *maior*. Ele só queria ser *normal*. Preferiria que não ficasse óbvio para todo mundo que seu cérebro não lhe obedecia.

Jude desejava desesperadamente ser o tipo de cara que não tinha um problema com convites de última hora. Alguém que não sentia uma necessidade louca e quase primitiva de escapar da estrutura da cidade.

E até achava que estava fazendo um trabalho razoável com relação a isso.

Mas aqueles malditos olhos de Indira, que podiam ler seus pensamentos como se estivessem escritos em sua pele, não lhe permitiam continuar a fingir.

As coisas estavam saindo de controle. Jude não conseguia processar aquele número de pessoas. O barulho todo. A espontaneidade. A pressão dentro de seu crânio aumentou, forte e perigosa, pronta para levá-lo ao chão.

– Vem com a gente, por favor – ele disse de repente, vendo apenas Indira. Precisava dela. Não conseguiria sem ela.

Indira olhou para Jude, com os olhos arregalados e cautelosos, os ombros curvados em autodefesa.

– Por favor – Jude repetiu, com os olhos fixos nos dela. Encarando-a como não se havia permitido encará-la em dias. – Eu…

Ele engoliu em seco.

Quero você.

Preciso de você.

Já estou com saudade de você.

– Não seria a mesma coisa sem você.

Indira continuou a encará-lo, em silêncio, então Jude arriscou um sorriso. O que saiu foi um sorriso rígido e desconfortável, que devia parecer assustador, com base na cara que Lizzie fez antes de dar as costas aos dois e seguir Rake e Collin porta afora, com as mãos cheias de coisas do acampamento.

Por favor. Jude balbuciou a palavra apenas para Indira. Ela se concentrou nos lábios dele e lambeu os seus antes de erguer o olhar, concordando e lhe oferecendo um sorriso hesitante que transformou o coração de Jude em pó.

– Tá – ela disse, com um suspiro resignado. – Estou pronta para sofrer em meio à natureza.

CAPÍTULO 21

Indira

Conforme dirigia sua SUV lotada rumo às montanhas – por que tinha deixado que a convencessem a ir com o carro *dela*? –, Indira pensava em todas as coisas que preferiria fazer a ter de acampar:

1) Lamber um cacto.
2) Cortar a própria franja sabendo muito bem a turbulência emocional que a assombraria pelo ano seguinte.
3) Ouvir alguém nascido no pós-guerra falar sobre empréstimos estudantis.
4) Comer bitucas de cigarro das calçadas nojentas da Filadélfia.
5) Ouvir um homem bancando o advogado do diabo quanto, literalmente, a qualquer assunto.

Ela tentou encontrar o lado positivo da situação. No entanto, entre a irritação com o irmão e a preocupação com Jude, aquilo estava muito longe do ideal, para dizer o mínimo.

– Vira aqui – Collin orientou do banco de trás, debruçando-se para apontar um caminho de cascalho à esquerda.

Indira pareceu chocada.

– Se meu carro sair com um arranhãozinho que seja do pesadelo que vai ser este fim de semana ridículo de aventura, vou esfolá-lo vivo, Collin.

– É só um pouco de cascalho em terreno plano. Não estou fazendo você atravessar o Grand Canyon.

– Dá no mesmo – Indira murmurou, enquanto o carro sacudia por conta do desnível.

Collin desdenhou e voltou a se endireitar no banco.

– Só imagina que esses solavancos são você passando por cima da cabeça dele – Jude sussurrou para ela, inclinando-se para abaixar o volume do rádio.

A velocidade com que Indira virou o corpo todo na direção de Jude quase fez com que batesse o carro. Ele se mostrara tão reservado nos dias anteriores, totalmente fechado depois do… depois do momento sobre o qual nunca mais falariam. Aquilo era real? Jude tinha saído um milímetro da concha para ficar do lado dela e contra Collin?

Jude olhou para ela por um momento, com os olhos arregalados e cautelosos, antes de lhe oferecer uma sombra de sorriso.

Era um sorriso torto e desconfortável, e a coisa mais encantadora que Indira já tinha visto. Ela não sabia dizer se tudo tremeu em consequência do poder devastador daquele sorrisinho ou se era só mais um buraco.

Indira conseguiu reunir alguma força interior para desviar o olhar daqueles lábios e dirigir em segurança pela estrada sinuosa. Quando a vegetação já estava densa e o cascalho tinha dado lugar à terra, Collin falou para Indira estacionar em um trecho de grama marrom, que aparentemente era onde iam acampar.

Na opinião dela, parecia mais um terreno baldio. Entretanto, como seus *hobbies* preferidos consistiam de comer *pretzel* na cama e de fazer compras pela internet, talvez não fosse a pessoa mais apta a julgar.

– Ah, excelente – Rake disse, assim que saiu do carro, sendo logo seguido por Collin. Lizzie e Indira trocaram um olhar cético pelo retrovisor. Depois Lizzie deu de ombros, sorriu e se juntou aos outros.

Indira suspirou e franziu o nariz enquanto observava as acomodações precárias.

– O que aconteceu com a Dira amante da natureza com quem cresci? – Jude perguntou, baixo. Ele continuava dentro do carro com ela, enquanto os outros abriam o porta-malas e começavam a descarregar tudo.

O coração de Indira martelou contra o esterno ao ouvir aquela voz grave e levemente rouca.

– Ela foi apresentada aos luxos da vida, como colchões, água corrente e banhos regulares – Indira respondeu, virando a cabeça devagar e permitindo que seus olhos considerassem o corpo dele de alto a baixo. – Que pena que não aconteceu o mesmo com você.

A reação foi demorada: Jude parecia processar tudo em câmera lenta, porém ali estava. Aquela insinuação de um sorriso outra vez, doce como mel. Então ele soltou uma risada, enferrujada e áspera, mas genuína.

O coração de Indira dobrou de tamanho com aquela combinação.

– Esquecendo os hábitos de higiene por um momento – Jude disse, inclinando-se de maneira quase imperceptível na direção dela –, aqui entre nós, acho que você é quem tem mais probabilidade de acabar descobrindo que um animal fez um ninho no seu cabelo durante a viagem. Então toma cuidado.

Indira, como a criatura de ambientes fechados e temente à natureza que era, não foi capaz de pensar em algo espirituoso para dizer: só levou as mãos aos cachos e arregalou os olhos.

– Não tenho como deixar isso claro o bastante, mas vou surtar se *qualquer coisa* tentar se instalar no meu cabelo.

Jude riu outra vez, depois balançou a cabeça. O sorriso sumiu aos poucos do rosto e a expressão séria que lhe servia de escudo retornou.

Indira queria agarrar a cabeça dele, obrigá-lo a olhar para ela e exigir que o sorriso voltasse. Contudo, não podia fazer aquilo. Os momentos anteriores lhe pareceram cruciais. Monumentais. Ela os estimara durante o tempo que haviam durado. Não tinha motivos para ansiar por nada mais.

– Acho que é melhor a gente ajudar o pessoal a arrumar tudo – Jude falou. Seus olhos passaram pelos lábios de Indira antes de se concentrarem de supetão no para-brisa.

– É, acho que é melhor você ir mesmo – Indira respondeu, torcendo para que sua voz soasse mais leve que seu coração. – Eu vou ficar aqui, sem fazer nada.

Jude deu risada, abriu a porta e desceu do carro. Indira recostou a cabeça no banco, tentando se recompor.

– Dira? – ele sussurrou, abaixando-se para olhar para dentro do carro.

Ela arqueou uma sobrancelha.

– Obrigado por ter vindo. Obrigado por... se dispor a me ajudar.

A garganta de Indira se fechou e ela sentiu um aperto no coração.

– Imagina – Indira disse. Ela abriu um sorriso, que ele retribuiu.

Uma única lágrima rolou pela bochecha dela quando Jude fechou a porta.

– Que bosta – Indira reclamou baixinho algumas horas depois, encolhendo-se dentro do casaco diante do vento forte. – Acampar é só fazer coisas cotidianas de um jeito mais difícil?

Fazia um bom tempo que Collin, Rake e Jude estavam tentando fazer fogo "à maneira tradicional": esfregando gravetos. Conforme os minutos de fracasso se somavam, o calor começava a parecer mais uma fantasia elusiva que uma ferramenta básica de sobrevivência. Lizzie, Jeremy e Indira estavam sentados bem juntinhos, enfiando *marshmallows* na boca enquanto narravam em volume baixo as habilidades de sobrevivência preocupantes dos outros três, como se fossem locutores esportivos.

– O chilique de Collin antes do intervalo não foi um bom exemplo de espírito esportivo – Jeremy disse, baixo. – Mas ele parece ter recuperado a compostura no início deste tempo.

– A impressão é de que Rake vai tentar voltar para o jogo depois de um tempo no banco para se recuperar de uma lesão. Seria o graveto um reflexo de seu próprio falo e da maneira como ele o usa como força orientadora? Nossa especialista no assunto, Lizzie Blake, pode dar mais detalhes – Indira disse, passando o microfone invisível para a amiga.

– Obrigada pela apresentação, Dira. Embora, sim, Rake tenha mesmo um pênis considerável dentro daquela calça apertada, o dito-cujo é levemente mais curvado para a esquerda do que o graveto grosso que agora ele esfrega com agressividade. Minhas informações privilegiadas levam a acreditar que, mais que qualquer outra coisa, as escolhas desse cabeça de vento atraente quanto às ferramentas para fazer fogo estão relacionadas ao fato de que ele não tem ideia do que está fazendo. Agora, de volta pra você.

Eles riram até chorar, provocando olhares de reprovação dos outros três, àquela altura já suados e irritados.

– Por que eu tenho que fazer tudo aqui? – Indira perguntou, com um suspiro, então se levantou e espanou a parte de trás dos *jeans*.

Ela foi até a pilha de coisas perto do carro e procurou por um segundo até encontrar o que queria. Seguindo as instruções de Collin – que havia assistido a uma maratona de *À prova de tudo* e, por causa disso, começou a se considerar um sobrevivente –, os três estavam agachados perto do buraco onde seria feita a fogueira, tentando acender um pequeno fardo de palha, para depois transferir o fogo para a lenha.

Indira deu uma bundada no irmão para tirá-lo do caminho, e os outros dois foram ao chão como se fossem uma fileira de dominós. Ela abriu um isqueiro e jogou todo o fluido sobre a madeira antes de jogá-lo de lado. Então pegou um fósforo, acendeu e jogou em cima, depois sorriu de satisfação quando as chamas explodiram com um "puf" baixo, mas poderoso.

Limpando as mãos, ela se virou para o grupo.

– Quem quer assar *marshmallows*?

Lizzie começou a bater palmas em câmera lenta.

Os resmungos logo deram lugar a bocas e barrigas cheias, e o grupo se esquentou diante do fogo. Lizzie e Jeremy mantiveram todos entretidos por horas, ambos se sucedendo em contar histórias até que Indira estava quase chorando de rir e Rake, com o corpo dobrado para a frente e as mãos na cintura, estava sem fôlego. Até mesmo Jude pareceu mais relaxado. Ele não sorriu, mas foi como se, pela primeira vez em semanas, parte da tensão tivesse deixado seu corpo.

Indira o pegou olhando para ela do outro lado da roda várias vezes, mas, assim que seus olhos se cruzavam, ele os baixava para os pés. As chamas dançantes lançavam sombras sobre os contornos duros de seu rosto, deixando o nariz mais pontudo e o maxilar mais anguloso. O brilho âmbar fazia com que ele parecesse intenso e lindo contra a escuridão que caía como um cobertor em volta deles.

Quando a fogueira se reduziu a brasas fracas, todos decidiram em silêncio que era hora de ir para a cama.

Foi só quando já estava ajeitando o monte de mantas e travesseiros que ia usar no lugar de saco de dormir que Indira se deu conta de que a situação estava prestes a ficar muito desconfortável.

Rake havia levado uma cabana firme e confiável para duas pessoas, que ele e Lizzie haviam passado uma hora montando, em meio a cutucões e risadinhas. Collin e Jeremy tinham a própria cabana também, na qual mal cabiam os dois, a julgar pela dificuldade com que entraram nela.

O que significava que as opções de Indira eram dormir a céu aberto e torcer para não rolar para o buraco da fogueira durante o sono. Ou… dividir a cabana com Jude.

Seu estômago se revirou e seu coração quase pulou do peito.

– Boa noite – Collin disse antes de fechar a cabana com ele e Jeremy dentro, o barulho do zíper parecendo amplificado na natureza silenciosa.

Indira e Jude olharam um para o outro horrorizados, à procura de uma alternativa para a perspectiva de passarem as oito horas seguintes colados um contra o outro, em uma barraca de noventa centímetros por um metro e meio.

– Posso dormir ao ar livre – Jude sugeriu, enfiando as mãos nos bolsos e olhando para o chão.

– Não. Não seja ridículo – Indira disse, puxando os próprios cachos. – A barraca é sua. Eu... durmo no carro. Posso até ligar o aquecedor em vez de morrer de hipotermia.

As palavras foram pontuadas por risadas nervosas que fizeram os dois se encolherem.

– E acabar com a bateria do carro? Genial.

Indira foi pega de surpresa. Não porque Jude estivesse bancando o espertalhão – ela sabia que aquilo era típico dele. Mas porque fora dito meio que... de brincadeira. Com uma provocação que a lembrou de quando eram novos, porém com um toque diferente. E o coração mole e traidor dela derreteu um pouco.

Seria possível que gostasse de ser provocada? *Como assim?*

– Olha – Jude disse, passando uma mão na nuca e depois a soltando ao lado do corpo. – Só tem uma barraca. A gente pode... sei lá, colocar uns cobertores no meio. E pronto.

Indira abriu a boca para retrucar, principalmente porque fazer isso lhe parecia tão natural quanto respirar, mas um resmungo alto vindo da direção da barraca de Collin a impediu de continuar.

– Será que vocês dois podiam, sei lá, calar a boca e ir dormir? Valeu.

Depois da bronca não muito sutil, Jude conduziu Indira para dentro da barraca e a seguiu.

Ela ficou muitíssimo grata pela escuridão ali. Não queria que Jude visse suas mãos tremendo, os pensamentos confusos impressos no rosto, o desconforto inacreditável e a maneira desajeitada com que se enfiou debaixo de sua pilha de mantas.

Então tomou uma decisão impulsiva para se proteger: dormir no sentido inverso ao de Jude, com a cabeça ao lado das pernas dele, para que não acabasse fazendo algo tão terrível quanto passar o braço sobre o peito dele ou apoiar a cabeça em seu ombro e sussurrar em seu ouvido como vinha se sentindo em relação ao namoro de mentirinha dos dois.

Depois de alguns segundos de um mexe-mexe frenético, eles se deitaram rígidos e ficaram em silêncio absoluto.

Indira se perguntava se Jude seria capaz de ouvir o tum-tum-tum do seu coração. Sua respiração estava curta, como se aprofundá-la fosse fazer a Terra sair do eixo. E, se com isso Indira o tocasse, seria ainda pior. Cada célula do corpo dela estava consciente da presença dele, das poucas camadas de tecido que os separavam.

"Tortura" não era uma palavra forte o bastante para aquilo.

– Talvez esta seja a noite mais desconfortável da minha vida – Indira disse para a escuridão, depois do que pareciam ter sido horas, mas não passavam de sete minutos. Pelo barulho, ela soube que Jude havia virado a cabeça em sua direção.

– Sério? Porque eu estou *adorando* dormir com esse chulé na minha cara – foi a resposta irônica dele.

Indira ficou boquiaberta. Sem pensar, ela se aproveitou da posição de ambos para cutucar a bochecha e a orelha de Jude com seu pé enfiado em uma meia. Uma satisfação se espalhou por seu peito diante do "Aarghhhhhh" que ele soltou antes de agarrar o tornozelo dela.

Jude não fez mais nada por um momento, como se estivesse refletindo, então algo mudou na maneira como a tocava, que se tornou mais firme, mais segura. Com a outra mão, ele tirou a meia de Indira e começou a fazer cócegas em seu pé, sem dó nem piedade.

Ela se virou e cravou os dentes em algum ponto da coxa de Jude, por cima do saco de dormir e do pijama.

– Ei, morder não vale! Você sabe as regras – Jude sibilou, tentando manter o volume baixo. Então soltou o pé de Indira, para se concentrar em impedi-la de mordê-lo.

– *As regras* – Indira desdenhou, imitando o tom sussurrado dele. Então se aproveitou do fato de que Jude a tinha soltado e se contorceu até conseguir jogar todo o seu peso em cima dele e segurar suas mãos. – As regras eram pra crianças. Agora somos adultos, então é melhor pensar nisso como um vale-tudo.

Em um verão, Collin e Jude tinham ficado obcecados por luta-livre e convenceram Indira a se juntar a eles em suas disputas, ou seja, ela foi jogada de um lado para o outro pelos dois, como se fosse uma boneca de pano, até ela ficar puta e cravar os dentes neles com vontade, ou chutar o saco deles "sem querer".

Jude tentou sair de baixo dela, porém o saco de dormir restringia seus movimentos. E toda essa movimentação só permitiu que Indira se ajeitasse melhor em cima dele.

O corpo dela se sacudia todo por conta das risadinhas abafadas, enquanto ele continuava xingando baixo.

– Você... – *grunhido* – é tão... – *palavrão* – irritante.

Indira riu ainda mais.

Jude conseguiu soltar as mãos e começou a fazer cócegas na barriga de Indira. Ela soltou um som terrível, parecido com o guincho de um porco, e de repente quem estava rindo era ele.

– Acabou a graça, é? – Jude perguntou, com voz de quem estava muito satisfeito consigo mesmo e um sorriso convencido no rosto, visível mesmo no escuro.

Indira recorreu a uma reserva de força sobre-humana e conseguiu tirar as mãos dele de seu corpo, voltando a apoiá-las contra o chão.

– Você não vai ganhar, meu bem – Indira sussurrou com doçura no ouvido dele. – É melhor se render.

Jude se agitou debaixo dela, e Indira o segurou com mais força, embora soubesse que ele estava sob seu controle.

No entanto, ela não pôde desfrutar de sua vitória por muito tempo. Logo, a sensação foi substituída pela consciência do corpo de Jude debaixo do seu.

As risadinhas morreram na garganta enquanto a intimidade da posição em que se encontravam ficava evidente. A impressão repentina que a tomou foi de que era ela quem estava presa. Uma sensação percorreu seu corpo e os dois puxaram o ar ao mesmo tempo, o que fez suas barrigas se colarem. Nem um nem outro quis interromper o contato exalando.

Os braços de Jude estavam acima da cabeça, o peito de Indira pressionava o dele, suas coxas envolviam o quadril dele, e os lábios de ambos estavam a centímetros de distância.

A proximidade fez o corpo de Jude estremecer. De repente, seu pau estava duro entre as coxas dela.

Um gemido involuntário de desejo saiu da garganta de Indira.

Eita, merda.

Mesmo no escuro, Indira conseguiu ver os olhos de Jude se arregalarem, horrorizados. Ela se apressou em sair de cima dele, que se moveu com desconforto, sentando-se e indo o mais longe possível que a barraca permitia.

Ambos ficaram se olhando, o barulho da respiração rasa se misturando ao vento e ao farfalhar das folhas lá fora.

– Eu… hã… desculpa… hum…– Jude balbuciou. – Isso não… Eu não…

De alguma maneira, suas palavras desconexas conseguiram piorar a situação ainda mais.

– Tchau – Indira disse, e como um raio abriu o zíper da barraca e saiu engatinhando. Ela pegou os sapatos e se deitou de costas na grama úmida para calçá-los.

– Aonde você vai? – Jude sibilou, pondo a cabeça para fora.

– Ar – foi tudo o que ela conseguiu dizer, colocando-se em pé e se afastando, meio correndo, meio andando. Indira precisava de espaço. Não podia deixar que a lembrança traiçoeira da sensação do corpo dele zumbisse em seu cérebro como uma mosca com tesão.

– Você não pode passear no bosque sozinha no meio da noite – Jude disse, arrastando-se para fora da barraca e trotando para alcançá-la.

– Sou uma mulher independente com plenas habilidades de sobrevivência e visão noturna perfeita – Indira mentiu.

A resposta de Jude foi rir.

Depois de alguns minutos cambaleando em meio às árvores, ela pegou o celular a contragosto e ligou a lanterna para seguir a trilha curta que levava a um córrego.

Então parou diante da água, sem ter o que fazer.

– O que foi? Não vai atravessar o córrego? – Jude perguntou, olhando para os tênis muito chiques e muito frágeis de Indira.

Ela suspirou e se virou para olhar para ele.

– Acho que é melhor a gente… encarar logo o que aconteceu.

Jude concordou, baixando os olhos para o chão.

– Desculpa por…

Ele pigarreou e apontou para o próprio corpo.

– Estar com a barraca armada? – Indira sugeriu.

Jude olhou para ela horrorizado, e os olhares se encontraram por uns trinta segundos.

Então os dois deram risadinhas nervosas.

– É que… hã… faz um tempo – ele disse, baixo, passando uma mão na nuca e olhando na direção do córrego. – Não significa nada. Eu juro.

Ui. Talvez a única coisa mais desconfortável que sentir um pau duro inconveniente – e proibido – no meio das pernas fosse o dono do pau duro lhe dizer que aquilo não tinha significado nada.

– Eu, hã, é. Imaginei. – Indira queria amassar seu coração idiota até que virasse uma bola só para jogá-lo no lixo por fazê-la desejar que significasse alguma coisa. – Se serve de consolação, já faz, hã, um tempo pra mim também.

Os olhos de Jude procuraram os dela na mesma hora. Indira quis morrer.

Caramba.

Por que ela havia dito aquilo? *Por quê?*

As palavras saíram de sua boca antes que pudesse processá-las, e agora tudo o que Indira queria era engasgar com sua maldita língua.

– Faz só algumas semanas que você e o Chris terminaram – ele disse, cheio de dedos, porém dando continuidade a uma conversa que nem deveria estar acontecendo.

Indira soltou uma risada constrangida e prendeu o cabelo atrás da orelha.

– Dá pra estar na seca mesmo num relacionamento.

Um longo silêncio se seguiu, o qual Indira se sentiu obrigada a romper. Mais verdades sinceras brotaram dela.

– Acho que o Chris e eu perdemos muito tempo atrás qualquer conexão que tivemos. Era como se a gente nem se visse mais. Só que seguir o fluxo era mais fácil do que o trabalho de voltar a ser solteira.

Indira não tinha certeza de que o que havia entre os dois em algum momento parecera *certo*, mas ter alguém por perto, alguém que poderia vir a amá-la, parecera melhor do que ficar sozinha. Do que se sentir solitária.

Indira queria *muito* ser amada.

Jude continuou em silêncio. Ela voltou a tagarelar.

– E, embora as circunstâncias tenham sido inacreditáveis de tão péssimas, o término do relacionamento em si não chegou a me surpreender. Bom, tudo isso pra dizer que, hã, intimidade física não era o nosso ponto forte.

Os dois ficaram quietos de novo, e Indira cerrou bem o maxilar para garantir que não voltaria a falar. Ela ouviu Jude engolir em seco e notou que os olhos dele pousavam em partes diferentes do corpo dela e voltavam a vagar, fazendo tudo nela arder em uma mistura de vergonha e desejo.

– Por que a gente não…? – Indira apontou para a grama antes de se sentar. Jude olhou para ela por um momento antes de imitá-la.

Eles ficaram ouvindo o canto tranquilo da noite à volta e permitiram que seu ritmo anulasse o constrangimento enquanto o vento cortante tentava levar embora a tensão acalorada entre eles. Na opinião de Indira, a Mãe Natureza não estava sendo bem-sucedida naquele quesito.

– Eu me sinto melhor aqui – Jude comentou após um tempo, enquanto arrancava tufos de grama. Suas mãos congelaram em seguida, como se, sem querer, ele tivesse dito algo sincero e puro demais.

Indira poderia deixar aquilo passar. Poderia fingir que Jude não havia dito nada que indicasse que não vinha se sentindo bem, que não se tratava de algo óbvio. Ou poderia estender a mão a ele, mais uma vez. Poderia convidá-lo, com cuidado e delicadeza, a confiar nela, se quisesse.

– Como assim? – Indira murmurou, baixo o bastante para que Jude pudesse fingir que não havia ouvido, se preferisse assim. Quando o olhar dele pousou nela, a sensação era de que ele havia acariciado sua bochecha.

– Acho que… sei lá. Tem algo no ar fresco que faz com que eu me sinta… mais leve. Como se todo o oxigênio arejasse minha mente. – Ele inclinou o pescoço e olhou para as estrelas. – Isso deve parecer bobagem.

– Não parece.

Jude ficou em silêncio, e Indira não disse nada. Sabia que as grandes conversas aconteciam no silêncio. Descobertas, revelações, peças de quebra-cabeça se encaixando, tudo isso ocorria quando duas pessoas se permitiam pensar em uma quietude confortável. Jude parecia precisar de todo o silêncio possível, e Indira não ia tirar isso dele.

Ela se deitou de costas no chão e se pôs a olhar para as estrelas que pontuavam a noite negra como tinta. Por um segundo, sentiu que estava flutuando, que deixava a gravidade para trás e mergulhava naquele céu lindo. Então retornou à Terra com um baque, diante do choque da sensação de Jude se deitando ao seu lado. Não demorou muito para que a respiração de ambos entrasse em sincronia, uma com a outra e com o fluxo suave do córrego e dos grilos estridulando em volta.

– O caminho também foi legal – Jude disse, após alguns minutos. – Apesar de você ser péssima motorista.

Indira soltou um ruído de indignação.

– Nossa. *Nossa.* Não fica surpreso se eu abandonar você aqui. Você vai ter de viver à base de terra e *marshmallow*.

Jude começou a rir.

– Nossa, acabei de lembrar uma coisa.

– Não se esforça muito.

Jude bateu seu ombro no de Indira, sem conseguir se controlar.

– Lembra quando a gente era adolescente e você queria aprender a cozinhar? Sua mãe fazia todo mundo se sentar à mesa e comer tudinho daquele troço nojento.

– *Nojento?* – Indira repetiu, com a voz aguda, apoiando-se nos cotovelos para olhá-lo em choque. – Eu era um prodígio da culinária!

– Indira, você fazia macarrão com manteiga de amendoim, salsicha e queijo. Tem de reconhecer que era nojento.

– Era uma abordagem ousada e corajosa de um prato clássico.

– Tinha gosto de cocô de cachorro.

– Bom, você é o especialista aqui em cocô de cachorro – Indira retrucou.

– Tá, foi só *uma vez*, eu tinha 9 anos e Collin me pagou vinte dólares. *Uma vez.*

– Sabe quantas vezes coloquei cocô de cachorro na boca, Collin? Nenhuma. Vou para o túmulo tranquila com isso.

– Ah, pelo amor, vinte dólares é tipo um milhão para uma criança de 9 anos.

– Você, literalmente, está falando merda.

Jude soltou algo que pareceu um rugido. Indira jogou a cabeça para trás, gargalhando.

As lembranças continuaram fluindo, suaves e determinadas, como a água do córrego. Os aborrecimentos e as transgressões da infância se transformaram em lembranças reluzentes e perfeitas, que os uniam.

– Por que você escolheu psiquiatria? – Jude perguntou de repente. Baixo. Como se tivesse um pouco de medo do que ia ouvir como resposta.

Indira mordeu o lábio enquanto pensava a respeito.

– Acho que, de muitas maneiras, posso agradecer ao divórcio dos meus pais por ter me colocado nesse caminho.

A grama farfalhou quando Jude virou a cabeça para ela. Os olhos de Indira permaneceram fixos no céu.

– Talvez pareça meio dramático, mas o divórcio ferrou comigo, de verdade – ela admitiu para as estrelas, lambendo os lábios. – Um dia acordei e meu pai estava fazendo as malas enquanto minha mãe chorava e gritava. Sabia que eles brigavam bastante, mas acho que não sabia que as pessoas podiam simplesmente… ir embora. – Ela engoliu em seco o nó que se formara em sua garganta. – Depois tive que assistir à minha mãe se perdendo em meio aos destroços da separação.

Depois da partida do marido, Angela havia ficado mal a ponto de Indira nem a reconhecer por um tempo. Ela se escondeu em uma casca frágil que depois se estilhaçou por completo. Travesseiros marcados por lágrimas. Taças de vinho com manchas de batom. Soluços raivosos quando achava que não havia ninguém em casa.

– A saudade é uma emoção muito forte – Indira disse, enfiando os dedos na terra. – E dolorosa. Senti muita falta do meu pai depois que ele foi embora. E também senti falta da minha mãe. A mulher despreocupada que ela era foi substituída por alguém cheia de mágoa e ressentimento.

Indira inspirou com um arrepio.

Ela se sentira tão perdida e inútil como uma criança testemunhando emoções adultas complexas e nutrindo os próprios sentimentos. Conforme crescia, conheceu outra forma de sofrimento ao perceber que a mãe era um ser humano: maravilhosa e encantadora, mas também problemática e com falhas.

– Collin não ficou muito melhor. Por fora, parecia bem. – Ela sentiu que Jude balançava a cabeça ao seu lado, concordando. – Meio que se fechou por um tempo, mantinha a guarda sempre alta, trancafiava os sentimentos. Achava que era o homem da casa, e nada o convencia do contrário. Canalizou tudo para os estudos. Sei que meu irmão ama o que faz, mas acho que escolheu medicina porque procurava estabilidade. Uma carreira segura. Com emprego garantido. Porque, se ele ganhasse bastante dinheiro, mamãe não enfrentaria mais dificuldades. Eles continuaram assim, minha mãe ruindo e Collin construindo muros em volta de si.

E eu ficava no meio dos dois. Sempre a ponto de bala. Sentia tudo. Tudo me atingia com uma força esmagadora. Tenho certeza de que você se lembra de como eu era sensível na infância e na adolescência.

Indira virou a cabeça para encarar Jude. Ele a olhava como se ela fosse o centro do universo.

– Era... demais – Indira disse afinal, pensando na oscilação emocional de que foi vítima quando pequena. Nas dores de barriga e de cabeça em consequência. – E, embora minha mãe não tenha lidado com o divórcio de maneira exemplar, ela sabia como aquilo era pesado para nós, e logo nos colocou na terapia.

A terapia fora transformadora para Indira. Um espaço semanal para abrir o coração. Para desmoronar. Com alguém que a ouvia. Durante a faculdade, ela havia interrompido o tratamento, convencida de que estava curada. Então, por exigência do curso, tivera de fazer algumas sessões, e depois continuara se consultando com a dra. Koh.

E ficou surpresa ao perceber como era difícil se abrir na vida adulta. Ao se dar conta de como vinha fingindo que estava tudo bem. E concluíra, por fim, que estava cansada de fingir.

– E... bom. Foi assim que descobri que queria trabalhar na área da saúde mental. Como eu gostava de Química e Farmacologia, a psiquiatria era a solução perfeita – Indira falou. – Eu queria ajudar outras pessoas, principalmente crianças, que sentiam demais. Ou que não sentiam nada. Ou um pouco de cada. Porque os sentimentos importam. Envolvem elementos químicos, experiências e uma parte profunda e desconhecida da alma humana. Nos tornam quem somos. E eu sempre quis ajudar as pessoas a descobrirem uma maneira de retomar o controle do navio quando os sentimentos as haviam deixado à deriva no mar.

Os dois voltaram a ficar em silêncio, as bochechas e a ponta do nariz de Indira acusando a noite fria. No entanto, a sensação que ela tinha era de um calor confortável, talvez pela presença de Jude ao seu lado.

– Obrigado por me contar isso – Jude disse. – Eu... significa muito pra mim.

– Imagina – ela disse, diminuindo a importância daquilo com um movimento de mão. Reprimindo o forte desejo de contar tudo a ele, Indira pigarreou. – Você também pode falar comigo. Se achar que ajuda.

Jude ficou em silêncio por um minuto.

– Não quero que você seja minha psiquiatra, Dira.

As palavras saíram com um suspiro entrecortado.

– Não estou falando disso. Você pode… sei lá. Falar comigo como se eu fosse uma amiga. Ou uma pessoa qualquer.

– Você não é uma pessoa *qualquer*.

Nenhum deles disse nada depois disso.

Uma hora, o frio e o sono os forçaram a deixar aquele pedaço de grama sagrado e retornar à barraca. Sem pensar, Indira se deitou no mesmo sentido de Jude, com uma intimidade fácil que era ao mesmo tempo preocupante e inevitável.

Após um breve silêncio desconfortável, com grande parte da proximidade recém-criada abandonada no leito do córrego, ambos ergueram uma pequena barricada entre seus corpos.

No entanto, Indira era incapaz de reprimir sua felicidade com os pequenos passos que haviam dado um na direção do outro. Seu coração soltava faíscas, e ela dormiu com um sorriso no rosto.

Quando acordou e sentiu o friozinho da manhã de outubro, constatou que a barreira de mantas e travesseiros no meio da barraca continuava intacta.

Mas, em algum momento da noite, os dois haviam estendido o braço por cima dela enquanto dormiam e estavam de mãos dadas.

CAPÍTULO 22

DUAS SEMANAS PARA O CASAMENTO

– *Que roupa é essa?* – Jude conseguiu perguntar, com os olhos quase saltando das órbitas.

– Você gostou? – Indira perguntou, dando uma voltinha rápida no lugar. Era Halloween, e ela parecia estar fantasiada de… abelha? Usava um saco em forma de batata até a altura dos joelhos com um zíper na frente e listras de couro preto e de pelúcia amarela intercaladas, com um enchimento que criava uma protuberância na bunda.

O saco de batata continuou se sacudindo depois que ela parou de girar, o que a fez rir.

– Sou uma abelhinha – Indira confirmou, enquanto Jude mantinha os olhos arregalados em sinal horror. – É fofo – ela acrescentou, cruzando os braços e franzindo a testa para ele.

Jude piscou algumas vezes. Só podia estar ficando maluco. Era a única explicação para o fato de estar quase tendo um ataque do coração diante da fantasia ridícula e totalmente disforme que Indira estava vestindo.

Só que era *fofo* pra caramba. E *engraçadinho*. A parte boba da coisa se misturava de maneira perigosa com a sensualidade poderosa de Indira, o *sex appeal* que irradiava e que parecia sob medida para atrair Jude. Para tentá-lo o tempo todo.

As coisas haviam mudado de forma dramática para Jude depois do acampamento. Era como se a viagem tivesse movimentado as placas tectônicas de seu coração, dando origem a um terremoto devastador, com pensamentos constantes envolvendo Indira. Não que antes ele não pensasse nela. Porém agora… bem, agora, a lembrança do toque dela, o encaixe perfeito da palma contra a dele, o conhecimento de como era ter o corpo dela em cima do dele, com as pernas envolvendo seu quadril, tudo isso estava impresso em sua pele.

E Jude não parecia capaz de se esquecer de tais coisas. Nem por um segundo.

O que era ruim. Muito, *muito* ruim. No entanto, estava tendo dificuldade de lembrar o próprio pau disso.

– Não estou exagerando quando digo que vou matar vocês se deixarem algo acontecer com minha casa hoje à noite. – A voz de Collin interrompeu (ainda bem) a trajetória dos pensamentos luxuriosos de Jude quando entrou no cômodo vestindo a jaqueta. – E vai ser uma morte lenta. Sem dó. Envolvendo uma hora de apresentação de PowerPoint sobre como faço a manutenção do gramado.

Indira revirou os olhos.

– Collin, quando você diz esse tipo de coisa, só me deixa com vontade de destruir seu jardim eu mesma.

– Não estou brincando – ele insistiu, enfiando a chave no bolso e olhando sério para Indira e Jude. – Desde que nos mudamos pra cá, Jeremy e eu tivemos que trabalhar em todos os Halloweens, e *sempre* jogam ovos ou papel higiênico na casa, porque não distribuímos doces. Mas este ano vocês dois estão encarregados de fazer isso, e eu quero que nossa propriedade permaneça intacta. Entendido?

Jeremy participaria de uma cirurgia marcada para o fim da tarde e já havia saído. Os dois só voltariam para casa no dia seguinte.

– Isso tudo aí parece ser problema *seu*, e não nosso – Indira disse, envolvendo ela e Jude com um sinal. Algo naquele "nosso" fez o coração de Jude dar um salto.

– Com certeza vai ser um problema *de vocês* quando tiverem que limpar tudo. A obrigação é uma só: dar doces suficientes aos animais raivosos disfarçados de crianças que aparecerem para que não ataquem minha casa.

– Já pensou que talvez sua casa seja um alvo não porque vocês não distribuem doces, e sim porque você é um velho rabugento preso num corpo de trinta e poucos anos? – Jude perguntou. Isso fez Indira sorrir para ele, e uma sensação leve subiu por seu corpo e se espalhou por seus braços, como se um fio dourado ligasse o peito de ambos enquanto uniam forças para provocar Collin.

Os olhos de Collin se alternaram entre Indira e Jude. Ele franziu os lábios.

– Eu gostava mais dos dois quando vocês se odiavam. Pelo menos naquela época eu tinha paz.

– A gente… não…

– Não tem… De jeito… É mentira…

Indira e Jude ficaram se atropelando para responder, o que tornou o comentário até então inofensivo de Collin cem vezes pior e dolorosamente desconfortável.

– Então tá – Collin disse, estreitando os olhos.

Jude e Indira cometeram o erro de trocar um olhar culpado.

O que era bobagem! A coisa toda era ridícula! Eles não estavam juntos! Não eram nada um do outro! Talvez só… meio que amigos. Jude parecia estar fazendo um trabalho razoável em tocar aquilo sem magoá-la. Os anos recentes haviam lhe mostrado que ele era capaz de causar danos duradouros.

– Vocês são tão esquisitos – Collin disse por fim, enrolando um cachecol no pescoço e se dirigindo à porta. – Façam o que for preciso para proteger esta casa. Não quero saber se vão ter que despejar açúcar direto na boca deles: cuidem do meu jardim como se fosse o filho de vocês.

– Os dentistas devem adorar você – Indira gritou antes que o irmão fechasse a porta.

Jude soltou uma risadinha, e um silêncio penetrante se instalou.

Os dois se encararam por um momento, então desviaram o rosto para lados opostos. Jude ficou olhando para um canto do teto, onde uma rachadura minúscula se formava, enquanto Indira arrastava a ponta do pé sobre o piso de madeira, o que fazia sua fantasia de abelha se sacudir suavemente.

Depois da viagem, eles retornaram para um território mais familiar, devagar e com todo cuidado. Alguns minutos de silêncio enquanto tomavam café pela manhã, antes de Indira ir para o trabalho. Os quatro vendo um filme juntos nas noites em que Collin e Jeremy não estavam de plantão. Mensagens de texto bem-educadas perguntando se o outro podia pegar algo no mercado.

Era tudo controlado e restrito, e, embora Jude reconhecesse que aquela amizade distante se fazia necessária – e era inclusive o ideal –, cada interação estéril aumentava ainda mais o talho doloroso no peito dele. Desde o beijo, ele sentia uma vibração constante abaixo da pele. Era como se uma corda envolvesse a cintura de ambos, puxando-os de volta para perto – não importava o quanto conseguissem se distanciar –, uma corda tensa que preservava a lembrança de tê-la a seu alcance. Jude precisara de todo o autocontrole para não beijá-la de novo sob as estrelas.

Era a primeira vez desde aquela noite em que ficavam sozinhos em casa e escolhiam se manter no mesmo cômodo. Jude se sentia como um adolescente que se via a sós com uma garota pela primeira vez: não tinha a menor ideia do que fazer e estava muito desconfortável. Também estava desesperado para chegar mais perto dela.

O que era RUIM. E ele precisava DAR UM BASTA nisso.

Grammy, que só se interessava por comida, mas sempre quebrava a tensão, soltou um uivo da cozinha, chamando a atenção de Indira.

– É melhor eu alimentar o monstro – ela disse, abrindo um sorrisinho tenso para Jude antes de sair.

Ele soltou o ar devagar pela boca e procurou se recompor.

Depois de um minuto ou dois, Indira voltou da cozinha, com a gata rija trotando logo dela atrás e lambendo os beiços.

– Acho que ela nem mastiga – Indira disse, olhando para Grammy com expressão de preocupação. – É como se só abrisse o maxilar e engolisse a comida inteira. Tipo um aspirador de pó.

– O que fez você adotar um gato? – Jude perguntou, procurando imitar a tranquilidade que Indira forçava no papo furado entre eles.

Ela deu de ombros.

– Um dia olhei para a minha vida e percebi que não estava dedicando tempo bastante a ser capacho de uma bola de pelos arrogante que acha que é Deus, embora lamba a própria bunda.

– Ah. Isso acontece com todo mundo. Eu mesmo me encontro nessa fase.

– De lamber a própria bunda?

Jude jogou a cabeça para trás no mesmo instante. Por nada no mundo conseguiria pensar em uma resposta inteligente. Sua expressão deve ter revelado sua surpresa, porque o rosto de Indira se encheu de alegria.

– Então eu ganhei? – ela perguntou.

Jude confirmou com a cabeça e franziu a testa com exagero.

– Mas pode esperar uma mensagem de texto espirituosa em resposta dentro de sete a dez dias úteis.

Ela riu com tanta vontade que até perdeu o ar. Jude estava certo de que nunca tinha ouvido nada mais lindo.

Ele adorava fazê-la rir.

Depois de mais alguns momentos de risadinhas, Indira deixou o corpo cair no sofá – e sua fantasia a engoliu. Ela sorriu para Jude, que sentiu o sorriso penetrando sua pele e entrando em sua corrente sanguínea. Uma parte primitiva dele queria exclusividade do direito de fazê-la sorrir.

O silêncio voltou a tomar conta, ainda que daquela vez mais... confortável. Tranquilo. Como se os dois ainda se comunicassem através dele.

Jude sentiu uma necessidade avassaladora e desastrosa de encurtar a distância entre ambos e beijar Indira até que ela não conseguisse mais ficar em silêncio. Uma necessidade que havia semanas exigia todo o seu autocontrole e à qual tinha cada vez mais dificuldade de resistir.

No entanto, antes que mais pensamentos perigosos assumissem o controle do seu cérebro, a campainha tocou, e o som agudo e inesperado o fez pular. Indira olhou para Jude por mais um momento antes de fazer força para se levantar e seguir até a porta, armada de doces, com a fantasia de abelha se chacoalhando toda.

Jude a ouviu sendo simpática e elogiando a fantasia das crianças; e viu quando ela fez uma pequena reverência e se dirigiu a uma delas como "sua alteza real". Ele, por sua vez, não saiu do lugar. Seus músculos estavam tensos e seu coração batia rápido demais, com violência demais, para que pudesse ser ignorado.

Agora não, agora não, agora não, ele implorou em silêncio a seu sistema nervoso hiperativo. Era para aquela noite ser normal. Nada demais. Entretanto, o abafamento familiar de seus sentidos fez com que ele se sentisse ao mesmo tempo menos vivo e mais consciente de seu medo. Jude não queria aquilo. Temia a dor, porém também começava a temer o entorpecimento. Principalmente quando estava com Indira.

Os ruídos de mais alguns grupos de crianças pedindo doces entraram pela porta, mas Jude permaneceu enraizado no lugar, tentando se recompor. Tentando se concentrar em sua respiração.

Passados alguns minutos, Indira entrou, e seus olhos encontraram os de Jude. Ela sorriu para ele, com os lábios carnudos, parecendo perigosamente simpática.

Indira deixou os doces de lado, aproximou-se de Jude, pegou uma mão rígida dele e o puxou para o sofá. Com um floreio, largou o corpo sobre a almofada e entrou em um serviço de *streaming*.

Jude ficou um momento ali em pé – olhando para ela, para seu cabelo enrolado, para sua pele macia e para aqueles olhos tão gentis que poderiam destruí-lo –, até que Indira puxou o braço dele, fazendo-o se sentar ao lado dela.

– Você ainda gosta de *Scooby-Doo*? – Indira perguntou, com os olhos fixos na TV.

Jude engoliu em seco e balançou a cabeça, tentando se livrar da névoa densa que residia nela.

– Pode parecer loucura, mas já faz uns dez anos que assisto a programas de adulto.

Indira riu.

– Ah, Jude, você é tão racional. Estou impressionada.

Um sorriso retorceu o canto dos lábios dele. Indira notou e sorriu também, fazendo Jude se derreter por dentro.

– Tive uma ideia – ela disse, voltando a se virar para a TV.

– É a primeira?

Indira deu um soco no ombro dele, e isso, por algum motivo, pareceu tão maravilhoso e delicioso quanto um abraço.

– Pensei que seria divertido ver *Scooby-Doo*. Não essas animações de merda de hoje, claro, mas os clássicos, de quando a gente era pequeno.

A sugestão despertou inúmeras lembranças felizes nele, de noites que havia passado na casa dos Papadakis, rindo até tarde com Collin, depois vendo desenho na TV de manhã e comendo panquecas com ele e Indira.

– Gostei – Jude disse, simpático.

Ela abriu um sorriso inocente, procurou por "Scooby-Doo" e passou pelas opções, com a boca franzida enquanto lia as descrições. Jude se concentrou nas marquinhas em seus lábios carnudos, no modo como o tempo havia mudado suas feições, ainda vibrantes e vigorosas, porém amadurecidas pelas rugas sutis que exibia com orgulho ao redor dos olhos e da boca.

– Esse não era o seu preferido? – Indira perguntou, parando em uma miniatura com um personagem misterioso vestindo um escafandro.

– Nossa. Era, sim. Nem acredito que você ainda se lembra.

Indira abriu a boca como se fosse dizer algo inteligente e mordaz, mas ficou só olhando para ele, sem que as palavras saíssem. Algo na maneira como o estudava, como o via, fez um calor se espalhar do centro do peito de Jude, como o sol saindo de trás de uma nuvem.

– As lembranças relacionadas a você são inevitáveis – Indira acabou dizendo.

Ela voltou a se concentrar na TV, enquanto as vozes bobas dos personagens de desenho animado tomavam conta da sala.

Apesar de se levar a sério depois de adulto, Jude logo se perdeu na nostalgia e na diversão proporcionada pelo programa. E percebeu que ainda era fascinado pela turma animada que solucionava mistérios.

Quando a campainha voltou a soar, cerca de quinze minutos depois, ele foi pego de surpresa. Sua espinha endureceu e seu coração começou a martelar contra o esterno. Indira devia ter sentido as reverberações do choque, porque levantou a cabeça para olhar para ele. Os dois se encararam e Jude engoliu em seco.

Tocaram a campainha de novo, várias vezes seguidas, e a sucessão de toques obrigou Indira a se mexer. Ela pegou a tigela de doces e cumprimentou com entusiasmo o grupo seguinte de crianças à porta. Jude permaneceu no lugar, sentindo um medo quente, pegajoso e pulsante, que insistia em ficar em seu sistema.

Depois de um momento, Indira retornou, mordendo o lábio e parecendo refletir, com os olhos fixos na tigela de doces em suas mãos. Ela abriu um sorrisinho, então saiu correndo escada acima. Jude ouviu os passos abafados conforme ela se movimentava lá em cima. Indira desceu a escada ainda correndo e foi para a cozinha, deixando uma trilha de doces atrás de si.

Quando reapareceu, alguns minutos mais tarde, carregava todos os (muitos) sacos de doces que Collin havia comprado para a operação Por Favor, Não Destruam Minha Casa e um pedaço de papel.

Enquanto seguia na direção da porta, ela mostrou o que estava escrito para Jude.

Feliz Dia das Bruxas, fantasmas e bruxinhos! A campainha quebrou, podem se servir, as palavras escritas em verde, com um efeito que lembrava gosma. Indira deixou os sacos de doce do lado de fora, pegou um pedaço de fita adesiva que carregava no pulso e prendeu o aviso acima da campainha.

Então voltou para dentro e fechou a porta, orgulhosa, limpando as mãos enquanto voltava para o sofá, sentando-se ao lado de Jude e mais uma vez apertando o *play*.

Cada músculo do corpo de Jude parecia congelado, enquanto um fiozinho de suor irritava sua pele, e ele tentava respirar. Jude não conseguia se convencer a relaxar, não conseguia abandonar o impulso brutal que o deixava naquele estado.

– Posso segurar a sua mão? – Indira perguntou, sem tirar os olhos da TV. Jude olhou para ela.

– Minha mão? – ele repetiu, lento para processar o que ela queria.

– Isso. O episódio é mais assustador do que eu me lembrava, e um apoio viria a calhar.

Ela se aproximou ligeiramente dele.

Jude pigarreou, sentindo os cantos da boca se curvarem para cima.

– Se for mesmo necessário – ele disse, com tanto melodrama quanto possível. Algo mais parecido com triunfo começou a substituir o medo que o inundava, quando Jude viu Indira sorrir.

Ela esticou o braço, mais direta e segura do que das outras vezes em que o havia tocado, e pegou a mão que repousava sobre a coxa dele, entrelaçando os dedos de ambos, depois se recostou de leve em Jude.

A sensação de ser tocado de maneira tão suave e reconfortante fez com que cada músculo dele suspirasse de alívio.

O toque fazia com Jude se sentisse… seguro. Aterrado. Era como uma âncora física que permitia que enfrentasse os pensamentos confusos e ressurgisse como ele mesmo.

Sem se dar conta, ele se recostou no sofá, abriu mão um pouco que fosse e permitiu que Indira carregasse parte de seu fardo.

E o que se seguiu foi uma sensação deliciosa de indulgência, como a de voltar para casa.

A felicidade que inundou seu cérebro, a familiaridade dos confortos da infância, a melodia encantadora da risada de Indira e o modo como ela subia e descia as unhas suavemente por seu braço, fazendo com que cada pelo de seu corpo se eriçasse de prazer, funcionavam como uma droga.

Conforme os minutos se passavam e os dois assistiam a um episódio depois do outro, seus corpos ficaram mais próximos.

De alguma maneira, o braço de Jude passou por cima dos ombros de Indira, e a cabeça dela descansou no ponto onde o pescoço e o ombro dele se encontravam. A fantasia volumosa de abelha subiu um pouco, e Jude sentiu o calor da coxa dela contra a sua.

Uma hora, a imagem parou e a Netflix perguntou se os dois ainda estavam assistindo. Eles não estavam.

Estavam olho no olho, os corpos próximos. E queriam ficar ainda mais próximos. Precisavam de mais toque, mais pele e mais calor. Precisavam um do outro.

Indira se ajeitou no sofá para ficar totalmente virada para Jude.

E um som de um pum muito alto reverberou em meio ao silêncio sensual em que os dois estavam mergulhados.

O queixo de Indira caiu. Seus olhos ficaram arregalados e asa bochechas coraram enquanto o barulho ecoava em volta. Ela piscou algumas vezes, a boca abrindo e fechando como a de um peixe à beira da morte. Seu constrangimento era palpável, e Jude pressionou os lábios em uma tentativa fracassada de disfarçar um sorriso.

Indira então pigarreou.

– Nem preciso dizer que esse barulho foi minha fantasia esfregando contra o sofá.

– Ah, é? – Jude questionou, sem conseguir esconder uma risada estrangulada. – Então faz de novo.

– Você tem 12 anos, por acaso? – Indira gritou, erguendo-se ligeiramente na direção de Jude no que ele sabia ser uma tentativa de intimidá-lo.

– Não fui eu que acabei de soltar um baita pum assistindo a um episódio assustador de *Scooby-Doo* – Jude retrucou, com alegria óbvia.

O rosto de Indira se contraiu em uma fúria fingida. Fungando com desdém e reunindo tanta dignidade quanto possível, ela esfregou a bunda no sofá.

Silêncio.

Indira esfregou de novo.

Mais silêncio.

– Você é um idiota – ela acabou por dizer, jogando os braços para o alto.

– Só gosto de fazer você se contorcer – Jude disse, muito atento aos movimentos da coxa de Indira contra o sofá.

Algo que ela notou. Os olhos de ambos se encontraram – fixos, pesados e perigosamente próximos.

Jude ficou muito consciente de cada movimento que Indira fazia. Suas pupilas dilatando. Seu peito subindo e descendo. O modo como o canto das sobrancelhas tremulou e os olhos se fixaram nos lábios dele enquanto Jude os lambia. Ele pressionou os nós dos dedos contra a boca e depois os arrastou pelos lábios numa tentativa de conter as palavras muito diretas que lhe escapavam. Não adiantou.

Mil coisas foram ditas nos segundos daquele olhar.

E, no último momento antes de Jude pular do abismo e mergulhar de cabeça nos sentimentos que ameaçavam afogá-lo, ele soube que estava perdido e ao mesmo tempo havia se encontrado no encanto de Indira Papadakis.

Com a inevitabilidade da atração entre polos opostos, os lábios quentes e macios de Indira encontraram os de Jude, convidando-o – implorando – que se juntasse a ela em seu frenesi. O que Jude fez.

Nada mais importava além de onde seus corpos se tocavam, onde o calor de seus suspiros e o fogo de seus beijos marcavam a pele dele. A mente de Jude se apaziguou, e ele se perdeu no prazer que inundava seus sentidos. Na cadência entrecortada da respiração dela. No próprio pulso, surgindo onde quer que Indira o tocasse. Em sua língua passando no lábio dela quando recuou apenas por um momento, para sentir seu gosto. No conforto simples e extraordinário de conhecê-la.

Um gemido profundo retumbou em seu peito, e Indira pareceu inspirada pelo som, empurrando-o conta o sofá, depois subindo em seu colo, sem que seus lábios se descolassem.

Jude agarrou os quadris dela como se não houvesse mais gravidade e Indira fosse a única coisa que o mantinha na Terra. Seus dedos apertaram as coxas e a bunda dela, qualquer parte que pudesse alcançar. Ele acariciava e a apertava como se parar de tocá-la fosse matá-lo.

Mas a porcaria da fantasia de abelha dificultava *bastante* as coisas.

– Tira isso – Jude grunhiu, atrapalhando-se com o zíper.

Indira soltou uma risada profunda e rouca, que teve tal efeito sobre o cérebro de Jude que só de ouvi-la ele sentiu o prazer irrompendo. Ela encontrou o zíper e o baixou, saindo da fantasia volumosa em velocidade recorde.

Indira ficou só de sutiã e *legging*, e o pau de Jude, que já estava latejando, ficou dolorosamente duro diante da visão.

Seus olhos e mãos passavam pelo corpo todo de Indira, cada centímetro, enquanto ela se esticava para abrir o sutiã e o atirar a um canto da sala. Jude sentiu uma satisfação primitiva ao ver que o desespero dela parecia corresponder ao seu.

Ele passou as pontas dos dedos pelos seios de Indira, aprendendo a forma e a suavidade dos mamilos duros dela sob o polegar.

Indira jogou a cabeça para trás e gemeu diante do toque deslizando por sua pele, provocando-a. Fazendo-a se aproximar dele ainda mais.

– Quero mais – ela disse, rouca, enfiando as mãos no cabelo dele e beijando sua boca com vigor. Jude a beijou de volta, dando-lhe tudo de si. Seus dedos desceram pelas costelas dela, pelos músculos das costas, pela lombar, e pararam no elástico da calça.

– Posso? – ele perguntou, puxando-o um pouco.

– Deus, sim – Indira disse contra os lábios dele, esfregando os quadris sem parar no colo dele.

Jude desceu o tecido pelas coxas dela, expondo a boceta molhada.

– Dira, me mostra – ele pediu, segurando o pulso de Indira para levar a mão dela até o clitóris. – Mostra pra mim como você gosta.

Indira olhou para ele, com as pálpebras pesadas de desejo e um sorriso satisfeito no rosto. Ela fez como Jude pediu, mostrando o ritmo e a velocidade que mais lhe davam prazer, os círculos amplos pontuados por batidas rápidas. O modo como enfiava os dedos na umidade e a espalhava pela abertura. E Jude aprendia rápido.

Ele tirou a mão dela para colocar os dedos molhados na própria boca e chupá-los com vontade, sentindo o gosto de Indira, enquanto com a outra mão repetia as instruções.

Ela tirou os dedos da boca de Jude e raspou as unhas contra seu couro cabeludo, esfregando-se contra ele.

– Dentro de mim – ela pediu, ofegante. – Por favor.

Jude obedeceu. Como poderia ignorar, quando ela tinha pedido com tanta educação?

Ele enfiou dois dedos nela e os moveu e apertou até encontrar um ponto que a fez gemer e movimentar os quadris.

– Assim? – Jude perguntou, sem parar o movimento.

– Assim, assim. Isso, assim – Indira respondeu, movimentando os quadris no ritmo dos dedos dele a fim de esfregar o clitóris contra a base da mão de Jude.

Os ruídos e movimentos de Indira se tornaram quase frenéticos, e Jude se perdeu nos sons do prazer dela. Não conseguia tirar os olhos de Indira, mas parecia incapaz de decidir onde olhar. Cada milímetro dela era a coisa mais linda que ele já vira. Indira puxou o cabelo dele outra vez, puxando para seu peito a cabeça dele, e Jude ficou feliz em aceitar a sugestão. Ele pegou um mamilo com a boca e passou a língua em volta antes de chupar com vontade e mordiscar de leve.

Indira arfou – de um jeito agudo e claro, a coisa mais erótica que Jude já havia ouvido. O corpo dela ficou tenso antes de se sacudir com a força do clímax. Jude continuou o que estava fazendo, dando a ela tudo o que podia até que Indira caiu em cima dele, como se não tivesse ossos.

Jude tirou os dedos, desfrutando a sensação da respiração quente e arfante em seu pescoço. Então voltou a subir a *legging* e passou uma mão pelo cabelo enrolado de Indira; ele apoiou o queixo com cuidado no topo da cabeça dela e a abraçou.

Não havia palavras para descrever a sensação de abraçar Indira Papadakis.

Ao longo do mês anterior, Jude passara mais horas do que gostaria de admitir visualizando o corpo dela, imaginando qual seria a sensação que ele provocaria e as diferentes texturas que possuía. E se sentiu um tolo por pensar que poderia ter adivinhado.

Agora, conhecia a sensação do coração dela batendo contra o peito dele, de seu cabelo deslizando por entre os dedos dele e das unhas dela em sua pele. Havia descoberto que gosto Indira tinha e queria repetir aquilo de novo e de novo.

Ela se mexeu, afastando a cabeça para lhe dar um sorriso que fez parecer que a luz solar era injetada em suas veias. Indira se aproximou de novo e o beijou, com ternura e suavidade. Jude retribuiu o beijo, sem muita técnica ou sutileza, mas mesmo assim sentiu que ela sorria em seus lábios.

As mãos de Indira começaram a vagar, acariciando seu pescoço e seu peito. Ele continuava duro, e não demorou muito para que os dedos dela o acariciassem por cima dos *jeans*.

– Parece que faz um século que estou esperando por isso – ela sussurrou no ouvido dele antes de mordiscar o lóbulo da orelha. Então voltou a beijá-lo e a acariciá-lo, inundando Jude de sensações de desejo e anseios infindáveis.

No entanto, ele foi inundado ao mesmo tempo por algo que tinha um toque de amargura. Raiva por todo o tempo que lhe fora roubado. Por não ter visto o que estava bem à sua frente quando ainda estava inteiro. Jude sentia o luto pelas lembranças que os dois nunca poderiam produzir.

Tudo de bom era passageiro, e ele já sentia a falta dela, consciente de que aquilo seria um desvio temporário no caminho infinito do entorpecimento. A falta dela provocava uma dor intensa e aguda em Jude, uma dor que tinha dentes e cravava a mandíbula em seu peito, muito embora Indira ainda estivesse bem ali, com ele.

Porque Jude sabia.

Sabia que seu cérebro problemático e seu passado manchado sempre o manteriam dolorosamente separado dela. Jude havia testemunhado coisas horríveis demais para poder ficar com Indira da maneira como ela merecia.

Então ele, que havia tanto tempo represava as emoções, de repente sentiu tudo ao mesmo tempo.

Jude afastou a boca da dela e segurou as mãos curiosas e tentadoras de Indira.

– Não posso – ele conseguiu dizer.

– Quê? – Indira perguntou, abrindo um sorriso confuso que se transformou em algo deliciosamente travesso enquanto esfregava a pélvis contra o pau duro dele.

– Não posso – Jude repetiu, encontrando um último fragmento de autocontrole para tirá-la de cima dele. – Não podemos fazer isso.

Indira piscou algumas vezes, com os olhos vidrados e o sorriso se desfazendo.

– Mas a gente… você… eu… – ela gaguejou, enquanto suas bochechas ficavam vermelhas. – O que eu fiz de errado? – Indira conseguiu perguntar, incapaz de olhar nos olhos dele.

Jude passou as mãos pelo cabelo.

– Não é você – ele respondeu, a respiração ainda ofegante a ponto de quase doer.

Indira soltou um muxoxo entre a descrença e o constrangimento.

– *Não é mesmo* – Jude disse, segurando o queixo dela entre o dedão e o indicador e levantando a cabeça dela para obrigá-la a encará-lo. – Eu juro.

– Então o que é? – ela perguntou, com os olhos brilhando.

Indira parecia tão vulnerável daquele jeito, com os seios expostos e as bochechas coradas. A vulnerabilidade clara em seu rosto destruiu Jude. Ele queria explicar em palavras. Queria que seu cérebro funcionasse a ponto de conseguir articular tudo o que sentia. Que Indira era a coisa mais tentadora que ele já havia visto. Que seus gemidos o faziam fraquejar. Que o calor de seu corpo o tirava do sério de tanto desejo.

Porém, Jude também queria lhe contar quão pouco confiava em si mesmo. Que ele não sabia se uma coisinha boba qualquer não o faria perder o controle, tirando-o do momento e levando-o para aquele lugar onde o passado e o presente emergiam em um pesadelo ambulante. Queria explicar que não merecia sexo e que era problemático demais para qualquer intimidade.

– Não... – Ele engoliu em seco. Duas vezes. As palavras quase saindo. – Não é você – Jude repetiu, fraco, afastando-se dela.

– Espera. Não-não-não-não-não – Indira disse, ficando de joelhos. – Não faz isso.

– O quê? – Jude perguntou, congelado diante dos olhos cor de cobre arregalados dela.

– Não rasteja de volta pra sua cabeça – ela disse, estendendo as mãos para colocá-las com delicadeza nas bochechas dele. – Não recua. Você chegou até aqui. Fica comigo. Por favor. A gente não precisa fazer nada, mas não me deixa.

Indira deu um beijo no meio da testa dele.

– Eu não... não estou...

– Jude – ela disse, baixo, movendo-se para envolvê-lo em um abraço. – Fala comigo. Diz alguma coisa. Prometo que, não importa o que você me disser, nada vai estragar isso.

Uma risada fria e amarga escapou da garganta dele.

– *Isso* – ele cuspiu, levando as mãos à cintura, voltando a se soltar e se levantando em seguida – não existe. Não pode existir.

– Eu me recuso a aceitar – Indira disse, levantando-se também.

Então ela se deu conta de que estava nua da cintura para cima, cruzou os braços por cima dos seios e olhou em volta. A fantasia de abelha era a única opção disponível, e Indira a segurou sob os braços, como um escudo gigante e fofinho. O absurdo de tudo quase fez Jude rir, porém a dor visível nos olhos dela cortou o coração dele.

– Isso é real – Indira disse, com a voz firme e potente. – O que quer que esteja rolando entre a gente, é real, e dói, e é lindo, e importa. Não vou deixar que negue isso. Você merece ser feliz, Jude. *Eu* mereço ser feliz. E acho que a gente pode ter isso. Juntos.

Feliz? Indira achava que ele merecia *ser feliz*? Jude podia afirmar, com absoluta certeza, que não merecia nada próximo de felicidade.

– Você não entende? – ele gritou, virando-se para ela. – *Não consigo* fazer isso. Não consigo fazer *mais nada*. Não consigo pensar. Não consigo dormir. Não sinto nada além de raiva, medo ou dormência. Não confio em mim mesmo pra fazer sexo com você, tenho medo de machucá-la. Porque vou machucar. Eu machuco as pessoas, estrago as coisas e mancho tudo o que toco. E não posso fazer isso com você, Dira. Não posso arriscar deixar que algo lhe aconteça, porque você é importante demais. É importante demais pra mim.

O peito de Jude estava pesado, seus olhos estavam arregalados enquanto a fitavam. Indira se mantinha imóvel. Completamente imóvel. No entanto, não parecia que ela estava com medo, como deveria. Na verdade, quase conseguia ouvi-la pensando.

– Pelo amor de Deus – Jude implorou. – Faz um favor pra nós dois e me deixa em paz.

A intenção dele era ir embora. Dar meia-volta, subir a escada e se refugiar em seu quarto. Mas não foi o que ele fez. Pois não conseguiu.

Porque Indira, com aqueles malditos olhos que viam através dos muros que ele tentava erguer, o manteve bem ali.

– É isso mesmo que você quer? – ela perguntou, com a voz constante. – Que eu o deixe em paz?

Jude engoliu em seco. Tentou dizer que sim, desesperado para colocar a sílaba para fora. Contudo, sua boca se recusava a permitir que ele mentisse para ela.

– Porque eu acho que o que você realmente quer é agarrar o momento com ambas as mãos e não soltar mais. Acho que o seu cérebro o convenceu de que você não merece que as pessoas se preocupem com você. Bom, pra mim isso é bobagem. Porque eu me preocupo. E vou continuar me preocupando. Eu me preocupo agora, me preocupava ontem, vou me preocupar amanhã. Vou ficar sentada à sua porta todo santo dia. Esperando. Quando precisar de mim, vou estar pronta. Nada que você possa dizer vai mudar isso.

O coração de Jude batia tão forte que ele o sentia nas palmas das mãos e em cada nó dos dedos. Seu corpo todo latejava com a dor crescente.

– A gente tem tão poucos momentos – Indira disse, com a voz falhando enquanto se aproximava dele. – E muitos foram roubados de você. Nunca, nunca vou conseguir entender plenamente as coisas pelas quais você passou, mas não vou deixar que saia daqui e finja que ninguém se importa.

Ela deu um passo na direção dele. Estava a seu alcance. Ele poderia fazer aquilo. O que Indira disse. Estender os braços e agarrar aquilo que realmente queria.

– Deixa eu entrar, Jude – ela sussurrou, enquanto duas lágrimas rolavam por suas bochechas. – Mesmo que seja só por esta noite. Por favor. Me deixa entrar.

Jude não tinha mais forças para lutar, nem controle sobre si mesmo. Ele a queria demais. Queria seu sorriso, sua risada, seu sarcasmo mordaz. Queria o calor de sua pele e o modo como fazia com que ele se sentisse vivo. Queria seu conforto. Queria Indira.

Ele encurtou o espaço que havia entre os dois, enfiou uma mão no cabelo dela e levou a outra à cintura de Indira. E a beijou, colocando todas as suas emoções naquele contato das bocas. Se era só por uma noite, então ia lhe dar tudo o que ainda lhe restava.

CAPÍTULO 23

A fantasia gigante de Indira foi ao chão e ficou esquecida quando Jude agarrou a bunda bela com uma mão e apoiou a outra na parede, virando-se para apoiá-la contra ela. Indira enlaçou a cintura dele com as pernas, puxando-o mais para si enquanto os dentes dos dois se chocavam e suas línguas se enroscavam.

– Vamos subir – ela gemeu antes de beijar e morder o pescoço dele.

Jude ficou feliz em obedecer. Ou pelo menos em tentar obedecer. Ele tropeçou no segundo degrau e os dois caíram, sem fôlego e rindo.

– Quanta delicadeza – Indira disse. Ela não perdeu tempo e começou a subir a escada de quatro. Jude sentiu as bochechas queimaram e deu um tapa na bunda dela, já a seguindo. Ela soltou um gritinho e depois mais risadinhas.

Os dois se beijaram no corredor, batendo contra as paredes enquanto se consumiam, sentindo que não conseguiam ficar próximos o bastante. Depois que passaram pela porta, Jude a fechou com o pé e levou Indira até a cama dele, deixando-a cair contra o edredom branco.

Ele parou por um momento e se forçou a desfrutar do momento. A desfrutar de Indira. Não queria perder um segundo que fosse. Seu cabelo se espalhara sobre o edredom como tinta na água, e ela olhava-o com as pupilas dilatadas e a respiração curta.

Após um momento, com os olhos fixos nos de Jude, Indira se sentou e estendeu a mão. Ele a aceitou, entrelaçou seus dedos nos dela e a encontrou na cama.

Os toques eram lentos, a intimidade de cada carícia intencional enquanto tiravam com reverência o que restava de roupa um do outro, extraindo as camadas entre ambos. Então se deitaram, os beijos profundos e ternos, marcados pelo desespero, os lábios se fundindo em um tormento delicioso. Jude queria devorá-la.

Indira montou em cima dele e pressionou seus seios ao peito de Jude. O corpo inteiro dele, cada nervo, cada músculo e cada célula, suspirou em um doce alívio diante da sensação de pele contra pele. A maciez, o calor e o perfume delicado de Indira mexiam com a cabeça dele.

Ela descansou a bochecha sobre o coração martelando de Jude, inspirou fundo e soltou o ar com um suspiro feliz, cujo calor viajou através da pele dele e formou um redemoinho em seu peito.

Ele sentiu o coração dela batendo contra o seu e se perguntou se estariam sincronizados.

– Camisinha? – Jude perguntou, traçando as coxas delas com os dedos, decorando suas curvas.

Indira o olhou e passou a língua devagar pelo lábio inferior.

– Eu tomo pílula e fiz todos os exames depois que terminei com Chris. Se você tiver feito também… – As bochechas de Indira ficaram cor-de-rosa. – Acho que prefiro apenas senti-lo.

– Eu também estou negativo – Jude disse, o fogo lambendo seu corpo.

O sorriso travesso dela antes de voltar a beijá-lo não passou despercebido. Indira roçou os lábios e os dentes no pescoço e no peito dele, enquanto enfiava as mãos entre ambos. Começou acariciando o pau dele devagar, como se quisesse memorizar cada centímetro.

– Quero que se sinta bem – Indira falou, e as palavras penetraram a pele dele e se instalaram em seu coração. – Isso é gostoso? – perguntou, e Jude concordou com um gemido, diante do toque firme e elétrico.

– Me conta do que você gosta – Indira sussurrou, as palavras quentes, roucas e seguras. As mãos de Jude tremeram ao passar pelo corpo dela, agarrando seus quadris e a puxando mais para perto. Um gemido de Indira pontuou o momento.

Ele ficou sem jeito. Desorientado. Fazia muito tempo que não ficava tão próximo de alguém, que não deixava ninguém entrar. Seu corpo ficou tenso enquanto se alternava entre o prazer irrefletido e uma análise exagerada de cada momento.

Indira deve ter notado a mudança, porque recuou um pouco. Continuou a tocá-lo – os dedos gananciosos subindo por suas coxas, passando por suas costelas, chegando a sua nuca. Quando o encarou, seus olhos grandes e cor de uísque o deixaram embriagado de desejo.

– Quer ditar o passo? – ela perguntou, com a voz marcada por uma promessa rouca.

Só então Jude se deu conta de que era aquilo que desejava. Ele queria direcionar o prazer opressor que crescia dentro dele. Queria que Indira se afogasse nele também. Queria sentir tudo sem medo de desaparecer. Indira – deslumbrante, intuitiva e maravilhosa como era – sabia que aquela oferta era tudo de que ele precisava.

Jude assentiu, e Indira abriu um sorriso pecaminoso e satisfeito quando as posições se inverteram, com ela embaixo dele.

Embora seu corpo todo pulsasse em *desejo-desejo-desejo*, incentivando-o a ir mais rápido, Jude parou por um momento para admirá-la.

Acreditara ter perdido a fé diante dos horrores que as pessoas eram capazes de infligir, porém pairar sobre o longo corpo nu de Indira parecia algo quase espiritual, de tão intenso. Ele precisava dela. Sentia uma necessidade desesperada e primitiva de estar perto dela. De sua Indira. Sua pedra de toque. Seu par.

Indira ficou imóvel, deitada de costas, o emaranhado de cachos parecendo um mar belo e revolto em torno de sua cabeça; a respiração intensa era o único movimento que fazia enquanto o observava. Enquanto o aguardava.

Ele estendeu a mão e passou os dedos devagar pela boca dela, leves como uma pena, depois seguiu para o maxilar e desceu pela garganta. Jude sentia a pulsação dela sob os dedos, e daquela vez teve certeza de que estava no mesmo ritmo que a dele.

A mão de Jude continuou passeando pelo corpo dela, com mais vigor agora, a palma roçando o mamilo e fazendo Indira se arquear em resposta. Ele se demorou ali, testando a sensibilidade da pele suculenta da parte de baixo dos seios.

Seus dedos chegaram ao triângulo macio de pelos, tocando-o antes de sentir a umidade entre as coxas dela. Ele soltou um gemido do fundo da garganta.

– Posso beijar aqui? – Jude perguntou, com os dentes cerrados, abrindo os joelhos dela com delicadeza para olhar para a o brilho entre suas pernas. E lambeu os lábios.

– Pode – Indira respondeu, sem hesitar, colocando a própria mão sobre a dele, que agarrava sua coxa. – Sim, sim.

Um tipo de alegria sem precedentes se espalhou pelo peito de Jude diante da percepção do desejo na voz dela.

Ele sussurrou o nome de Indira como se fosse uma bênção enquanto abaixava a cabeça para cultuar o ponto entre suas coxas.

Começou devagar, lambendo com reverência os lábios rosados e inchados dela, soprando de leve a carne úmida. Decorou cada gemido que Indira deu, cada movimento dos quadris dela para chegar mais perto da boca dele, o modo como ela enfiou os dedos no cabelo dele e o puxou para mais perto.

– Quero passar o resto da vida provando você – Jude grunhiu contra a maciez da parte interna das coxas dela antes de mordiscar de leve o ponto. O corpo inteiro de Indira ficou tenso e ela soltou um grito.

Quando as pernas dela já estavam trêmulas e a respiração ofegante, Jude se concentrou no clitóris, traçando círculos pequenos, depois chupando até que as costas de Indira saíram da cama e ela agarrou o lençol com uma mão e puxou o cabelo dele com a outra.

Ele olhou para Indira, através das planícies do corpo dela. Nada, *nada* no mundo poderia ser mais impactante do que ver Indira Papadakis se desmanchar na ponta de sua língua.

Jude estendeu o prazer o quanto pôde, lendo o corpo dela, fazendo aquilo de que Indira precisava, desejando que seus movimentos bruscos e seus tremores nunca acabassem.

Até que ela soltou o cabelo dele e desmoronou sobre os travesseiros. Jude então beijou de leve seus quadris, arrastando a boca pela barriga dela e pegando a mão que havia agarrado seu cabelo de um jeito muito gostoso. Ele beijou e chupou cada dedo, em agradecimento por ter deixado que a tocasse.

– Quero mais – Indira sussurrou, passando as unhas suavemente no couro cabeludo dele e segurando o rosto de Jude nas mãos. – Podemos fazer mais?

– Muito mais, porra! – Jude respondeu. Um momento de silêncio se seguiu às palavras nada sutis, então os dois começaram a rir, primeiro baixinho, depois chegando a engasgar. Eles pressionaram as testas suadas uma contra a outra.

Indira desceu as mãos pelo corpo dele e deu fim às risadas com beijos. Ela fechou os dedos em torno do pau de Jude e sentiu seu peso e seu calor na palma. Não demorou muito para que ele começasse a se esfregar contra a mão dela, sentindo ondas de prazer se espalharem pelo corpo.

– Agora – Indira disse, e a necessidade na voz dela quase o fez gozar na mesma hora. Jude pegou o pulso dela, ergueu-o e o empurrou contra o colchão antes de entrelaçar seus dedos com os de Indira, segurando a mão dela. Jude pairou sobre ela, sentindo-se vulnerável. Exposto. Excitado.

Diante do modo como Indira o olhava – com amor nos olhos e confiança nos lábios –, ele não conseguiu segurar mais. Inclinou a cabeça e a beijou.

Jude a penetrou, a respiração ofegante se misturando aos gemidos roucos de Indira. Ele se debruçou, e seu peito deslizou pelo dela, as têmporas de ambos coladas quando a penetrou por completo. Os dois se reservaram um momento para sentir os corpos juntos.

Aquilo era puro e real, e fazia muito tempo que Jude não se sentia tão vivo. Era como se o corpo de Indira tivesse sido feito para recebê-lo.

– Você é perfeita – ele soltou, com o coração martelando no peito a ponto de quase abrir um buraco.

O gemido em resposta de Indira o motivou a se mover, seus quadris investindo em um ritmo nada sutil. No entanto, o modo como ela dizia o nome dele, agarrava sua bunda e arranhava suas costas o levou a acreditar que ela não estava incomodada com o estilo dele.

Jude agarrou um seio dela e se inclinou para chupar o mamilo doce entre os dentes, adorando a maneira como Indira se arqueava em sua direção. Ele se apoiou em uma mão, lambeu o polegar da outra e começou a traçar pequenos círculos um pouco acima de onde seus corpos se encontravam.

– Tudo bem? – Jude perguntou, diante do silvo que Indira soltou, agarrada a ele.

Ela conseguiu produzir algo entre um soluço estrangulado e um gemido, e balançou a cabeça para confirmar. Jude abriu um sorriso safado, delicioso e satisfeito.

Então inverteu as posições, seus dedos se cravando nos quadris dela enquanto os movimentava em cima dele, incentivando Indira a chegar a um ritmo quase frenético, semelhante ao do fogo que corria por suas veias.

– Caramba! – Indira exclamou, arqueando as costas e apertando os próprios mamilos, com a testa franzida e suor nas têmporas.

– Isso, faz isso – ele disse, voltando a esfregar o clitóris dela com os dedos, seu corpo todo tenso sob Indira diante da maneira como ela apertava seu pau. Jude manteve o ritmo, adorando como ela se movia cada vez mais rápido em cima dele, e como sua voz saía cada vez mais rouca, necessitada e pura.

Mas ele era um cara ganancioso, estava perdido e queria *mais.*

Jude queria colar cada centímetro do corpo ao dela, até que não restasse espaço entre eles.

– Espera um pouco – Jude pediu, e Indira desacelerou, envolvida demais para que seus quadris parassem por completo.

Ele se sentou, enlaçou a cintura dela com um braço e usou o outro para se apoiar nos travesseiros mais atrás.

– Sinto que não consigo ficar próximo o bastante de você – Jude disse, com o rosto no peito dela, sussurrando as palavras em seus seios.

Indira gemeu, deslizando e traçando círculos em cima dele num ritmo preguiçoso.

– Eu sei, sinto a mesma coisa – ela disse, com as mãos no cabelo dele e inclinando a cabeça, depois se abaixando para lhe dar um beijo profundo, atrapalhado e lindo.

Algo naquelas palavras – em saber que ela estava junto com ele –, enquanto o corpo dela o continha, derrubou quaisquer muros que ainda o cercavam. Jude cravou os dentes no ombro de Indira, deixando tudo fluir, beijando, chupando e metendo até ela gozar de novo; em seguida foi a vez dele, com um prazer derretido e sinuoso acalentando cada nervo de seu corpo enquanto se perdia nela.

Os dois permaneceram abraçados, enquanto escorregavam pelos lençóis e se deitavam de lado, emaranhados. Jude começou a amolecer, mas ainda estava dentro dela. Suas mãos se moviam em circuitos suaves e reconfortantes, subindo pelas costas, descendo pelas pernas, passando pelo cabelo e pelo maxilar. Não demorou muito para que voltassem a movimentar os quadris suavemente um contra o outro. Nunca satisfeitos.

– Indira – Jude disse, afastando o cabelo do rosto dela, enrolando os cachos nos dedos. Ela voltou os olhos dolorosamente familiares para ele. – Acho que quero mais do que uma noite.

Indira sorriu, com os lábios inchados de tanto beijar.

– Acho que eu também.

CAPÍTULO 24

Na manhã seguinte, Jude estava deitado de bruços, com o rosto enterrado no travesseiro, quando raios solares, hesitantes, atravessaram a cortina e tocaram a cama. Os dedos de Indira acariciavam suas costas, acompanhando os músculos e tendões. Ele sorriu diante da corrente elétrica suave disparada pelo toque dela.

– Já ouvi dizer que marcas de nascença e pintas indicam onde os amantes de suas vidas passadas mais lhe beijaram – Indira comentou, com a voz rouca, apoiando-se em um cotovelo para olhar para ele, sem parar de tocá-lo. – Parece que suas vidas passadas foram bem movimentadas.

– Hum, é mesmo? – Jude perguntou, virando o rosto para ela. Ele foi recompensado pela visão do lençol branco caindo do peito dela. A pele exposta de Indira, suas clavículas e seus seios, tudo aquilo foi tocado pela luz gentil da manhã. Era a coisa mais linda que ele já tinha visto.

– É, e decidi que tenho ciúme de cada uma delas – Indira disse, brincando e esticando os dedos para que cada um tocasse uma marca diferente no braço dele. – Não é ridículo?

– Como sabe que não foi você a causa delas?

– Você acha que a gente se conhece de vidas passadas? – Indira indagou, olhando para ele com alguma seriedade, como se aquilo não devesse importar, mas importasse.

– Você é persistente. Aposto que a Indira de cada universo alternativo me procurou até me encontrar.

Ela revirou os olhos, tirando a mão dele.

Jude segurou o pulso dela e deu um beijo suave na parte interna.

– Mas espero que minhas versões alternativas tenham sido espertas o bastante pra encontrá-la primeiro – Jude continuou, arriscando expor-se numa vulnerabilidade assustadora. Estava em território não mapeado, e sabia, ou melhor, tinha certeza, que ia ferrar com tudo. No entanto, precisava ao menos tentar.

– Gosto dessa ideia – Indira disse, após um longo momento, os olhos tão sinceros quanto os dele. Jude sabia que os dois tinham medo, e só podia esperar que o superassem.

– Acho que o eu de outra vida era obcecado pelas suas costas – ela disse, quebrando a tensão e passando os olhos pela abundância de marcas ali. Então se inclinou para ele e distribuiu beijos suaves ao longo de sua coluna, no meio da omoplata direita, em um ponto logo abaixo da costela esquerda, fazendo cócegas, e em todos os lugares onde pequenas marcas de nascença pontuavam sua pele.

– Minhas costas e minha bunda – Jude disse, com um sorriso na voz.

Indira inclinou a cabeça para olhar nos olhos dele, arqueando uma sobrancelha com ceticismo.

– Pode ver por si mesma, se não acredita em mim – ele disse, com um sorriso largo.

Indira ergueu o lençol que cobria a bunda nua dele.

– Não vai beijar essas também? – Jude provocou, apoiando-se nos antebraços para olhar para ela por cima do ombro, parecendo inocente enquanto remexia os quadris.

– Você é péssimo – Indira disse, com um tapa na bunda dele, depois se dissolveu em risadinhas.

Jude riu também. A risada saiu rouca e bruta, por falta de uso, mas genuína. E foi ótimo.

A sensação de Indira era surreal. O peso de seu corpo, o calor de sua pele e o êxtase puro de seus seios contra as costas dele, tudo era delicioso.

– Vem aqui – Jude disse, ajeitando-se sob ela para se deitar de costas e puxá-la para si.

Indira obedeceu de bom grado, com aqueles olhos lindos que eram uma mistura de fumaça e mel. Jude beijou sua testa e sentiu um cacho fazendo cócegas em seu rosto, então levou a boca à têmpora e às bochechas dela, até chegar à boca.

Os beijos foram lânguidos. Quentes. Cada momento se estendia em um pequeno infinito diante deles, como se nada importasse além do encontro dos lábios e do enrosco das línguas. Os braços de Indira envolveram o pescoço de Jude, e ela enfiou os dedos em seu cabelo enquanto as mãos dele mapeavam o corpo dela, explorando cada centímetro que fora proibido por tempo demais.

– Está com frio? – ele sussurrou na boca de Indira, sentindo os braços dela arrepiados.

– Um pouco – ela disse, sorrindo e voltando a beijá-lo. – Por que você dorme com as janelas abertas em outubro? Não congela à noite?

– Gosto de ar fresco – Jude respondeu, acomodando-a em seu peito e puxando mais o edredom. – Sempre gostei do outono. Tem um cheiro tão... bom.

– Uau, você é mesmo um poeta, hein? – Indira brincou.

Jude cutucou a lateral do corpo dela, fazendo-a gritar e se contorcer.

– Para! – ela disse, mordendo o ombro dele.

Jude parou na mesma hora. Indira se aconchegou nele, como se pudesse entrar na pele dele.

Quem Jude estava enganando? Ela já estava dentro dele, em seus ossos, e fazia um bom tempo.

Depois de remexer por alguns momentos, Indira sossegou, o corpo comprido pressionado contra o dele, as pernas emaranhadas.

– Tenho uma ideia – ela disse, então bocejou.

– Diga, baforenta – Jude brincou, abafando o ar na frente do nariz.

– Engraçadinho – Indira disse, sem expressão, então puxou os pelos do peito dele. – Por que não se joga no cavalheirismo e vai fazer um chá pra gente, depois volta para a cama e a gente fica aqui pra sempre?

– Chá? – ele repetiu, franzindo o nariz. – Água suja de planta? Não, muito obrigado. Mas *você* pode ir fazer um *cafezinho*.

– Café é um grão, seu idiota. Água suja de grão. Daria na mesma ferver feijão.

– Indira, eu já a vi beber um bule de café inteiro várias vezes, então não finge que é do tipo pretensioso que gosta de chá.

Ela bufou.

– Enquanto você é uma pessoa rígida e pouco receptiva, eu sou uma mulher das massas e sou capaz de apreciar muitas coisas ao mesmo tempo. Chocante, né? Fora que nunca perco a chance de contradizê-lo. É como demonstro meu amor.

– Então todos os anos sendo irritante e combativa foram preliminares prolongadas?

Indira virou a cabeça para ele, mas, em vez de uma careta, sua expressão era fogosa e sensual. Ela desceu pelo corpo de Jude, deixando as pontas dos dedos roçarem a pele sensível logo abaixo do caminho da felicidade. O abdome dele se contraiu e seu pau ficou duro.

– Pode ser – ela respondeu, num sussurro rouco. – Mas algo me diz que você gosta.

Indira o pegou por baixo do lençol, fechando os dedos em volta dele e provocando um gemido imediato e quase desesperado em resposta. E abriu um sorriso convencido. Jude se ajeitou, projetando o quadril na direção dela e agarrando seus cabelos, pronto para reivindicar sua boca.

Então o som da porta da frente se abrindo com tudo e de passos no corredor os arrancou do transe, como uma agulha riscando um disco em uma vitrola.

– Collin vai matar vocês! – Jeremy gritou, sua voz estrondosa subindo com o passar dos segundos. Jude ouviu uma batida abafada na porta de Indira, que ficava ao lado da sua, antes que batesse na dele também.

Os dois congelaram, os rostos separados por centímetros, um olhando horrorizado para o outro.

– Acordem!

Jeremy corria de uma porta a outra sem parar de bater.

De alguma maneira, Jude conseguiu sacudir a cabeça, tirar a mão do cabelo de Indira e levar um dedo aos lábios, para que ela fizesse silêncio. Indira permaneceu congelada, as feições parecidas com as de um personagem de desenho animado morrendo de medo. Sua expressão ridícula, combinada à vertigem de ter acordado ao lado dela e o absurdo da situação, fez uma risada subir pela garganta de Jude e sair por seus lábios.

– Eu ouvi isso, Jude – Jeremy disse. – Nosso jardim está detonado!

O som inconfundível de uma mão girando a maçaneta ecoou pelo quarto.

A expressão horrorizada de Indira se intensificou, a boca se abrindo como no quadro *O grito*. Ela descongelou, balançando a cabeça e agitando os braços para Jude como se ele também não estivesse em pânico diante da possibilidade de o noivo do irmão mais velho de Indira entrar e pegar os dois no ato.

– Não! – Jude gritou. – Eu... é... espera!

Indira tapou a boca de Jude com a mão, porém era tarde demais. A maçaneta pareceu girar em câmera lenta, e os dois ficaram só olhando para ela.

A porta começou a se abrir, e a voz furiosa de Jeremy voltou a soar.

– Vocês tinham uma única tarefa a cumprir! Proteger nossa casa das crianças!

Demonstrando um talento acrobático impressionante, Indira rolou da cama e caiu do outro lado com um baque não muito sutil.

Levando todas as cobertas consigo.

Jude estava certo de que sua cabeça explodiria com o que se seguiu: metade dele tentava ouvir Jeremy e ordenar palavras de maneira que o fizesse fechar a porta e a outra metade surtada porque ele estava nu e de pau duro, e precisava pegar as cobertas com Indira. *Agora*.

– Tem uns mil garfos no jardim! Alguém grudou absorventes nas janelas! – Jeremy continuou.

Enquanto Jeremy terminava de abrir a porta, Jude rolou de barriga para baixo, sentindo um ventinho bom na bunda pelada e agora escancarada para o noivo do amigo.

– Ah, merda – Jeremy xingou ao ver Jude. – Eu não queria ter visto isso.

Os olhos dele foram do colchão para o chão, perto do pé da cama, enquanto ele os protegia com uma mão.

Houve um momento de silêncio desconfortável até que Jeremy se recuperasse de seu ultraje.

– Como vocês deixaram isso acontecer? Acorda, Indira! – Jeremy acrescentou, olhando para a parede que ela e Jude dividiam.

Jude queria dizer a Jeremy que recolheria cada garfo com os dentes, compraria uma casa nova para ele, faria *qualquer coisa* para que ele se mandasse do seu quarto.

No entanto, não conseguiu fazer muito além de soltar ruídos gorgolejantes enquanto olhava para Jeremy.

E foi assim que percebeu que Jeremy deixara de fitar o chão em constrangimento para se concentrar em algo ao pé da cama.

– O que... Que merda é essa? – ele perguntou, arregalando os olhos.

Sentindo o medo se acumular no estômago, Jude se apoiou nos cotovelos devagar, para acompanhar o olhar de Jeremy.

E, claro, dois pés grandes e encantadores, com as unhas pintadas de *pink*, despontavam ao fim da cama.

– Indira? – Jeremy perguntou, o rosto primeiro branco, depois tomado de um tom de rosa furioso.

Com um movimento que fez os dois homens presentes se sobressaltarem, Indira se colocou em pé, enrolando as cobertas no corpo.

– O que você está fazendo aqui? – ela gritou, apontando para Jeremy. – Sai!

Surpreendido com a situação, Jeremy recuou um passo e ergueu as mãos para se defender.

– Desculpa, desculpa. Eu... espera. Não. O que *você* está fazendo aqui? – ele perguntou, recuperando alguma compostura.

Jude, ainda com a bunda a plena vista, não pôde fazer nada além de assistir à novela que se desdobrava em seu quarto.

– Fora! Fora! – Indira gritou, apontando para a porta de maneira ameaçadora que a fazia parecer a própria mãe.

Jeremy recuou mais alguns passos e se segurou na maçaneta da porta.

– A gente... eu... Que merda *é* essa? – ele repetiu, com os olhos ricocheteando entre Jude e Indira. – Nem pensem que não vamos mais falar a respeito! – ele gritou, saindo do quarto e batendo a porta atrás de si. – Ponham uma roupa e me encontrem lá embaixo.

– Acho que não, valeu – Indira retrucou, mordendo o lábio inferior e pulando de um pé para o outro.

– Jude, Collin vai matar você. Coloca uma calça!

Jeremy se afastou batendo os pés, e um silêncio profundo se instalou em seguida.

Jude se virou devagar e se sentou. Indira lhe jogou o cobertor. Os olhos arregalados em choque pousaram no rosto um do outro por um minuto inteiro.

Então, sem aviso, Jude começou a rir, seu rosto se abrindo diante da visão de Indira com o cabelo todo bagunçado e o corpo parcamente coberto. Ela era um sonho e um pesadelo, e Jude não conseguia acreditar que tinha a sorte de tê-la em seu quarto. Quanto mais uma alegria exultante tomava conta dele – com a impossibilidade de tudo bombeando seu sangue pelo corpo –, mais Jude ria.

Depois de um momento, ela começou a rir também, o barulho uma música suave.

Quando ria, Indira movimentava o corpo todo – sacudindo os ombros, usando a garganta, curvando os dedos dos pés sobre o piso –, e era como assistir a uma dançarina bailando no quarto.

Jude estendeu a mão para ela, que foi ao seu encontro, e ambos caíram emaranhados na cama, aos risos. Jude enfiou o nariz no cabelo dela e sentiu seu cheiro, o som da alegria do dois em harmonia e preenchendo o cômodo com uma alquimia compartilhada.

Até que conseguiram parar e tentaram controlar a respiração.

– Então… – Jude começou a dizer, enrolando distraído uma mecha de cabelo dela no dedo. – Até que correu tudo bem, não?

Indira deu um tapa nas costelas dele.

– Foi o momento mais constrangedor de toda a minha vida.

– Tenho certeza de que todo mundo tem uma história horrorosa em que é pego pelado por alguém da família – Jude insistiu, puxando um cacho dela.

– O que é bem diferente de ser pega na cama com *você*, entre todas as pessoas – ela disse, com outra risada vinda do fundo da garganta, dando uma mordidinha amorosa em seu peitoral.

– Ah, por favor. Eu é que não sei se vou conseguir recuperar minha dignidade depois de ter sido pego fazendo festinha com o inimigo.

– Fazendo festinha? É assim que você chama?

– Sou médico. Gosto de usar termos técnicos para a mecânica corporal.

– Rá. Bom, não importa o nome que você dá, pode ser o fim da sua dignidade e do seu corpo, a julgar pelas ameaças de Jeremy – Indira disse, desemaranhando-se dele para se levantar, pegar a *legging* e roubar uma camiseta de Jude para poder voltar ao quarto. – Mas vamos logo com isso. Tenho a sensação de que meu cunhado vai ter muitas perguntas sobre a "mecânica" do nosso namoro de mentirinha.

CAPÍTULO 25

– Deplorável, imprudente, desrespeitoso e irresponsável! Eu posso continuar pra sempre. Como foi que vocês deixaram isso acontecer?

Indira, que se encontrava ao lado de Jude na sala de estar, bufou indignada, cruzando os braços.

– Com quem eu tre… me relaciono não é da sua conta, Jeremy.

– Você acha que é disso que estou falando? Estou pouco me fodendo para os… hã, apêndices… de quem você, hum… recebe…

– Eca.

– Estou falando da minha casa! Do meu lindo jardim! Dos ovos secos nas minhas janelas!

– Credo – Jude disse, puxando a cortina de lado e vendo uma infinidade de papel higiênico esvoaçando à brisa.

Indira aproximou o rosto da vidraça para conferir o massacre.

– Pegaram vocês de jeito – ela constatou, sem conseguir esconder o fato de que queria rir. Amava Jeremy como se fosse seu irmão, e, como toda irmã que se preze, sentia certa alegria ao ver o sofrimento dele. De um jeito muito saudável, maduro e familiar, claro.

– Não tem graça, Dira!

– Tem um pouco de graça – Jude disse, tentando manter os lábios firmes. Indira, no entanto, notou que os cantos se erguiam ligeiramente.

O rosto de Jeremy era uma máscara horrorizada enquanto seu olhar saltava de um para o outro. Depois ele jogou a cabeça e grunhiu.

– Então é assim que vai ser? Vocês dois morando na minha casa, *de graça*, só para me atormentar?

– Você está sendo dramático demais… – Indira disse, afastando-se da janela.

– Você pode me culpar? Acabei de voltar pra casa depois de um turno de dezesseis horas e encontrei o lugar vandalizado e o melhor amigo e a irmã mais nova do meu noivo…

– No rala e rola.

– Para com isso!

Jude enfiou o rosto nas mãos enquanto Indira se matava de rir. Jeremy massageou as têmporas.

– Então isso… – Jeremy levou o punho cerrado à boca, depois pigarreou. – Isso é de verdade? Vocês estão… ou é algum método de atuação que estão seguindo para o namoro de mentirinha?

Indira ficou inquieta, odiando que Jeremy tivesse acabado de fazer a pergunta mais irritante possível (ainda que razoável).

Ela não sabia o que os dois eram, porém estava certa de que seus sentimentos por Jude eram tudo menos de mentirinha. Aquele laço com ele parecia… algo privado, quase sagrado. Algo só deles. Era uma criatura gananciosa, e queria guardar tudo só para si.

– Eu…

– A gente…

Faltaram palavras a Indira e a Jude. Eles ficaram olhando um para o outro, depois desviaram o rosto.

– Não conta para o Collin, por favor – Indira conseguiu dizer. – Deixa a gente… se entender primeiro.

Jeremy pressionou os lábios um contra o outro, formando uma linha tensa.

– Não me pede isso, Dira. Não posso mentir para o Collin. E vai ser muito pior se ele pegar vocês no pulo, que nem eu.

– Eu sei – Indira disse, agitando as mãos. – Mas ele não vai pegar. Jude e eu…

Ela olhou para ele, que estava com os olhos arregalados e parecia vulnerável e um pouquinho assustado. Ainda assim, o canto da boca dele se ergueu, na mais leve sugestão de sorriso. Indira sorriu de volta.

– Por favor, só dá um tempo pra gente entender o que está acontecendo – ela repetiu.

Jeremy suspirou.

– Bom, podem começar a entender o que está acontecendo enquanto limpam o jardim. Mas não me sinto confortável em guardar segredo de Collin.

Indira afastou a cabeça na hora.

– Desculpa, mas por que você não vai ajudar a limpar? – ela questionou, indo atrás dele, que já seguia para a cozinha.

– Porque vocês tinham literalmente uma única tarefa a cumprir enquanto seu irmão e eu virávamos a noite no hospital, e a noite de ontem foi um fracasso retumbante.

– Eu acho que me saí muito bem ontem à noite, na verdade – Jude murmurou, baixo.

Jeremy parou de andar na mesma hora, e os dois trombaram com suas costas.

Seu corpo inteiro estremeceu.

– Estou vivendo no purgatório.

Indira começou a rir, porém as risadinhas morreram em sua garganta quando o som de um motor de carro sendo desligado na entrada ecoou dentro da casa.

Os olhos de Jude e Indira se procuraram, tomados pelo pânico.

Um diálogo silencioso que consistia basicamente em *Merda merda merda merda* se desenrolou entre os dois, que em seguida se viraram para Jeremy.

Por um momento, ele ficou parado de boca aberta, como um peixe, depois deu de ombros, impotente, e balançou a cabeça.

– Não posso guardar segredo dele – Jeremy sussurrou.

Merda.

Indira começou a se movimentar de um lado para o outro do cômodo, como um pombo frenético, enquanto pensava no que fazer. Jude ficou enraizado no lugar, seus olhos a seguindo.

A porta da frente se abriu. Collin entrou e deixou a chave no aparador, grunhindo e esfregando os olhos.

– Que diabos aconteceu? – ele perguntou, apontando para o jardim.

Ficaram todos em silêncio. Sua expressão se transformou, dando lugar à confusão e à preocupação.

– Qual é o problema? – ele perguntou. – Quem morreu?

Indira entrou levemente em pânico.

– Jeremy pegou a gente pelado! – ela gritou.

Cada palavra aterrissou como uma tonelada de concreto no cômodo antes que o silêncio voltasse a predominar.

Um silêncio perturbador.

Indira havia assistido a alguns documentários sobre buracos negros, e sua fala pareceu ter efeito similar. Todo o ar foi sugado do cômodo, o som e a energia entraram em colapso, a boca aberta de Collin no centro de tudo.

Depois de um tempo, ele piscou, fechou a boca e engoliu em seco.

– Como? – Collin sussurrou.

– Pelados – Indira repetiu, como se aquilo melhorasse as coisas.

– Mas vocês… os dois se odeiam – ele disse, enquanto seus olhos se alternavam entre Jude e Indira. Jude deu um passo adiante, com os braços estendidos à frente, como se estivesse prestes a abordar um predador perigoso.

– Parece que a gente se gosta – Indira explicou. – Pode acreditar em mim quando digo: também fiquei chocada.

Jude olhou feio para ela por cima do ombro, e Indira se esforçou ao máximo para parecer apaziguadora.

– Eu… meu cérebro não está funcionando muito bem – Collin disse, olhando em volta desesperado, até encontrar Jeremy. – Que merda é essa?

O noivo se colocou ao lado dele.

– É o apocalipse chegando, aparentemente – Jeremy respondeu, dando um beijo na bochecha de Collin e levando uma mão a suas costas.

– Não foi um lance casual que surgiu do nada.

Indira precisou de um momento para entender que fora Jude quem falara. Seus olhos saltaram das órbitas diante daquela admissão. Ele olhou para ela e corou, depois se aproximou para pegar sua mão.

Collin parecia prestes a ter um ataque.

– Mas você… você vai embora depois do casamento.

Jude assentiu devagar.

– E você… você acabou de sair de um relacionamento – ele disse, apontando para Indira, que deu de ombros. – E é a *minha irmã caçula*.

– Tá, o finzinho foi meio que o patriarcado falando, mas tudo bem – Indira disse, encorajando-o com um movimento de mão. – Esse processamento verbal é positivo.

– Eu... como é que isso funcionaria? E o que *é* isso? – Collin perguntou, esfregando a mão no peito.

– A gente...

Indira teve dificuldade de encontrar palavras, porque, de fato, o que era aquilo? Um namoro de mentirinha estava muito longe do que ela de fato queria com Jude, porém os dois tinham muito sobre o que conversar.

– A gente está junto – Jude afirmou, e, embora seu rosto estivesse tenso, suas palavras soaram calmas. Firmes. Seguras.

Juntos.

Indira gostava daquilo.

Os dois não eram perfeitos e ainda não sabiam direito em que pé se encontravam, mas estavam juntos naquilo. E nada mais importava.

Jeremy sorriu, porém a expressão de Collin continuava confusa, sua testa repleta de rugas profundas enquanto seus olhos arregalados se alternavam entre os dois.

– Eu... não vão machucar um ao outro! – Collin explodiu, agarrando a mão de Jeremy.

Indira piscou, surpresa.

– Oi?

– Não vão machucar um ao outro – Collin repetiu, dando um passo na direção deles e sendo acompanhado por Jeremy. – Vocês dois... são as pessoas de quem mais gosto no mundo. E, hum, não quero ver nem um nem outro magoado. E não posso perder nenhum de vocês.

– Não sou eu a pessoa de quem você mais gosta no mundo? – Jeremy sussurrou.

Collin virou a cabeça para o noivo.

– Eu... a gente... v-você...

Um momento de silêncio se seguiu, então todos começaram a rir.

– Isso é muito esquisito – Collin acabou dizendo, enquanto esfregava os olhos. – Estou cansado demais para processar o que quer que seja, então...

– Estamos bem? – Indira perguntou, apertando a mão de Jude.

Jeremy e Collin fungaram em uníssono.

– De jeito nenhum. Vocês ainda precisam limpar tudo direitinho – Collin disse, seguindo na direção da escada. – Vou pra cama. E é melhor meu jardim estar perfeito quando eu acordar.

Collin e Jeremy foram para o quarto, deixando Indira e Jude sozinhos. Eles se viraram um para o outro, hesitantes e tímidos. Depois de um momento, Indira notou que a tensão no rosto de Jude se derretia em um sorriso que a fez perder o fôlego. Um sorriso aberto e vulnerável, a empolgação hesitante abrindo marcas profundas em volta de sua boca. O coração dela acelerou com tudo, como se estivesse à beira de um penhasco.

Indira enlaçou o pescoço de Jude, a força do abraço dela o obrigando a dar um passo para trás para se segurar. Ele retribuiu, puxando-a para si e enfiando o nariz no pescoço dela, para inalar o cheiro. Uma estrela brilhou no peito de Indira, e seus braços e pernas irradiaram calor e eletricidade diante da sensação maravilhosa de estar assim próxima a ele.

– Estou um pouquinho assustada – Indira falou junto ao peito dele.

Ele riu.

– Você e eu, e nós dois.

– A gente tem muito o que conversar, ela disse, afastando-se para olhar nos olhos escuros e profundos dele.

Jude grunhiu em resposta.

Os dois sabiam que aquilo era um eufemismo, no entanto tudo parecia tão novo, tão deliciosamente deles, que ela não quis insistir nas perguntas mais urgentes que precisavam ser respondidas. Ou resolver os problemas sérios que pairavam entre ambos. Indira queria apenas ser alguém inocente e apaixonada, e desfrutar da companhia de Jude.

Ela se inclinou na direção dele e o beijou demoradamente.

– Ai, *meu Deus.* – A voz de Collin rompeu a bolha rosa-chiclete em que os dois se encontravam. – Estou razoavelmente bem com isso, mas prefiro não ver.

Indira e Jude se afastaram, rindo como dois adolescentes pegos em um abraço proibido.

– Foi mal, Collin – Jude disse, com as bochechas queimando.

Collin murmurou alguma rabugice desdenhosa enquanto se dirigia à cozinha para pegar água, depois voltou a subir a escada.

– Jardim! Agora! – ele gritou antes de fechar a porta do quarto.

– Acho que não tem escapatória – Jude disse, encostando a testa na de Indira com um sorriso no rosto.

– Pois é – ela assentiu, dando um tapinha no rosto dele. – Boa sorte lá fora. E seja rápido, vou ficar com saudade.

Ela se afastou, se sentou no sofá e pegou o controle remoto.

Jude ficou sem reação por um momento, boquiaberto. Indira fez o seu melhor para disfarçar um sorriso enquanto fingia se concentrar na TV.

– De jeito nenhum – ele falou, arrancando o controle dela e se colocando à sua frente, com as mãos na cintura. – Nem morto que vou limpar tudo sozinho.

Indira fez bico e o olhou com uma expressão de coitadinha.

– Você não vai querer que eu realize um trabalho braçal depois do que fez comigo ontem à noite. Estou *exausta*.

– Do que eu fiz...? – Jude respirou fundo e estreitou os olhos. – Talvez seja melhor não acontecer de novo, já que você fica tão debilitada depois.

Indira arregalou os olhos e se endireitou no sofá.

– Não vamos ser precipitados...

– Não, não. Se eu tenho essa potência sexual toda, não quero sugar sua energia. É para o seu próprio bem. Fora que...

– A graça acabou, Jude. Você se certificou disso – Indira falou, tampando a boca dele com a mão. – E, se voltar a usar a expressão "potência sexual", não vai ter outra chance de demonstrar a sua.

Ela sentiu o sorriso dele na palma de sua mão, o calor de seus lábios a esquentando e a enchendo de uma alegria efervescente.

– Vamos – Indira disse afinal, soltando a boca de Jude, pegando sua mão e o puxando para o sol e o ar fresco. – Quanto mais cedo começarmos, mais cedo vamos poder, hã...

– Voltar para o rala e rola?

Indira deu um soco no ombro dele.

Os dois passaram a tarde desemaranhando papel higiênico das árvores e dos arbustos, e encontraram inúmeros motivos para rir até perder o ar enquanto recolhiam os garfos do gramado e limpavam o ovo seco dos tijolos de um jeito muito meia-boca.

E também para se beijar. Os dois aproveitaram todos os motivos possíveis para se beijar. Atrás dos arbustos. Na lateral da casa. Na garagem e apoiados no carro dela.

Aquela noite, Jude e Indira subiram a escada juntos, e ele apertou a mão dela com ternura antes de deixá-la à porta de seu quarto. Ela entrou e apoiou as costas na parede que os dois compartilhavam, mordendo o lábio para segurar um gritinho e sorrindo para o teto até suas bochechas doerem.

Até que ouviu uma leve batidinha à porta.

Indira foi até ela na ponta dos pés e a abriu devagar.

Ali estava Jude, com os olhos vorazes e os lábios entreabertos. Ele entrou no quarto e Indira os fechou no cômodo o mais discretamente possível, preservando o silêncio para que aquele momento fosse só deles. Então Jude a empurrou contra a porta e a reivindicou para si, sem se preocupar em não fazer barulho.

Seguiu-se uma confusão de roupas sendo tiradas e promessas de ir embora antes que amanhecesse. Eles mordiam a língua para reprimir gemidos e grunhidos.

Depois, ficaram abraçados. Então não foi difícil fazer silêncio.

Ambos pareciam concordar que algumas conversas podiam ficar para o dia seguinte.

CAPÍTULO 26

DEZ DIAS PARA O CASAMENTO

Finalmente – *finalmente* –, Indira encontrou um apartamento razoável com um valor de aluguel que ainda a deixava louca, mas pelo menos não exigia que vendesse um rim. Ela passou seu aniversário fazendo a mudança.

Bem, Jude passou o aniversário dela fazendo a mudança. Indira ficou a maior parte do tempo deitada de bruços no chão, tentando persuadir uma Grammy contrariada a sair de seu esconderijo, debaixo da cama. E qual era o sentido de ter um namorado se não se livrar de todo o trabalho braçal?

– Amei – Indira disse, abrindo os braços e girando em sua sala de estar enquanto a última caixa era trazida. – Parabéns pra mim – cantarolou, atravessando o cômodo para puxar Jude pela camiseta e dar um beijão nele.

– Parabéns pra você – Jude disse, esfregando o nariz no dela. – Que bom que encontrou um lugar que ama.

– Só demorei um século – Indira disse, deixando o corpo cair sobre as almofadas que faziam as vezes de sofá até que pudesse comprar um. Vendera a maior parte de suas coisas quando foi morar com Chris, por isso ainda tinha muito a conquistar. No entanto, a sensação de ter um lugar só para ela era tão deliciosa que nem estava se preocupando muito com isso.

– Foi sorte o colchão ter passado pela porta – Jude comentou, olhando para o corredor estreito e longo que levava para o quarto, no chão do qual se encontrava um colchão *king-size*, a compra mais recente dela, e um tanto extravagante.

– Com vontade, sempre cabe – Indira disse, com uma piscadela obscena.

O rosto de Jude se contraiu.

– Sutil – ele disse, sem expressão, e ela riu.

Indira estava prestes a lhe pedir que pegasse um copo de água quando o interfone tocou. Jude foi atender.

– *Delivery* – comunicou uma voz do outro lado.

– Já desço – ele respondeu.

Indira arqueou as sobrancelhas, surpresa.

– Todo aniversário precisa de um jantar especial – Jude explicou com uma piscadela para ela, então foi buscar a comida.

Como a mulher calma e madura que era, Indira jogou a cabeça para trás e começou a gritar enquanto agitava as mãos e os pés. *Puta merda*, ela estava caidinha por aquele homem.

Jude voltou em um piscar de olhos, carregado de sacolas, e as colocou no chão.

– Nossa. – Indira se aproximou dele. – Você pediu tudo o que tinha no restaurante?

– Tudo o que tinha em cinco restaurantes – Jude disse, rindo, sentando-se de pernas cruzadas no chão.

Com uma mão em uma sacola, Indira parou e se virou para ele.

– Oi?

Jude passou uma mão na nuca e deu uma tossidinha nervosa.

– Hã, acho que isso não depõe muito a favor da minha habilidade de presentear, mas não conseguia me decidir do que você gostaria mais. Então pedi um pouco de tudo.

Ele abarcou as sacolas com um gesto.

Indira piscou algumas vezes, depois soltou outro gritinho e começou a revirar as sacolas, como um guaxinim com raiva.

– Nachos? – ela ofereceu, abrindo uma embalagem de isopor lotada de tortilhas e queijo derretido. Depois abriu mais algumas sacolas, animada. – Sanduíche de carne? Macarrão frito?

Ela respirou fundo, arregalando os olhos.

– Espera, isso é do Halal Guys? – Indira perguntou, pegando outra embalagem. – Ai, meu Deus, é *mac'n'cheese*.

Seria possível que ela fosse chorar?

Jude pigarreou. Indira se virou para ele, boquiaberta.

– Feliz aniversário, Dira. É muita sorte a minha poder passar o dia de hoje com você – ele disse, estendendo uma embalagem e com os olhos cor de café fixos nela e transbordando emoção.

Indira perdeu o fôlego e sentiu um friozinho na barriga enquanto seus olhos se alternavam entre o rosto sincero dele e a embalagem gigante de batatinhas cobertas por *bacon*, trufa e parmesão com uma única vela acesa no meio.

Ela chegou mais perto e ficou observando a pequena chama dançar.

– Talvez essa seja a coisa mais romântica que já fizeram por mim – ela sussurrou.

– Isso é bem preocupante.

Indira jogou a cabeça para trás e gargalhou.

– Você tem que fazer um pedido – Jude a incentivou.

Mordendo o lábio, ela tentou pensar em meio à felicidade que florescia em seu peito, como se rosas e girassóis brotassem nos espaços entre suas costelas.

Indira odiava a pressão de ter que fazer um pedido. Ficava sempre com medo de errar, lançando algo ao universo que guiaria toda a sua vida para a direção errada.

Quando olhou para Jude e notou a maneira tranquila como a encarava, como se ela fosse a pessoa mais importante do mundo, Indira teve uma ideia.

Quero sempre me lembrar do que estou sentindo neste momento.

Ela soprou a vela e sorriu para ele, inclinando-se para beijá-lo.

– Agora vamos comer – Indira disse contra a boca dele.

Jude riu, o que disparou uma onda elétrica pelas veias dela. Os dois pegaram um pouco de cada embalagem, e Indira gemia a cada poucos segundos, achando tudo delicioso.

Estava com as batatinhas equilibradas sobre as pernas quando Jude acenou com o queixo na direção delas e pediu, com a voz grave e perfeita:

– Dá um pouco pra mim?

Indira pegou uma batatinha e ofereceu a ele. Jude se inclinou para a frente e, no último segundo, ela a colocou na própria boca.

– Opa – Indira disse, apertando os lábios um contra o outro como se estivesse arrependida enquanto mastigava.

Jude estreitou os olhos.

– Aqui – ela disse, oferecendo outra batatinha a ele. Jude ficou só olhando, em expectativa, os olhos alertas e brilhantes.

Finalmente, voltou a se inclinar, e, quando sua boca estava a um milímetro da batatinha, Indira a devorou, fazendo-o resmungar.

– Ai, me desculpa! – ela disse, com a boca cheia.

Jude desistiu de deixar que Indira lhe desse a comida na boca e foi se servir por conta própria. Ele abriu a boca, com a batata já próxima, porém Indira deu um pulo e fechou os lábios sobre os dedos dele, puxando-a com a língua. Então mordiscou os dedos dele antes de se afastar com um estalo alto.

Depois de olhar fixamente para Indira por um momento, Jude passou os nós dos dedos pela boca, tentando esconder um sorriso e as bochechas coradas.

– Eu tomaria cuidado, se fosse você – ele disse, com a voz rouca e fogosa. – Não é porque é seu aniversário que não vou retribuir.

Indira mostrou a língua para ele, sentindo ondas de calor varrerem seu corpo com a mera ideia do que poderia acontecer.

Jude pegou o queixo dela com o dedão e o indicador e roçou o nariz dele no dela antes de beijá-la com uma paixão quase incontida. Indira retribuiu o beijo, e um gemido suave vibrou em sua garganta quando ele enfiou os dedos em seu cabelo e puxou de leve, desencadeando uma série de sensações nela. Indira avançou pelo espaço entre ambos como uma fera, sentou-se no colo de Jude e chutou as embalagens em volta.

Ele sorriu para ela.

– Devo ameaçar punir você com mais frequência?

Indira riu contra a boca dele, um pouco tonta com todos aqueles sentimentos dentro dela. Os dois passaram mais alguns minutos se agarrando como dois adolescentes apaixonados.

– Cama – Jude grunhiu, projetando os quadris contra os de Indira enquanto ela se deitava sobre ele.

Ela abriu um sorriso sem-vergonha ao notar a pontada de desespero na voz dele.

– Sempre disse que *mac'n'cheese* é o afrodisíaco mais potente que existe – ela falou, mordiscando o maxilar dele antes de se levantar.

Os dois cambalearam pelo corredor em um emaranhado de pernas, mãos e beijos.

Jude a apoiou contra a parede do lado de fora do quarto, descendo os dentes por seu pescoço, enquanto enfiava as mãos por baixo de sua saia, subia pelas coxas e agarrava a bunda. Ela enlaçou o pescoço dele, fechando os dedos em seu cabelo e puxando o seu rosto até que as bocas se encontrassem. Os dois se beijaram até que ela estivesse ofegante, sentindo o prazer se acumular no meio das pernas.

– Espera – Jude sussurrou contra a garganta dela, e suas mãos congelaram na mesma hora. – Vai se acomodando, vou trazer seu presente.

– Dá depois – ela choramingou. – Tenho coisas mais importantes na cabeça.

– Não vou deixar você sair da cama depois que a gente se deitar – ele disse contra a pele dela, antes de dar uma mordidinha.

Indira derreteu por dentro.

– Tá – ela disse, com um suspiro exasperado. – Anda logo.

Jude riu ao se afastar, e Indira deu um tapa em sua bunda, depois riu da careta que Jude lhe dirigiu por cima do ombro.

Ela entrou no quarto, se jogou na cama e ficou à espera. Seu coração parecia patinar, traçando círculos confusos e felizes em seu peito.

Indira pensou em tirar roupa, mas gostava de ver Jude fazer aquilo por ela, com seu jeito cuidadoso e amoroso, como se nunca fosse superar o choque de ver mais de sua pele ao tirar uma camada após a outra.

Quando ele voltou, parecia nervoso, tentando esconder um embrulho retangular atrás das costas. Jude se aproximou e abriu um sorriso juvenil que fez o coração dela dar uma paradinha.

Indira foi para a beirada do colchão e ele se sentou ao seu lado.

– Bom, é meio bobo – Jude avisou, sacudindo uma perna e com a cor das bochechas se alterando para vermelho. – Mas, hã, aí vai.

Pigarreou e passou a ela o pacote embrulhado com todo o cuidado, depois baixou os olhos para as próprias pernas.

Indira deu um soco no ombro dele.

– Você já comprou minhas comidas preferidas e trouxe todas as minhas coisas para o apartamento. Meu coração precisa de um tempo pra se recuperar.

Jude pegou a mão dela e beijou os nós dos dedos antes de soltá-la.

– Acho que você precisa começar a elevar suas expectativas em relação a mim – ele disse, com uma risada rouca. – Porque você merece o mundo.

Indira perdeu o fôlego, sentindo algo doce e inebriante crescendo no seu peito e pressionando suas costelas.

– Não é nada demais, de verdade – ele comentou. O tom corado de suas bochechas se aprofundou e chegou até a ponte do nariz.

Indira rasgou o papel e deu com a parte de trás de uma moldura. Quando a virou, empolgada para ver a foto que Jude pusera ali, em vez de rostos sorrindo deu com um pedaço de papel velho e amassado bem no meio.

Ela aproximou a moldura do rosto, passando os dedos pelo vidro frio. Então reconheceu a própria caligrafia de quando eram mais novos. Letras grandes em giz de cera vermelho anunciavam, no topo da página:

EU AAAAAAAAMO A INDIRA ♥
ASS.: JUDE

O Jude pré-adolescente não tinha ficado feliz com a falsificação, porque ele pegou giz preto e transformou o coração num crânio, depois circulou tudo e escreveu MENTIRA! nos garranchos que lhe eram característicos.

Ao que parece, a folha passara da mão dele para a dela e vice-versa, com Indira cobrindo um canto com corações e estrelas e Jude desenhando um monstro meio homem, meio pássaro socando os mesmos corações e estrelas. Os dois haviam se perseguido pela página até que cada centímetro estivesse coberto.

Indira olhou para cada letra, cada linha, até que sua vista embaçou enquanto sua mente repassava lembranças deles quando crianças.

Jude voltou a pigarrear.

– Desculpa. É bobo mesmo. Sei que o papel está meio detonado e não chega a ser bonito. Não sei em que eu estava pensando.

Jude fez menção de tirar a moldura dela, mas Indira a agarrou junto ao peito e ergueu o rosto, com os olhos arregalados e cheios de lágrimas.

– Quantos anos tem isso? – ela perguntou, num sussurro.

Ele deu de ombros, passando uma mão pela nuca.

– Não sei. Uns vinte anos? É o verso do cardápio daquela pizzaria onde sua mãe levava a gente quando vocês se mudaram para o apartamento.

– E você guardou todo esse tempo?

Indira sentia o coração na garganta.

Jude corou ainda mais e tentou pegar a moldura de novo.

– É. Não sei por quê. Eu, *hum*, bom, sei que é esquisito, mas por algum motivo levei comigo quando fui mandado para o exterior. Encontrei alguns dias antes de partir e pareceu... sei lá. Pareceu uma recordação de casa.

Jude engoliu em seco, com os olhos fixos na moldura.

– Eu... sempre carregava no bolso. Os desenhos marcaram bem o papel e, hã... quando ficava nervoso demais no trabalho eu passava o dedo em cima para me acalmar.

Ossos podiam quebrar de tanta fofura? Indira estava preocupada com a possibilidade de que aquilo pudesse acontecer com os dela.

– Desculpa. É ridículo emoldurar algo assim detonado. Eu, hã, claramente me esforcei pra cobrir seus desenhinhos fofos.

Indira pousou a moldura com cuidado no piso, ao lado do colchão. Depois se virou e se lançou como um torpedo sobre Jude. Ele soltou um "uff" ao cair com as costas nos travesseiros.

– É o melhor presente que já ganhei na vida – ela disse, dando beijinhos alegres e descuidados onde seus lábios alcançassem. – É a nossa cara. É perfeito.

– Você gostou? – Jude perguntou, as palavras abafadas pelo cabelo volumoso dela.

– Amei! Você é o homem mais maravilhosamente sem noção do mundo – Indira disse, afastando-se apenas o bastante para olhá-lo. Irradiava uma felicidade incandescente, que esquentava tudo em volta. Jude vinha enchendo cada centímetro de seu coração de amor desde que eram pequenos, e havia desenterrado o lembrete mais fofo, ridículo e caótico daquilo e o emoldurado.

Indira voltou a beijá-lo, com vontade, mordendo seus lábios e grudando o corpo de Jude no seu até arrancar um gemido suave dele.

– Sinto que *eu* deveria lhe dar um presente agora – Indira disse, rindo diante do prazer borbulhante que dominava seu peito. Jude balançou a cabeça.

– O melhor presente que pode me dar é se deitar de costas e me mostrar sua boceta deliciosa – ele disse, direto e reto.

Aquela obscenidade repentina chocou Indira. Foi como se um fósforo tivesse sido riscado e fogo corresse por suas veias. Ela adorou.

Indira saiu de cima dele, de maneira rápida e pouco graciosa, e se deitou de costas, arrancando a saia e a calcinha em tempo recorde. Em geral, preferia contrariar Jude tanto quanto possível, porém, no momento, se mostrava muito disposta a fazer o que quer que ele pedisse.

Quem diria?

Jude ficou sobre ela, com um sorriso safado no rosto. E a encarou por tanto tempo, que Indira começou a sentir uma vibração na pele e se remexeu na cama.

– Preciso de você – ela sussurrou, estendendo os braços para ele.

Jude pegou as mãos dela e as pressionou contra o colchão, com uma força delicada que fez arrepios percorrerem o corpo de Indira.

O sorriso dele se ampliou.

– Quanta roupa! – Jude comentou, mais para si mesmo do que para ela, e começou a desabotoar a camisa de Indira com movimentos decididos.

Ele abriu bem a camisa de Indira e lambeu os lábios enquanto olhava para o corpo dela. Com cuidado, ergueu-a para que ela tirasse a camisa e abrisse o sutiã. Indira notou que Jude engoliu em seco, com as pupilas dilatadas, antes de abaixar a cabeça e encher o corpo dela de beijos, subindo e descendo.

O desejo desceu pela espinha de Indira e se acumulou em sua barriga enquanto os lábios de Jude tocavam cada centímetro da pele exposta e suas mãos passavam pelas curvas dela e seguravam seus seios com as mãos em concha. Ele não teve pressa e se alternou entre arrastar a língua pelos mamilos enrijecidos dela e chupá-los com vontade ou mordiscá-los de leve.

Quando Indira estava tremendo e arfando, ele voltou a descer, e o corpo todo dela formigou de necessidade.

– Você está toda molhada pra mim – Jude comentou, as palavras saindo brutas enquanto ele se acomodava entre as coxas dela, passava um dedo por sua abertura e levava a boca ali, para prová-la.

Indira soltou um gemido entrecortado do fundo da garganta, e o som fez Jude sorrir e olhá-la como se pudesse ver o efeito nela, cada nervo implorando por mais.

Ele a abriu e soprou ar fresco na carne inflamada. Era doce, escuro e maravilhoso, a boca de Jude, delicada e exigente, pressionada contra ela. Indira teve a sensação de que seu corpo ia se dissolver.

Ela gemeu enquanto Jude a chupava, a cabeça voltando a cair sobre os travesseiros enquanto o prazer ricocheteava por seu corpo.

– Você tem um gosto bom – Jude falou, enfatizando seu ponto com um demorado passar de língua na boceta dela. – É perfeita.

Jude continuou a chupar, arrastando o rosto de um lado para o outro, arrancando gritinhos em sequência de Indira, enquanto uma tensão deliciosa se formava e se espalhava por seu corpo. Ela amava o toque, as palavras, a boca dele, e...

O grito repentino e áspero dela pareceu incentivá-lo, e a boca de Jude ganhou determinação. Foco. Lambia, chupava e a devastava do jeito que ela mais gostava. Indira se apoiou nos cotovelos e ficou vendo Jude destruir as forças dela. Seu cabelo escuro caía sobre a testa. Seus cílios batiam contra as bochechas quando ele fechava os olhos para saboreá-la. Seus quadris se chocavam com o colchão por cauda de uma necessidade inconsciente.

Indira gozou, com uma força aguda e linda, o corpo se curvando enquanto Jude prolongava o prazer, fazendo-a tremer até ela achar que morreria com as sensações que percorriam seus músculos, reprogramando seu sistema.

Foi só quando ela caiu com as costas no colchão, puxando o cabelo dele para trazê-lo consigo, que Jude parou e abriu caminho a beijos ardentes pelo corpo dela.

– Preciso de você – Indira disse, num sussurro sem ar. Era uma criatura gananciosa e não queria desperdiçar um segundo sequer.

– *Hum*... Precisa de mim como? – Jude perguntou, passando os dedos pelas coxas e pelos seios dela. Ele se inclinou para beijá-la, toda suada, suja e deliciosa.

– Dentro de mim. Agora – Indira pediu, ofegante, erguendo os quadris e se esfregando contra ele. Jude se afastou, o que fez com que ela soltasse um gemido frustrado.

Ele fez *tsc-tsc*.

– Que exigente. E os bons modos?

Jude enfiou dois dedos nela, e o corpo de Indira se contraiu em resposta, enquanto uma necessidade ardente e dolorosa a entrecortava. Então ele os tirou, rápido demais.

– Jude – Indira choramingou. Precisando dele. Desesperada por ele. Amando cada minuto daquela antecipação arrastada.

– Indira? – ele disse apenas, passando o polegar no clitóris dela.

– Me come, Jude. Por favor. Por favor – ela implorou, agarrando-se à roupa dele. – Preciso *muito* de você.

– Que obediente – Jude disse, pressionando o polegar contra ela por um momento, como recompensa, antes de abrir o botão da calça e baixá-la.

Indira estendeu os braços para Jude, pegou o pau dele na mão e passou a cabeça por sua boceta molhada, ajeitando os quadris para recebê-lo. Ela nunca se acostumaria com quão delicioso era tocá-lo, com o calor da pele dele e a sensação de seu coração batendo.

Jude soltou o ar devagar enquanto entrava inteiro nela, o som como um raio caindo entre seus corpos. Então ficou parado por um momento, com o rosto no pescoço dela, os dentes em sua garganta.

– Eu poderia passar o resto da vida assim – ele disse, tão baixo que sua voz se reduziu a vibrações do próprio peito contra o dela.

Indira o abraçou mais forte. A impressão era de que nunca conseguia estar perto o bastante de Jude, nunca o tinha em seu corpo por tempo suficiente. Nada nunca se compararia à maneira como ele a adorava e a valorizava naqueles momentos.

– Seria perfeito – ela sussurrou de volta, arrastando as unhas por suas costas. O movimento o inspirou, e seus quadris começaram a se movimentar, a princípio lentos, depois ganhando um ritmo quase frenético.

Indira se movimentava junto, desajeitada, desesperada, sentindo a necessidade de ir mais fundo, de chegar mais perto e precisando de mais.

Mais.

Mais dentes mordendo a carne. Mais mãos cerradas em punho. Mais gemidos, grunhidos e gritos.

Até que eles perdessem a razão.

– Goza comigo – Indira implorou.

O ritmo de Jude se intensificou, e ele pressionou a têmpora contra a dela, gemendo ao fazer como Indira pedira. Todo o corpo pulsava quando ela se jogou no abismo do desejo, cada batimento de seu coração dizendo:

Ele é meu.

Ele é meu.

Ele é meu.

Eu sou dele.

CAPÍTULO 27

Jude

DOIS DIAS PARA O CASAMENTO

– Por que estou tão nervosa? – Indira sussurrou enquanto alisava o cabelo com as mãos, olhando para o retrovisor do carro. Ele voltou a ficar armado em uma bela vingança.

– Bom, é compreensível – Jude disse, estendendo a mão para pegar a dela e beijar de leve os nós dos dedos. – Sei que tem dificuldade de causar uma boa primeira impressão.

O queixo de Indira caiu, o nariz se enrugou e ela deu um soco na coxa dele. Jude agarrou aquela mão em seguida para beijar os nós dos dedos dela também.

– Um dia essa sua língua vai passar dos limites e vou precisar cortá-la.

Jude riu.

– Bom, considerando os eventos de ontem à noite e a dobradinha de hoje de manhã, tenho a sensação de que quem sai perdendo é você.

Indira não soube o que responder.

Jude jogou a cabeça para trás e riu.

Ela puxou uma mão de volta e a usou para apertar o queixo dele em vingança.

– Você é péssimo.

– Eu sei – Jude disse, dando um sorriso contra as costas da mão dela antes de soltá-la e abrir a porta do lado dele. – Agora vamos. Eles vão adorar ver você.

Com um suspiro, Indira também saiu do carro. Os dois pegaram as coisas no porta-malas e seguiram até a porta da casa dos pais de Jude.

O casamento seria em dois dias, e dali Jude e Indira seguiriam viagem até o chalé na montanha no dia seguinte para os ensaios, depois de passar uma noite na casa dos Bailey.

Jude entrou.

– Mãe? Pai?

A sra. Bailey soltou um gritinho de alegria em algum lugar da casa, que foi seguido por passos ávidos. Enfim ela apareceu.

– Ah, filho, que bom ver você. – Ela deu um abraço forte em Jude, que precisou se abaixar para poder retribuir. – Don! – A mulher gritou, virando a cabeça por um momento. – Vem aqui, Don!

O pai de Jude apareceu no corredor e abriu um sorriso sereno ao ver a esposa abraçando o filho.

– Você engordou – Maria disse, afastando-se para olhá-lo. – Graças a Deus. Parecia um fantasma da última vez.

– Indira me mantém bem alimentado – Jude disse, olhando para Dira e lhe oferecendo uma piscadela rápida. – Você se lembra dela, né, mãe?

– Indira Papadakis! – Maria exclamou, virando-se para ela. – Não pode ser você. Como cresceu assim tão rápido?

– Não sei explicar, sra. Bailey, mas juro que foi contra a minha vontade.

Maria riu e puxou Indira para um abraço caloroso. O coração de Jude ficou pleno enquanto as observava.

– Vamos levar nossas coisas lá pra cima – Jude disse, apertando o ombro do pai em cumprimento.

– Isso, isso – a sra. Bailey disse, parecendo uma borboleta alvoroçada. – O jantar sai em meia hora, mais ou menos. Vão descansar. Você vai dormir no antigo quarto de Jude, Indira. E você vai ter que ficar com o sofá-cama da sala de TV, Jude.

Ele olhou para Indira.

– É agora que você insiste para ficar com o sofá pra que eu possa dormir confortavelmente na minha própria cama.

Indira arqueou uma sobrancelha, depois abriu um sorriso reluzente para a mãe de Jude.

– Perfeito, sra. Bailey. Muito obrigada.

Ele a seguiu escada acima, olhando por cima do ombro para se certificar de que os pais tinham deixado o cômodo antes de dar um tapa na bunda dela. Indira levou a mão à boca para reprimir uma risadinha, depois subiu correndo os últimos degraus.

Jude procurou não fazer barulho ao fechar a porta de seu quarto de infância e pressionou Indira contra ela, segurando-a pelos quadris e lhe dando um beijo profundo, ainda que brincalhão. Ela soltou um gemidinho de prazer contra os lábios dele antes de abri-los. Sua língua deslizou contra a dele e seus dedos se enfiaram no cabelo dele.

– Vou sentir sua falta hoje à noite – Indira sussurrou no ouvido dele, antes de morder o lóbulo da orelha. Jude grunhiu no pescoço dela. – Ou podemos contar de uma vez que estamos juntos, para poder dividir o quarto.

Jude balançou a cabeça, e os pelinhos de sua barba por fazer roçaram em um ponto sensível acima da clavícula dela, fazendo-a perder o ar por um momento.

– Não vai fazer diferença. Meus pais são de uma família italiana católica devotadíssima. A gente teria que estar casado pra dormir no mesmo quarto. E mesmo assim seríamos julgados.

Indira riu e enlaçou a cintura dele.

– Mas eu, hã, queria contar mesmo assim. Se estiver tudo bem para você – Jude sussurrou contra a pele dela, sentindo vulnerável e exposto. Os dois ainda não tinham conversado sobre o que eram.

Jude, no entanto, sabia que era de Indira.

E aquilo era tudo o que importava.

Ela se afastou um pouco e voltou seus olhos arregalados e ávidos para ele.

– É mesmo? – perguntou, mordendo o lábio.

Jude soltou uma risada rouca.

– Dira, eu quero contar pro mundo todo que estamos juntos. É o jeito que eu quero me apresentar para todo mundo que for conhecer.

Os lábios dela se entreabriram com um sorriso em ambos os cantos.

– Eu é que não vou impedi-lo – ela disse, com as bochechas coradas e dando um beijo no limite de seu maxilar.

Jude a abraçou, puxando-a para mais perto e enfiando o nariz no cabelo dela. Sentindo seu cheiro. Indira retribuiu o abraço.

– Agora me deixa ver seu quarto direito – ela disse, afastando-se para observar. – Nunca tive a chance, quando a gente era pequeno.

– Eu morria de medo de que você me passasse germes – Jude disse, dando de ombros. – Nasci pra ser médico.

Indira revirou os olhos, então se voltou devagar para o meio do quarto e observou o espaço reduzido.

Havia uma cama estreita a um canto, prateleiras cheias de CDs e gibis da Marvel acima, uma escrivaninha pequena com um computador antigo do lado oposto e alguns livros didáticos ao lado.

– Sem graça. Como eu imaginava – Indira provocou, virando-se para Jude com um sorriso. – A sua cara.

Jude estreitou os olhos para ela, que riu e se sentou na beirada da cama, o corpo balançando ligeiramente.

– Com que o Jude adolescente fantasiava? – Indira perguntou, olhando para as paredes pouco decoradas. Havia três cartazes dos filmes *O Senhor dos Anéis* pendurados perto da escrivaninha, além de alguns de bandas *indie* espalhados.

Ele deu de ombros e enfiou as mãos nos bolsos. Por que estava corado?

– Natalie Portman, principalmente – ele disse, com uma risadinha nervosa e borbulhante.

– *Star Wars*? – Indira perguntou.

Jude deu de ombros outra vez.

– É... mas quando tinha uns 16 fiquei bem interessado por *Cisne negro*.

O queixo de Indira caiu, então um sorriso sabichão se abriu em seu rosto.

– Você é fã de balé, é?

Jude ficou ainda mais corado, sorrindo de um jeito que fazia suas bochechas doerem.

– Sou um grande apoiador das artes – ele disse, com outra risadinha.

Indira arqueou uma sobrancelha, sem deixar de sorrir para ele, irradiando uma felicidade boba.

– Tá bom – ele disse, jogando as mãos para o alto e indo se sentar ao lado dela. – Foi meu primeiro contato com, bem, autoprazer...

Os olhos de Indira saltaram das órbitas.

– Sério? É meio chocante que não tenha sido num pornô ou coisa do tipo.

– Minha mãe verificava meu histórico de navegação com tanta frequência que eu nem tinha coragem de procurar.

Indira soltou uma gargalhada.

– Que belo despertar sexual – ela disse, descansando a cabeça no ombro dele.

– E quanto à Indira adolescente? – Jude indagou, esfregando a bochecha contra os cachos dela e batendo na coxa dela com a sua.

Indira riu.

– Meu despertar sexual? Provavelmente *Moulin Rouge*! – ela disse, então mordeu a língua e sorriu. – Ver Ewan McGregor cantando de suspensórios muda uma pessoa.

– Quer saber um segredo? – Jude perguntou, baixinho.

– Sempre.

– Vou usar suspensórios no casamento.

Indira balançou a cabeça com calma.

– Quer saber um segredo? – ela perguntou também.

– Claro.

– É certeza que vou atacá-lo.

Os dois começaram a rir, envolvidos por uma alegria inebriante. Jude não sabia bem o que fazer com os sentimentos que o inundavam, nem mesmo se os merecia. Porém, a sensação era boa demais.

Indira era seu ponto fraco. Ele não queria abrir mão da felicidade daquele momento por nada no mundo.

– O que tem ali? – Indira quis saber, acenando com o queixo para uma pilha de caixas de sapatos perto da mesa de cabeceira.

Jude franziu a testa.

– Não sei.

Ele se levantou da cama e abriu a tampa de uma das caixas.

Nela havia uma variedade de porcarias: ingressos de cinema, dinossauros de plástico, uma amostra de perfume e alguns bilhetes trocados entre Jude e Collin.

Conforme ele revirava o conteúdo, encontrava mais e mais itens com a letra bem redonda de Indira. Bilhetes que ela passava por baixo da porta de Collin quando eram pequenos, mandando os dois ficarem quietos. Bilhetes de quando os Papadakis começaram a dividir um quarto, informando os meninos de que, se entrassem seria por conta e risco deles. Recados mandando Jude ir para casa ou lamber tinta à base de chumbo. Indira sempre foi encantadora.

Jude nunca notara o tanto de recordações que havia guardado dela. Tudo bem que muitas eram ameaças de morte mal veladas, entretanto o tinham tocado a ponto de serem guardadas por mais de vinte anos.

– Olha que gracinha – Jude comentou, passando a ela uma folha de caderno. – Quem imaginaria que você era uma poeta de verdade?

> UM HAICAI SOBRE JUDE BAILEY
> POR INDIRA PAPADAKIS
> JUDE. GROSSO. ZOADO PRA CARAMBA.
> SOCIALMENTE, UM FRACASSO.
> PESSOALMENTE, NOJENTO.

Os olhos de Indira passaram depressa pelos versos.

– Por que não fui fazer literatura na faculdade? – ela comentou, franzindo a testa para ele como se estivesse decepcionada. – Foi um desperdício de talento.

– Ah, sim, você privou o mundo da sua poesia – Jude concordou. Indira enfiou os dedos dos pés na coxa dele, arrancando uma risada sincera.

– É melhor a gente descer – Jude disse, ainda revirando as recordações aleatórias. – Minha mãe não tolera atrasos. Nem meu pai – ele concluiu, com uma risadinha.

Indira se levantou.

– Não precisa dizer mais nada. Ainda estou no modo “impressionar pais”.

Jude balançou a cabeça, sorrindo para ela.

– Você vai ter que se comportar como nunca. E mesmo assim talvez não seja o bastante para o filho precioso deles.

– Você é encantador e insuportável ao mesmo tempo – ela disse, puxando o cabelo dele de leve a caminho da porta. – Mas vamos cruzar os dedos.

CAPÍTULO 28

Jude

– Não quero ser direta demais – Maria disse enquanto jantavam, de um jeito que contrariava o que ela dizia –, mas o que está acontecendo entre vocês dois?

Jude e Indira engasgaram com a comida e começaram a tossir. Maria estendeu a mão para dar um tapa firme nas costas do filho.

– Como assim? – Jude perguntou, recorrendo a um guardanapo.

– Bom… vocês sempre… *hum*, como posso dizer?

– Se odiaram? – Indira sugeriu, tomando um gole de água.

– Consideraram o outro a personificação do insuportável? – Jude sugeriu também.

– Desejaram uma morte lenta e dolorosa para o outro?

Maria e Don trocaram olhares por sobre a mesa.

– Bom, sim. Acho que sim.

Jude e Indira riram.

– Eu convenci Indira a ir comigo ao casamento – Jude disse, comendo um pouco de nhoque.

– Ele precisou implorar – ela comentou com o pai de Jude. – O coitado estava desesperado.

Don pressionou os lábios para não rir, e Jude a chutou de leve por baixo da mesa, de brincadeira.

– Bom, quem se deu mal foi ela – Jude continuou, acenando com a cabeça na direção de Indira enquanto olhava para o pai. – Porque agora que a tenho nas minhas garras, não pretendo mais largar.

– O que isso significa? – a mãe dele perguntou, com a testa franzida. – Por que você está falando como se fosse um vilão?

Jude olhou para Indira. As bochechas dela estavam coradas, e um tom profundo de rosa se espalhava por sua pele. Seus lábios estavam esticados em um sorriso.

– Indira e eu estamos, hã, juntos – Jude contou, pigarreando. – Ela é… minha namorada.

Houve um momento de silêncio antes que a sra. Bailey explodisse em alegria, batendo palmas.

– Ah, isso é ótimo – ela disse, sorrindo. – Você me deve dez dólares, Don.

A cabeça de Jude se alternou entre o pai e a mãe.

– Como?

Don olhou para o teto e soltou um suspiro derrotado antes de pegar a carteira no bolso de trás da calça, puxar uma nota e passá-la para a esposa.

– Uns quinze anos atrás, ela apostou comigo que vocês acabariam juntos – Don revelou, seu rosto uma combinação de alegria e insatisfação. – Essa mulher sabe tudo, nunca vi.

– Sei mesmo – Maria disse, com uma piscadela para o marido. – Mas isso é maravilhoso – ela comemorou, virando-se para Jude e Indira. – Você sempre levou jeito para manter os pés dele no chão.

Indira soltou uma risada alta.

– É uma maneira bem branda de expressar isso, sra. Bailey.

Jude revirou os olhos.

– Eu que o diga.

Maria abriu um sorriso simpático e passou outro pãozinho ao filho.

– E quais as novidades, sra. Bailey? Ainda está no programa Better Beginnings de educação?

A mãe de Jude soltou um suspiro desesperançado.

– O lugar não se sustenta sem mim, sendo sincera.

Jude concordou, tentando esconder um sorriso.

– É verdade.

Falando depressa, ela revelou a redução no financiamento e, consequentemente, no número de funcionários que trabalhavam na escola de Educação Infantil; comentou ainda as intermináveis questões administrativas com que precisava lidar. Apesar da longa lista de problemas, não conseguiu evitar contar uma história após outra sobre seus alunos fofos. Maria adorava falar, e não parou nem para respirar antes de entrar em um drama recente que se passara no clube de leitura da vizinhança e estava atrapalhando o planejamento da festa de fim de ano.

– Só posso dizer que é melhor a pessoa não ter teto de vidro quando começa a espalhar boatos assim.

– Os Anderson são péssimos – Indira concordou, muito mais inteirada dos escândalos do bairro que o próprio Jude.

Maria sorriu para ela antes de fazer um gesto com a mão e mudar de assunto.

– Jude, quando você volta a trabalhar? – a mãe perguntou, levando outra garfada à boca. – Ainda lhe restam treze meses, não é?

Jude havia se esquecido de como podia ser repentino, aquela transformação em que uma coisinha quase inofensiva era dita e um tipo de ansiedade aguda e desenfreada cravava os dentes em suas entranhas.

A realidade de seu futuro o atingiu, e um medo pegajoso se acumulou em seu peito, um lembrete de toda dor e de todo sofrimento que existia fora da bolha de amor que dividia com Indira. Jude sentiu tudo e nada ao mesmo tempo, como se cada nervo e cada músculo de seu corpo tivessem entrado em curto-circuito enquanto seu cérebro perdia a conexão com o corpo.

– Jude? – a mãe o chamou, deixando o garfo de lado. – Você está bem?

Ele piscou algumas vezes e conseguiu se forçar a fazer que sim com a cabeça. Indira procurou a mão dele por baixo da mesa e tentou segurá-la, porém Jude a puxou de volta.

Não suportaria o conforto do toque dela sem ruir. Seu coração se estilhaçara no peito, os cacos irregulares do passado reabrindo as cicatrizes.

Foi difícil fazer a boca voltar a funcionar, destravar o maxilar, contudo ele conseguiu se obrigar a dizer:

– Sim. Desculpa. – Jude pigarreou algumas vezes. – Tenho de voltar em pouco mais de duas semanas. Mas vou participar de algumas simulações de emergência antes de ir.

– Para onde você vai? – Don perguntou, olhando atentamente para o filho, que não o encarava.

– Não sei – Jude respondeu, dando de ombros. – Em geral só descubro no último minuto. A necessidade e a organização podem mudar o destino de uma hora pra outra.

Jude sentia os olhos de Indira nele, implorando para que a encarasse. Mas ele não podia fazer aquilo. Não ia fazer aquilo.

Havia sido um erro. Um enorme erro. No que Jude estava pensando quando deixara seu coração idiota metê-lo naquela confusão? Agora estava fadado a magoar Indira.

– Temos muito orgulho do seu trabalho, filho – Maria disse, inclinando-se para levar a mão à bochecha dele. – Você é um herói. Fico impressionada.

Jude teve que engolir a bile ácida e pungente que subia por sua garganta.

Os pais continuaram fazendo perguntas e puxando papo. Jude fez o seu melhor para responder de maneira tão normal quanto possível, enquanto paredes pareciam se fechar em volta de seus pulmões. Pelo peso dos olhares de todos à sua volta, no entanto, ele sabia que não estava sendo muito convincente.

Indira se encarregou da maior parte da conversa. Sua risada, contudo, era como uma faca cravada na barriga de Jude quando se deu conta do quanto sentiria falta dela. Do quanto já sentia. Indira estava bem ali, ao seu lado, porém ele podia sentir o tempo sendo roubado deles, um muro sendo erguido tijolo a tijolo entre os dois. Com tantas coisas ruins presentes em seu DNA, como seu coração podia desejar mais?

Depois de um tempo, eles começaram a limpar a mesa, Maria guardando as sobras em potes enquanto Don e Indira carregavam o lava-louça. Jude trabalhou com lentidão, concentrado na sensação do prato em seus dedos, na pressão do garfo em sua palma.

Enfim, um bocejo em boa hora da mãe inspirou a fuga de Jude.

– É melhor eu ir pra cama – ele disse, olhando para o relógio. Mal passavam das sete da noite, mas ele não se importava.

– Ah – Maria disse, com seu sorriso se transformando num beicinho. – Assim cedo?

– A gente precisa pegar a estrada cedinho e... estou bem cansado – Jude respondeu, então fingiu bocejar.

A mãe se aproximou para abraçá-lo, entretanto o corpo de Jude se manteve rígido. Ele contou até três antes de se afastar, deu boa-noite de maneira meio desconexa, fugiu da cozinha e seguiu para a sala de TV.

Indira foi atrás dele, sem perder tempo.

– Jude – ela o chamou. Foi quase um sussurro, mas poderia ter sido um grito, a julgar pela avalanche que criou no peito dele. Jude parou à porta, com a cabeça baixa.

– Fala comigo – Indira pediu, estendendo as mãos para ele. Jude não as pegou.

– Desculpa – foi a resposta. E sua voz falhou enquanto uma lágrima rolava pela bochecha dele. – Não consigo. Acho que é melhor você me deixar sozinho.

E fechou a porta em seguida.

CAPÍTULO 29

Jude

Indira atendeu ao pedido de Jude para ser deixado em paz – mas isso fez com que ele ficasse um pouco desorientado, porque Jude sabia que ela era muito teimosa. Assim, acabou ficando com tempo demais para pensar.

Fantasmas se insinuaram, lembranças de ferimentos, agonias, vozes e gritos se somaram à sua culpa, até que seu cérebro era uma confusão pantanosa e nevoenta que não conseguia transpor.

Jude se sentou na beirada do sofá-cama, com a cabeça nas mãos e o coração martelando o peito intensamente. Antes, pensava que merecia toda a dor – que era o preço a pagar pelo sangue em suas mãos –, mas agora que havia se lembrado de como era ser feliz só queria se desenredar dela. Livrar-se do peso de carregá-la nos ombros.

A verdade era que não queria ser deixado a sós. Não por Indira. Porque, com ela, se sentia melhor. Conseguia respirar com um pouco mais de facilidade. Ele era egoísta, e queria mais daquilo.

Jude sentia que seu tempo com Indira estava sendo roubado, no entanto ali estava ele, desperdiçando-o. Então se levantou, foi até a porta e a abriu com tudo, desesperado para ficar junto dela.

Deu um pulo quando ficou cara a cara com Indira, cuja mão estava erguida como se estivesse prestes a bater à porta.

Ela o encarou, determinada, apesar dos olhos arregalados em hesitação. Engoliu em seco, abriu os ombros e entrou. Vestia calça de pijama de flanela e uma camiseta estampada com vários Baby Yodas. Estava tão fofa que Jude achou que seus joelhos fossem fraquejar.

– Acho que a gente precisa conversar – ele disse, fechando a porta e se virando para Indira.

– Será? – ela perguntou, abrindo um sorrisinho triste.

O ar ficou preso na garganta de Jude diante do carinho esmagador que sentia por aquela mulher. Por sua perseverança constante. Parecia impossível sentir mais do que sentia por Indira. Só de respirar perto dela seu peito doía e sua garganta queimava. E isso o deixava morrendo de medo. Normalmente ele já se afogava em tanta dor que não queria arruinar o que quer que houvesse entre os dois.

Indira deu um passo na direção dele, pegou sua mão com as dela e a segurou junto ao peito.

– Eu te amo, Jude.

Ela disse aquilo com simplicidade, como se ouvir tais palavras não rearranjassem por completo cada molécula do corpo de Jude.

– Sempre te amei. Mesmo quando eu não gostava de você, eu te amava. Você era uma presença constante na minha vida, alguém em quem eu podia confiar, mesmo com a gente irritando ou provocando um ao outro. Porque você deixava eu te provocar. Você sempre foi a pessoa pra mim, Jude. Minha pessoa irritante e maravilhosa. E acho que sou a pessoa pra você também.

Jude começou a balançar a cabeça, cara a cara com ela, os olhos cheios de lágrimas. Ele puxou a mão de volta, se afastou e esfregou as palmas no rosto. Não queria ouvir aquilo. Não podia ouvir algo tão puro, doce e carinhoso e ainda sobreviver.

No entanto, Indira seguiu em frente.

– Sei que aconteceu alguma coisa com você – ela disse, sem tirar os olhos de Jude, tomado pela sensação de estar febril. – Sei que está sofrendo. Que dói. E quero ajudar. Quero estar aqui pra você.

A garganta de Jude voltou a funcionar, se abrindo e fechando para palavras e sentimentos que não conseguia pôr para fora.

– Estou com medo – Jude disse afinal, enquanto lágrimas rolavam pelo rosto. Como podia amá-la, da maneira como ela merecia, se ele não era nada além de um estilhaço de quem costumava ser? – Sou fodido pra caramba – Jude admitiu, as palavras enfim arrancadas de seu peito.

– Não estou aqui pra consertar você – ela disse, olhando bem nos olhos dele. – Estou aqui pra te amar.

A cabeça de Jude girava, as ondas de sentimentos fazendo seu sistema entrar em colapso enquanto ele tentava processar tudo o que estava acontecendo.

– Por quê? – Jude perguntou.

Indira percorreu o rosto de Jude, que sentiu o calor dela na pele. A necessidade de tocá-la era evidente em seus dedos, embora ele estivesse confuso demais para se mover.

Depois de um longo momento, Indira falou:

– Vou usar analogias e metáforas por um momento, e não quero que você revire os olhos.

Os cantos dos lábios dela se ergueram, e esse fantasma de sorriso quase o partiu ao meio.

Indira mordeu o lábio e olhou de relance para o sofá-cama.

– Posso abraçar você enquanto conversamos? – ela pediu.

– Sim, por favor – Jude assentiu, as palavras se atropelando e saindo dele um pouco altas demais.

– Então tá. – Indira abriu outro sorriso, agora grande e reluzente. – Vem deitar – ela disse, estendendo a mão para pegar a dele.

Jude a seguiu, incapaz de dizer qualquer coisa por conta da pressão crescente na garganta, que ameaçava dilacerá-lo. Ele deixou que Indira o conduzisse até o sofá-cama e depois o acomodasse na beirada, com delicadeza. Sozinho, Jude se recostou nas almofadas, com as pernas estendidas à frente. Enquanto ela o olhava, ele parecia incapaz de fazer o ar passar pela garganta.

– Você toparia tirar isso? – Indira perguntou, puxando a manga da camisa dele.

Sem nem pensar, Jude puxou a camisa e a tirou.

Os olhos de Indira se demoraram no peito nu dele, mais precisamente onde parecia que seu coração tentava abrir um buraco para fugir. Ela balançou a cabeça com firmeza e tirou a própria camiseta. Um *top* de renda delicado cobria seus seios.

Jude passou os olhos pela pele dela.

Indira se sentou ao lado dele e, sem hesitar, deitou o corpo sobre o de Jude.

– Todo mundo sempre fala sobre contato da pele quando se trata de pais e bebês, mas adultos também precisam disso – ela disse contra o peito de Jude, passando os dedos pela clavícula dele. – Ou talvez seja só que eu tenha mão boba mesmo.

Ela soltou uma risadinha contra o esterno dele.

Jude moveu a cabeça, e seu queixo levou os cachos dela consigo.

– Isso faz com que eu me sinta mais… calmo. Seguro.

Eles passaram alguns minutos em silêncio, o peito de ambos se movimentando em consonância com a respiração. Jude devia estar imaginando coisas, porém o que parecia era que até os batimentos cardíacos dos dois estavam sincronizados.

– Está pronto para as analogias? – Indira perguntou, e ele sentiu que ela sorria.

Jude precisou de um momento para recordar-se do que Indira estava falando. Quando seu cérebro pegou no tranco, ele fez que sim.

Ela gemeu quando Jude desceu os dedos por sua pele quente, os de uma mão passando pelo ombro e depois pelo braço para se entrelaçar com os seus, e os da outra parando na sua cintura.

– Imagina que sua mente é uma casa – Indira disse. – Talvez esteja um pouco desgastada pelos anos de uso, mas é sua.

Jude assentiu.

– Agora imagina que, um dia, sem sua permissão, um monte de gente aparece e começa a dar uma festança. Coisas são atiradas e quebradas, móveis são mudados de lugar, e são tantas pessoas que você não tem como impedir. Enquanto tenta resolver um problema, dez outros aparecem. Está acompanhando?

– Sim – Jude disse, com um sussurro rouco.

– Então, depois do que parecem ter sido dias e dias de festa, as pessoas vão embora. Mas não arrumam a bagunça. E você fica ali, vendo só caos na casa que costumava amar. Objetos quebrados, lixo acumulado em toda parte e rabiscos nas paredes. Seu espaço foi invadido e não parece mais seu. E você nem faz ideia de por onde vai começar a arrumação. Consegue imaginar isso? – Indira perguntou, com a voz branda.

Jude sentiu os lábios dela pressionarem suavemente sua pele.

– Consigo, sim.

– Todo dia, a necessidade de arrumar aumenta, e você não consegue fazer nada a respeito. Os itens de que precisa sumiram ou foram destruídos. E isso só torna a confusão maior. Você se sente paralisado, porque teve que assistir à destruição do seu espaço, e isso dói, é demais, e você começa a se fechar.

Jude continuou abraçando Indira, seus dedos firmes nela, aplicando uma pressão delicada no quadril e na lateral da barriga. Ela se aconchegou mais nele.

– Então eu apareço. E vejo parte da bagunça. Não tudo, tem uns cômodos que são só seus e sempre vão ser seus. Talvez você nem me deixe entrar pela porta da frente até decidir que está tudo bem, que confia em mim. Fico feliz em esperar do lado de fora, pelo tempo que for preciso. Mas decido que quero ajudar na arrumação. Quero ajudar a tirar os móveis danificados, esfregar as paredes e colar os pratos quebrados. Porque conheço sua casa e gosto dela. Então peço que me deixe ajudá-lo. Peço que deixe algumas coisas menores comigo para que você possa se concentrar nas mais importantes.

– Você... – A garganta de Jude continuava travada, porém ele tentou engolir em seco para forçar a pergunta a sair. – Você gosta... da minha casa?

A mão dele mergulhou nos cachos volumosos dela.

Jude sentiu que Indira sorria. Parte dele queria estar vendo esse sorriso, mas a outra parte sabia que a força com que seria atingido acabaria com ele.

– Sim, eu gosto da sua casa, Jude. Sempre gostei. Mesmo anos atrás, quando sua casa era mais um apartamento pequeno, um tanto teimoso, às vezes imbecil e...

Jude escorregou a mão até o maxilar de Indira para erguer seu rosto para cima e levar os lábios dela até os seus.

Indira retribuiu o beijo, enlaçando o pescoço dele e o puxando para mais perto. Jude sentiu um friozinho na barriga com a sensação da boca dela na sua. Com o gosto dela. Com tudo nela.

Passados alguns minutos, Indira se afastou um pouco, descansando a testa na dele.

– Você não precisa contar as coisas por que passou no trabalho, Jude. Nunca vai precisar me contar, se não quiser. Mas também não precisa manter em segredo. Deixar que isso o corroa por medo de que vou julgá-lo. Eu nunca faria isso.

Jude assentiu pouco depois, decidindo confiar naquilo. Confiar *nela.*

Grande parte dos três anos anteriores estivera fora de seu controle. No entanto, aqui e agora, ele tinha uma escolha. E escolhia dar a Indira todo o possível.

– Quero deixá-la entrar – Jude disse, dando outro beijo nos lábios dela. – Provavelmente vou ser péssimo nisso por um tempo, mas…

– Não tem pressa – Indira disse. – Não vou a lugar nenhum.

– Jura?

– Juro.

– Eu… tenho medo – ele sussurrou no ombro dela.

– Claro que tem, Jude – Indira disse, passando os dedos por entre o cabelo dele. – Você esteve no inferno. Acho que seu cérebro pode ter se convencido de que tudo o que viu e viveu destruiu sua capacidade de ser feliz. O que não é verdade. É possível sofrer e ser amado. É preciso estar triste, rir e ficar alegre. Emoções positivas podem coexistir com as negativas. Dá pra sofrer e aprender a se curar amando alguém. O melhor jeito de começar é se dando permissão para sentir sem restrições. Sentir tudo.

Lágrimas fizeram os olhos de Jude arderem enquanto ele a abraçava tão forte quanto podia. E, com um gemido suave e doce de satisfação que reverberou pelos ossos dele, Indira o abraçou de volta. Ele levou o nariz ao cabelo dela e sentiu seu cheiro. Indira sentiu a respiração trêmula dele.

Então Jude começou a falar.

Ele contou a Indira sobre as pessoas que perdeu. Sobre todas as vezes em que falhou. Lembrava-se do rosto de cada pessoa que havia morrido em suas mãos. Mulheres que perderam a vida em consequência de doenças que podiam ter sido prevenidas. Crianças pegas no meio de guerras e conflitos, cujo futuro havia sido arrancado delas. Vítimas de embolias sem sentido e atos de violência planejados.

Sua consciência pesava, em demasia, entretanto falar a respeito desenredou o nó lentamente. Foi como se pela primeira vez em um longo tempo Jude conseguisse respirar outra vez.

– É difícil me perdoar – ele acabou dizendo, olhando para o teto.

– Se perdoar pelo quê, amor?

– Pelas pessoas que perdi.

Indira se sentou ao lado dele, de pernas cruzadas.

– Mas e todas as pessoas que você salvou?

Jude a imitou, sentando-se com as costas apoiadas na almofada rugosa do sofá-cama.

– Indira – ele disse, sentindo-se esgotado, embora também mais leve. – Perdi mais pessoas do que salvei. É uma estatística péssima para um médico.

Ela abriu a boca para dizer alguma coisa, então a fechou. Seu rosto se contraiu de um jeito que só podia querer dizer "eita". Jude viu as engrenagens do cérebro dela girando, tentando transformar o fato em algo positivo.

Algo ocorreu com Jude enquanto via sua namorada fofa pensar naquela verdade terrível. Ele começou a...Bem, Jude começou a rir.

Era uma risada áspera, alta e indescritivelmente inapropriada. Indira arregalou tanto os olhos que ficou parecendo um *emoji* horrorizado. Então Jude riu ainda mais.

– Desculpa, não tem graça – ele disse, levando uma mão ao peito e sacudindo a outra para Indira.

– Nem um pouco – ela disse, deixando escapar algumas risadinhas também. Ela soltou uma espécie de soluço involuntário, que só fez os dois rirem ainda mais. – Tipo, é simplesmente horrível.

Jude riu com mais vontade, deixando o corpo escorregar até estar deitado no sofá-cama. A sensação era *muito* boa, como se seu corpo todo operasse em uma nova frequência.

– Por que estamos rindo? – Jude perguntou, sem parar.

As mãos de Indira o procuraram e ela o abraçou, as risadas ainda sacudindo seus corpos.

– Porque, às vezes – ela sussurrou no topo da cabeça dele –, o corpo precisa rir em vez de chorar.

– Isso faz de mim uma pessoa ruim? – Jude perguntou, após recuperar o fôlego.

– Rir num momento como esse? Não – Indira cravou. – Mas o júri ainda está deliberando sobre seu jeito pedante de modo geral.

Jude soltou uma última gargalhada. Depois, começou a chorar baixinho. O que também era bom.

Indira se abaixou até os dois ficarem nariz com nariz e ela poder observá-lo, enquanto passava as unhas em seu couro cabeludo. Lágrimas rolavam das bochechas dela.

O tempo todo, ela descia e subia uma mão pelas costas dele. Sussurrava palavras de amor em sua garganta. Indira apontava uma lupa para as partes mais escondidas da alma de Jude e ainda assim sorria, feliz por conhecê-lo.

– Indira – ele disse, puxando a cabeça um pouco para trás para olhar para ela, que o encarou. Indira era sua segurança. Sua alegria. Seu chão.

– Obrigado por… – Jude ficou em silêncio por um momento, à procura das palavras certas. Nada parecia bom o bastante. – Obrigado por ser você. – Ele deu um beijo no pescoço dela e sentiu sua pulsação nos lábios. – Estou voltando a mim.

Indira sorriu, com os olhos brilhantes.

– Eu sei.

– E… eu te amo.

– Sei disso também.

CAPÍTULO 30

– Vou matar aquele filho da puta.

Indira olhou para a mãe, Angela, concordando em silêncio com o sentimento.

– Eu devia saber que ele ia armar uma dessas – Angela prosseguiu, falando de canto de boca num tom sussurrado enquanto as duas confabulavam nos fundos do celeiro onde estava sendo realizado o ensaio para o casamento de Collin.

O espaço era de tirar o fôlego. Havia luzinhas penduradas sob o pé-direito alto e nas vigas de sustentação, e uma janela em arco oferecia vista para as montanhas, diante da qual Collin e Jeremy fariam seus votos no dia seguinte.

Estava tudo perfeito.

A não ser pelo pai de Indira e Collin, que mais uma vez fazia questão de decepcionar todo mundo.

– Desculpe – disse Natalie, que era proprietária do espaço e faria a assessoria do evento, aproximando-se de Indira e Angela –, mas acho que não podemos atrasar o ensaio muito mais. Tenho uma reunião daqui a quarenta em cinco minutos.

– Claro – Angela disse. – Vou avisar Collin.

Natalie abriu um sorrisinho triste antes de voltar a se afastar.

Indira e Angela olharam na direção de Collin, que andava de um lado para o outro no canto oposto do celeiro, com Jeremy e Jude impotentes perto dele.

Angela balançou a cabeça.

– Eu achava que o que Greg fez no passado fosse imperdoável, mas ele conseguiu fazer coisa ainda pior.

Com um suspiro, ela seguiu na direção do filho.

– Só mais alguns minutos – Collin pediu, com a expressão tensa, apesar da voz casual. – Tenho certeza de que o papai vai chegar a qualquer minuto. O voo deve ter atrasado ou coisa do tipo.

Angela deu mais um passo na direção do filho e sussurrou:

– Collin.

Havia muitos sentimentos envolvidos no modo como ela pronunciou o nome do filho. *Não houve atraso no voo. Não adianta esperar. Ele não virá.*

As mãos de Indira tremiam e seu estômago estava inquieto. Uma raiva inebriante fervia dentro dela. O modo como os olhos do irmão não se fixavam em nada era como uma faca cravada e revirada no peito dela.

– Collin, a gente…

Indira foi interrompida pelo toque de um celular.

O rosto de Collin se iluminou de esperança enquanto tirava o aparelho do bolso, abrindo um sorriso aliviado.

– É ele. Eu disse que o papai viria.

– Ele não vem – Indira disse, balançando a cabeça com tranquilidade. Queria arrancar o celular da mão de Collin e atirá-lo da encosta da montanha. Queria destruir qualquer objeto que pudesse carregar as promessas vazias de Greg.

Collin atendeu.

– Oi, pai! Sei que existe esse lance de chegar elegantemente atrasado, mas talvez você tenha exagerado um pouco.

Sua voz saiu leve. Calma. Porém falhou na risada forçada ao fim.

Indira reconheceu a voz; era a mesma que usara com o pai durante toda a adolescência e até os 20 e poucos anos. Séria e franca. Calma e ávida. Com uma ansiedade controlada e um desespero de dar pena para dizer a coisa certa da maneira certa, para que assim talvez tudo pudesse entrar nos eixos. Para que pudesse conquistar o pai. Para fazer com que ele quisesse mudar.

O coração de Indira se contorcia de dor pelo pobre irmão.

– Ah – Collin falou, e sua expressão murchou. Ele deu as costas para o grupo e se afastou. – Não, claro! – Indira o ouviu dizer mesmo assim. – Sim, sim, eu entendo totalmente. Não se preocupe…

Jeremy foi atrás do noivo.

Indira nem se deu conta de que estava chorando até Jude se posicionar à sua frente, enxugando as lágrimas de seu rosto com os polegares.

– Ei – ele sussurrou, segurando o rosto dela nas mãos e o erguendo para que Indira olhasse em seus olhos. – Sinto muito.

Ela desmoronou contra o corpo dele, seus olhos molhados pouco acima do coração de Jude, seus dedos se fechando na frente da camisa dele. Jude passou as mãos pelas costas curvadas dela e sussurrou palavras gentis em seu cabelo.

– É melhor eu ir ver como meu irmão está – ela disse, se soltando.

Jude assentiu.

– Vou estar bem aqui. – Ele se inclinou na direção de Indira e seus lábios roçaram a orelha dela. – Eu te amo muito.

Indira piscou algumas vezes para se recuperar e viu o rosto da mãe entrando em foco sobre o ombro de Jude: boquiaberta e com os olhos arregalados diante da maneira como ele abraçara a filha.

Opa! Indira pretendia contar pessoalmente à mãe sobre seu relacionamento, mas perdera o dia viajando e se instalando, de modo que não havia encontrado um momento apropriado.

– Eu explico depois – Indira sussurrou ao se aproximar da mãe.

Angela segurou a mão dela com uma mão e os olhos brilhando.

– Ah, sim, você vai ter que explicar mesmo.

Indira sentiu as bochechas esquentarem – o corpo todo esquentar, na verdade – enquanto se imaginava contando para a mãe que estava apaixonada por Jude. Ela queria contar para todo mundo.

Porém, no momento, Collin vinha primeiro.

– Será que é melhor irmos juntas? – Angela perguntou, acompanhando a filha até a porta por onde Collin tinha saído.

Indira pensou por um momento.

– Deixa eu ver como ele está primeiro – ela disse. Sabia que Collin tinha a tendência de se fazer de corajoso na frente da mãe, por não querer preocupá-la. – Aí você chega para os abraços e carinhos.

– Meu ponto forte – Angela disse, parando para fazer uma demonstração ao abraçar Indira. A filha a abraçou de volta, sentindo o cheiro familiar e caloroso da mãe.

– Já volto – ela disse, soltando-se para ir atrás de Collin.

Ela o encontrou no sofá de uma antessala, com lágrimas silenciosas rolando pelo rosto. Sua boca em geral curvada em um sorriso estava irreconhecível em razão da carranca séria e das marcas de expressão que a envolviam.

Jeremy se encontrava ao lado dele, massageando suas costas.

A vontade de Indira era de arrancar a cabeça do pai. Ninguém tinha o direito de magoar Collin daquela maneira.

– Oi – ela disse baixinho, chegando mais perto dos dois.

– Oi, Dira – Collin disse, com o nariz carregado e os olhos vermelhos. Então passou a base das mãos pelas bochechas.

Jeremy abriu um sorriso triste para ela.

– Vou dar uns minutinhos pra vocês conversarem – ele disse, levantando-se e dando um tapinha no ombro da cunhada antes de sair.

Ela se sentou ao lado do irmão e lhe deu um minuto para que ele se adaptasse à sua presença. Quando estendeu a mão e apertou a dele, Collin se jogou na direção dela e começou a chorar em seu ombro.

– Eu estou bem. Estou bem – ele disse enquanto soluçava.

– Quase acredito nisso – Indira disse suavemente, sua mão traçando círculos nas costas dele.

Depois de uma inspiração trêmula, o irmão se afastou para enxugar os olhos com um lenço de papel.

– O que foi que ele disse? – Indira perguntou, tentando parecer calma. Sem sucesso.

– Não tem problema, sério – Collin disse, revirando os olhos para o teto e respirando fundo. – Estou exagerando. É todo o estresse do casamento que me deixa sensível.

Indira voltou a apertar a mão dele.

– A mentira é para mim ou para você mesmo?

Collin deu uma risadinha antes que um soluço de choro subisse por sua garganta.

– Ele não vem – admitiu, depois de outra respiração trêmula. – Surgiu algo, acho, e ele não conseguiria chegar a tempo. Mas parecia bem chateado. Pelo menos isso.

Certo. Porque se fingir de triste era tudo o que aquele homem precisava fazer para justificar suas ações tóxicas e suas promessas vazias. As expectativas em relação a pais em geral já não eram muito altas, porém Greg sempre aparecia com uma pá para nivelá-las mais por baixo ainda.

– Ele disse que talvez consiga nos visitar logo mais. No Ano-Novo.

O otimismo na voz do irmão dava a Indira ímpetos de gritar. Contudo, ela compreendia. O coração esperançoso de ambos nunca falhava em morder aquela isca – a promessa fácil do desejo de vê-los em breve, que Greg mantinha diante dos filhos, como se fosse uma cenoura.

– Collin – Indira disse, tentando controlar as próprias lágrimas. – Sinto muito mesmo. Aquele bosta.

Collin diminuiu a importância de tudo com um aceno.

– Está tudo bem, sério. Tudo bem. Eu deveria saber que isso ia acontecer. Você tinha razão – ele disse, dando de ombros.

Indira nunca havia desejado tanto se provar errada quanto naquele momento. Não tinha palavras para dizer ao irmão o quanto sentia, por isso o abraçou com força. E ele retribuiu o abraço.

– Posso pedir um favor? – Collin perguntou, depois de alguns minutos.

– Claro.

– Toparia entrar comigo e com a mamãe? Vocês são as pessoas mais importantes da minha vida. Vocês duas têm que entrar comigo.

Indira começou a chorar. Seus ombros se sacudiam e ranho escorria de seu nariz.

– Nada me deixaria mais feliz – ela disse, entre soluços.

– Isso vai acabar com a simetria dos…

– Não importa – Indira disse, voltando a abraçá-lo e logo sentindo Collin concordar.

Alguns minutos depois, ouviram uma batidinha leve na porta. A cabeça de Angela surgiu.

– Tudo bem aqui? – ela perguntou, indo até os filhos.

Os dois olharam de forma parecida para a mãe.

– Desculpa – ela disse, sentando-se do outro lado de Collin e envolvendo ambos com seus braços.

– Não é culpa sua, mãe. Você não precisa pedir desculpa.

– Ele não merece vocês dois – Angela disse, com a voz carregada de emoção. – Amo muito vocês.

Outra batida à porta interrompeu o momento.

– Sinto muito, *muito* mesmo – Jeremy disse, repetindo a frase do momento. – Mas, se o ensaio não rolar agora, Natalie vai ter de ir embora.

– Prefiro morrer a ficar sem Natalie – Collin disse, levantando-se. Ele abriu um sorriso. – Vamos, vocês duas. Temos uma entrada triunfante a fazer.

O ensaio em si correu tranquilamente (ainda bem!) e terminou em cerca de vinte minutos. Os envolvidos deixaram o celeiro, pegaram os carros e foram jantar.

– Me dá um minuto? – Indira pediu, com um beijo na bochecha de Jude.

– Não precisa se apressar – ele disse, esfregando a ponta de uma mecha do cabelo dela entre os dedos antes de deixá-la ir.

Indira deu a volta no celeiro e parou em um canto para evitar o vento. O calor da raiva a queimava por dentro.

Ela não gostava de sentir raiva. Era um sentimento desconfortável que ocupava espaço demais em seu peito quando enfim se livrava do cofre em que tentava mantê-lo trancafiado.

As duas semanas anteriores haviam sido movimentadas, e ainda tivera de viajar para o casamento, por isso havia desmarcado algumas sessões de terapia, do que agora se arrependia. Indira havia contado à dra. Kohl que ficava preocupada em não poder contar com a terapia para desemaranhar um pouco suas emoções, especialmente com a expectativa da aproximação da interação com o pai. A psicóloga havia aberto um sorriso largo e sincero.

– Tudo bem experimentar sentimentos desagradáveis – a dra. Koh dissera. – Significa que seu corpo está digerindo, está tirando o necessário da sensação e processando o restante para que possa ir embora, ou que está indicando a você o que fazer para honrar esses sentimentos. Por exemplo, expressando aos outros. E estarei aqui à sua espera quando você voltar.

Com os dedos agitados de raiva, Indira desbloqueou o celular e fez uma ligação. Enquanto chamava, ela sentia a pulsação nos ouvidos.

– Indira? – O pai atendeu com toda calma. – Oi, meu bem! Quanto tempo. Como você está?

–Você não vem para o casamento do Collin.

Não era uma pergunta, porém Indira queria que ele admitisse isso.

O pai soltou um suspiro desesperançado.

– Estou muito chateado, você não faz ideia. Mas Brooke-Anne vai lançar um produto importante e precisa de mim...

– Você não faz ideia do que sua esposa atual vai lançar no Instagram. Esse casamento vem sendo planejado há um ano, e você sabe bem disso. Só que escolheu priorizar amenidades em vez do casamento do seu filho. Não há desculpa pra isso.

Greg suspirou outra vez.

– Ah, Dira. Não. Não é isso. Brooke-Anne está se sentindo péssima, não fique brava com ela...

– Não estou brava com Brooke-Anne – Indira retrucou, com lágrimas de raiva ardendo em seus olhos. – Estou brava *com você*. É *você* que está decepcionando seus filhos.

– Não há nada que eu possa fazer, Dira – Greg insistiu, com a voz no tom certo para passar a impressão de que estava devastado. Mentiroso ordinário. – Minhas mãos estão atadas. Acredite em mim: estou tão chateado quanto você e seu irmão por não poder comparecer. É uma grande decepção.

Indira tentou dizer alguma coisa, porém um soluço traiçoeiro subiu por sua garganta. Ela odiava chorar de raiva.

– Indira, meu bem, não chore – o pai pediu. – Por favor. Vou dar um jeito de compensar isso, eu juro.

De repente, ela se viu com 8 anos de idade, sentada na escada de casa, vendo o pai colocar as camisas, os sapatos e os relógios em uma mala. *Não chora*, ele havia dito, abrindo um sorriso apaziguador para a filha enquanto o mundo dela ruía e seus batimentos cardíacos faziam seu corpo sacudir em meio a um turbilhão de pensamentos. *Vou ver vocês dois o tempo todo. Eu juro.*

– Você se engana assim fácil? – Indira perguntou, erguendo a voz. – Acha mesmo que pode fazer algo pra compensar? A perda de um momento como esse? Ainda mais levando em conta que perdeu *todos* os outros momentos das nossas vidas?

– Não use esse tom comigo, Indira – ele a repreendeu. – Ainda sou seu pai.

– Não, você não é, não – ela disse, e sua voz encontrou uma firmeza que não representava o colapso de seu coração. – Pais se esforçam. Pais se importam com os filhos. Com seus sentimentos. Pais fazem tudo o que podem para ir a formaturas, para se lembrar de aniversários, ou mesmo para conferir como os filhos estão indo, droga. Você só faz promessas vazias, que estou cansada de ouvir.

– Isso não é justo, Dira. Faço o meu melhor. Sei que não sou perfeito, admito isso sem problemas. Mas me esforço.

Indira ficou de queixo caído.

Ele acreditava mesmo naquilo. Seu pai, o homem que havia perdido tudo por opção própria enquanto tentava construir outras famílias, acreditava de verdade que estava fazendo o seu melhor.

Finalmente, *finalmente* tudo se encaixou. Ele nunca compreenderia como havia falhado com os filhos. Nunca entenderia a dor que havia causado. E gritar, chorar ou se abrir para ele não mudaria essa ausência.

Indira não precisava dele. Não precisava de sua aprovação, de sua presença nem mesmo de seu amor. Não precisava perseguir a ideia de um homem que a fazia se esforçar tanto para obter algum afeto.

Ela merecia ter amor, tal como era. E precisava começar a amar a si mesma, a desapegar-se daquilo que a magoava.

– Quero que saiba de uma coisa – Indira disse, interrompendo as tentativas de defesa dele. – Quando a gente desligar, vou fazer todo o possível para esquecê-lo. Vou descarregar todo esse peso, semana após semana. Vou fazer terapia e falar a verdade sobre o pai de merda que você foi. Sobre todas as promessas quebradas. Sobre todas as vezes em que você deixou seus filhos se perguntando por que não eram dignos de amor. E vou me curar. Vou me cercar de pessoas que me amam. Que me valorizam. Vou saber que sou o bastante. Já você… Você vai envelhecer. E vai ter mais esposas. Mais filhos. Mesmo assim, vai acabar sozinho, sufocando sob o peso da dor que causou a tanta gente. Aí talvez compreenda.

– Indira…

– Não entra mais em contato comigo.

CAPÍTULO 31

Indira

O casamento de Collin e Jeremy foi o mais próximo de perfeito que um dia podia ser.

Com um nó na garganta e cada centímetro de seu corpo tomado pela emoção, Indira entrou ao lado do irmão, que segurava firme sua mão de um lado e a da mãe do outro.

Durante todo o trajeto até o outro lado do celeiro, Jude manteve os olhos puros e francos em Indira, com uma abertura que ela achara que nunca voltaria a ver nele.

Indira chorou em silêncio a maior parte da cerimônia. As lágrimas que rolavam de seu rosto eram de alegria, diante da promessa de Jeremy e Collin de se amarem para sempre. Ela não poderia escolher um homem melhor para o irmão.

– Eu *amo* casamentos – Lizzie disse algumas horas depois, entornando um gole de sua taça de vinho, com o braço de Rake por cima de seus ombros. – Um dia inteiro celebrando o amor? É demais!

Indira, Thu, Harper e seus pares riram da declaração inebriada de Lizzie. Estavam todos sentados a uma mesa redonda nos fundos, que Harper havia conseguido segurar, longe o bastante dos alto-falantes e da pista de dança para que o barulho não os incomodasse.

– Você se superou com esse bolo – Dan, namorado de Harper, comentou, batendo continência para Lizzie.

Ela curvou o corpo para a frente, em agradecimento.

– Os noivos deixaram claro que não queriam um bolo explícito – ela disse, revirando os olhos. – Aparentemente, esse é um evento fino, e um bolo parecendo um pinto gozando destoaria.

Dan riu tanto que engasgou. Harper teve que rir também, dando tapinhas em suas costas. Ele pegou a mão dela e deu um beijo na palma quando se recuperou, sorrindo para a namorada como se ela fosse o sol.

– Ah, Alex! É a nossa música – Thu disse, batendo no joelho do namorado quando a faixa mudou. – Vamos dançar.

– É "Disturbia", da Rihanna – Harper disse a Thu, franzindo o nariz.

– Legal, né – Thu comentou, puxando Alex, que tinha as bochechas coradas e um sorriso bobo no rosto. Ele a seguiria aonde quer que ela fosse.

Indira se aconchegou no peito de Jude, enquanto ele a abraçava por trás e os dois viam de longe o pessoal dançando na pista. Ele beijou o topo da cabeça dela.

– Vou pegar um ar – sussurrou no ouvido dela.

– Quer que eu vá com você? – Indira indagou, virando-se para ele. Jude não estava completamente confortável com o excesso de barulho e de gente, porém se virava bem, saindo várias vezes para caminhar quando a ansiedade começava a bater.

– Não, fica aqui com suas amigas – ele disse, sorrindo e acariciando a bochecha dela com o dedão. – Não vou demorar.

Ela lhe deu um beijinho, soltou-se dos braços dele e o observou se afastar. Quando voltou a se virar para a mesa, percebeu que Lizzie e Rake também tinham saído.

Uma risada alta chamou sua atenção para uma porta no exato momento em que o casal desaparecia por ela, Lizzie apertando a bunda de Rake. Harper também viu, e ela e Indira se entreolharam antes de irromper em risos.

– Algumas coisas nunca mudam – Harper comentou, com as bochechas coradas.

– Ainda bem.

Indira brindou com Harper e Dan antes de tomar um gole de sua taça.

– Muito bem, querida, chegou a hora de se explicar – uma voz familiar disse, perto de Indira.

Ela olhou para cima, sorrindo para a mãe.

– Quem? Eu?

Angela se sentou e pegou a mão dela.

– Sim, você. A moça que estava bem juntinho de Jude Bailey até agora. O mesmo Jude Bailey que uma vez você tentou jogar na frente do meu carro quando eu estava saindo para ir ao mercado.

– Foi um acidente! – Indira mentiu.

Angela olhou para ela como se não fosse se deixar enganar.

– Ele tinha acabado de roubar minha bicicleta – Indira resmungou.

– Quando isso aconteceu? – a mãe perguntou com os olhos brilhando e se aproximando da filha. – Ou melhor, *como* isso aconteceu?

Indira riu e deixou a cabeça cair nas mãos.

– Você sabe o que dizem por aí: é melhor manter os inimigos de infância por perto.

Angela deu um tapa na coxa da filha.

–Detalhes, Dira!

– Não sei – Indira falou, olhando para a mãe e sentindo as bochechas esquentarem só de pensar no fato de que Jude era dela. – A gente estava meio que se ajudando a lidar com algumas coisas e…

Indira fez um movimento bobo com as mãos.

A mãe sorriu.

– Você está feliz?

Indira confirmou com a cabeça.

– Estou. Estou muito feliz.

– Isso é tudo o que eu sempre quis pra você.

Ela deu um abraço na filha, e Indira sentiu o cheiro familiar dela. Não havia nada como um abraço de sua mãe.

– Mamãe Papadakis – Jeremy interrompeu, aparecendo ao lado delas e pigarreando de leve. – Quer dançar comigo?

Ele estendeu a mão, com um grande sorriso.

Angela sorriu também.

– Claro, querido – ela disse, pegando a mão dele. – Depois conversamos – Angela falou para a filha, dando uma piscadela.

Indira revirou os olhos, porém sorriu enquanto acompanhava Jeremy levando sua mãe até a pista de dança. Estava tocando uma música lenta, e os dois conversavam e riam o tempo todo, lançando olhares frequentes para Collin, que conversava animado com um grupo de convidados. Alex e Thu continuavam dançando, bem juntinhos, a cabeça dela descansando no ombro do namorado, que sorria.

Harper e Dan permaneciam à mesa, com os corpos próximos. Ele ofereceu uma garfada de bolo a ela, que riu e lambeu os lábios, então disse algo que o fez rir.

– Dira?

A voz soou tão próxima que Indira deu um pulo. Quando se virou, deu de cara com Chris, que pairava sobre ela.

– *Xi* – Indira disse, franzindo a testa.

– Posso me sentar aqui um minuto? – ele perguntou, apontando para a cadeira livre ao lado dela.

Indira lançou um olhar inexpressivo para ele por um momento, mas acabou fazendo um gesto para que se sentasse.

– Fica à vontade.

Chris puxou a cadeira, meio sem jeito, e se sentou, parecendo inquieto. Seus olhos e seu joelho não sossegavam.

– Eu... hã... como você está? – ele perguntou, tossindo.

Indira olhou para o ex, forçando-se a encará-la.

– Estou ótima – disse, com sinceridade.

Chris balançou a cabeça algumas vezes, pressionando os lábios um contra o outro, em uma linha fina.

– Que bom, que bom – ele disse, ainda mexendo a cabeça.

Indira deixou que um silêncio desconfortável perdurasse enquanto o avaliava.

– Eu, *hum*, só queria me desculpar – Chris por fim soltou, olhando para ela e desviando o rosto em seguida.

Mais silêncio.

– Por tê-la traído – Chris disse, de um jeito um pouco mais leve, afinal olhando nos olhos dela. – Por machucar você.

– De onde veio isso? – ela perguntou, direto e reto.

Chris soltou uma risadinha sofrida.

– Bom, a verdade não me faz parecer nem um pouco menos imbecil, mas ver como você e Jude estão felizes juntos... doeu um pouco. E isso meio que me fez perceber o jeito merda como lidei com tudo. Sinto muito.

Indira mordeu o lábio inferior enquanto pensava a respeito. Olhou para Chris, o homem que achara que amava. A pessoa com quem desejara tanto se sentir contente.

Isso nunca teria sido possível.

– Eu perdoo você – ela disse, com sinceridade. – Foi bem ruim dar de cara com aquilo, mas acho que está bem o que acaba bem.

Indira não queria mais carregar aquela mágoa; dava tanto trabalho sustentá-la que não valia a pena. Sua vida parecia plena demais no momento para que continuasse de má vontade com relação a Chris. Os dois ficaram sentados ali, em um silêncio confortável, observando o desenrolar da festa.

– Não faz aquilo com mais ninguém – Indira aconselhou, e seus olhos encontraram Lauren, do outro lado do salão, trançando o cabelo de uma daminha. – Não machuca mais ninguém traindo desse jeito. Não é justo. Não é certo.

Chris concordou e baixou os olhos para a própria perna.

– Não vou mais fazer isso.

Indira deixou o silêncio retornar antes de pigarrear e mudar o tom da conversa.

– Lauren está muito bonita hoje. Ela é areia demais para o seu caminhãozinho.

Chris deu risada e olhou para a namorada. Os cantos de seus lábios se ergueram.

– Eu concordo.

Depois de um momento, ele voltou a falar.

– Você parece diferente com o Jude.

Chris acenou com a cabeça para ele, que entrava pela porta oposta do celeiro.

– Como assim? – Indira perguntou, com os olhos fixos no rosto bonito do namorado, o corte fino de seu terno provocando um efeito devastador nela.

Os olhos de Jude enfim pousaram em Indira. Ele sorriu e seguiu na direção dela. Ela quase riu quando Jude franziu a testa e acelerou o ritmo ao notar Chris sentado ao seu lado.

Chris deu de ombros e tomou um gole de sua bebida.

– Quando você olha pra ele… parece, sei lá, que se ilumina. Você o olha como se ele fosse a pessoa mais especial do mundo, e ele olha pra você do mesmíssimo jeito. É… *hum*… fico feliz por você.

Indira olhou para Chris por um momento antes de voltar a se concentrar em Jude.

– Também fico feliz por mim. – Ela abriu um sorriso livre.

Indira se levantou e seguiu na direção do namorado, louca para beijar aquele rosto fofo e fazer comentários sarcásticos em suas orelhas grandes. Rir, abraçá-lo e despejar toda a sua felicidade nele.

Jude a olhava como se quisesse fazer exatamente o mesmo.

No entanto, a sensação de que alguém a observava a fez perder o foco. Só então Indira notou que Lauren acompanhava sua aproximação com nervosismo.

Será que a pobre moça achava que ela estava prestes a confrontá-la? Indira queria ignorar Lauren, mas algo a incomodou e, antes que percebesse, fez um desvio. Lauren havia terminado de trançar o cabelo da daminha e estava sozinha.

– Oi – Indira disse, mantendo-se a alguns passos de distância.

– Oi – Lauren disse, prendendo uma mecha de cabelo atrás das orelhas. – Você está linda. Adorei o vestido.

– Obrigada. Tem bolso e tudo – Indira disse, enfiando as mãos nos bolsos para demonstrar.

Lauren assentiu, impressionada.

As duas ficaram num silêncio desconfortável por um momento, os olhos de ambas passeando pelo salão.

– Você me odeia? – Lauren perguntou, constrangida.

Indira piscou.

– Não, não odeio você – ela respondeu. Lauren não era bem sua pessoa preferida no mundo, entretanto não fora ela quem a traíra. – Tipo, não posso dizer que gosto de você ou que quero continuar a ver você e o Chris depois do casamento, mas não, não a odeio.

Lauren balançou a cabeça, mordendo o lábio.

– É justo. Eu… desculpa. Por ter participado de tudo.

Foi a vez de Indira fazer o mesmo gesto.

– Me desculpa por não ter sido muito legal com você nos eventos anteriores a este – ela disse, acenando em volta.

As duas deixaram a poeira assentar por um momento. Indira olhou por cima do ombro e notou que Jude a aguardava ali perto.

– Não importa o que aconteça – Indira disse, tirando os olhos do namorado por um momento –, espero que seja feliz.

Lauren piscou algumas vezes, com os lábios entreabertos.

– Você também – ela sussurrou.

Indira fez um movimento leve com a cabeça e foi embora.

Ela foi até Jude e afundou nele, em um abraço apertado.

– Está tudo bem? – Jude perguntou, com certo nervosismo na voz. Indira o apertou ainda mais.

– Perfeito.

Jude beijou o topo da cabeça dela e os dois ficaram balançando ao som da música por um momento.

– Quer dançar comigo? – ele convidou, arqueando uma sobrancelha.

Indira olhou para a pista de dança lotada, apertando os lábios.

– Sério? Até eu estou achando meio lotada.

Jude sorriu e se inclinou para colar a testa dele na dela.

– Vem comigo.

Ele entrelaçou os dedos nos de Indira e a puxou até uma porta lateral. A noite fresca de novembro atingiu Indira no mesmo instante, e sua expiração formou uma nuvem branca quando eles saíram do salão. Jude soltou a mão dela, tirou o paletó e cobriu os ombros de Indira com ele. Então o fechou em volta dela e levou a mão ao seu queixo, erguendo o rosto dela e passando o dedão por seu lábio inferior. Os olhos de Indira se fecharam diante da onda de sensações que percorreu seu corpo.

Então os lábios de Jude se aproximaram – gentis, devotados, com um toque de voracidade –, e o calor do beijo foi direto para o peito dela.

Uma mão pegou a cintura de Indira e a outra a nuca, enroscando-se em seu cabelo e aprofundando o beijo. O tilintar da música os envolvia em meio à noite fresca, penetrando seus ossos enquanto os dois dançavam juntos sob o céu preto como tinta.

– Você é um bom dançarino, estou chocada – Indira disse contra os lábios de Jude. Uma risada retumbou no peito dele, e Indira chegou mais perto do som, para sentir a vibração na pele.

– Acho que os beijos estão distraindo você do fato de que tenho dois pés esquerdos – ele sussurrou.

– Não importa, não quero que você pare – Indira disse, olhando para ele.

Os olhos de Jude, que sorria enquanto olhava para ela, eram piscinas fundas de emoção, com rugas nos cantos.

– E eu sou incapaz de lhe negar o que quer que seja.

Ele voltou a beijá-la, abraçando-a bem juntinho ao corpo enquanto dançavam sob o luar.

CAPÍTULO 32

– A única coisa que ainda me incomoda – Indira disse algumas horas depois, quando já estavam de volta ao pequeno chalé próximo à propriedade, olhando para o teto e com os braços cruzados atrás da cabeça – é o trabalho astronômico que daria para tirar toda aquela manteiga de amendoim. Será que existe algum tipo de recompensa sexual que vale isso? Pensa em como é difícil limpar uma colher de manteiga de amendoim. Imagina só com pele e pelos.

O corpo todo de Indira estremeceu.

Jude virou a cabeça para olhar para ela. Sua testa estava franzida como se ele estivesse pensando a sério naquilo. Então um sorriso surgiu em seus lábios até então rígidos e uma gargalhada escapou.

– Você é tão esquisita – Jude disse, puxando-a para mais perto. – Eu te amo.

Os dois riram por um momento.

– O que sua mãe disse sobre a gente? – ele quis saber, enrolando um cacho dela no dedo e tentando soar casual. Indira notou a leve trepidação na voz do namorado e sorriu, porque aquilo era muito fofo.

– Ela ficou se perguntando se eu tinha sido vítima de uma maldição ou entrado para um culto. Uma reação normal.

Jude fez cócegas na lateral da barriga de Indira, que soltou um gritinho.

– Estou falando sério! – ele disse, chegando mais perto outra vez.

– Ela disse que está feliz porque eu estou feliz – Indira contou, virando-se para Jude, pondo um braço e uma perna em cima dele e enfiando o nariz no pescoço dele. – Chocada. Mas feliz.

Jude riu, e ela sentiu o arzinho que saiu do nariz dele tocar sua bochecha.

– Bom, posso não estar sendo muito criativo, mas isso também me deixa feliz.

– Eu não achava que você era um poeta mesmo, meu *gremlin* do amor.

Ele soltou um suspiro derrotado.

– Continuo sendo a favor de parar com os apelidos.

– Você não gostou, meu piratinha?

– E fica ainda pior – ele lamentou, pressionando os lábios contra o cabelo dela.

Os dois ficaram abraçados por um momento, o silêncio naquele pequeno refúgio os envolvendo como um cobertor. Indira estava satisfeita – e confortável –, porém um medo pontiagudo subiu por entre suas costelas e sua garganta.

– O que vai acontecer quando você for embora? – ela sussurrou.

O corpo todo de Jude enrijeceu, como se Indira o tivesse eletrocutado. O ar entalou em sua garganta. Ela estendeu a mão e a levou ao maxilar dele. Jude derreteu ao toque, soltando todo o ar e curvando os ombros.

Ela viu a tristeza nos olhos dele – todas aquelas sombras e rugas que aguçavam seus traços – e se perguntou com o que se pareceria um coração partido.

Uma fissura lenta e sutil separaria as câmaras, cortando o suprimento de sangue e oxigênio? Ou o órgão ficaria estilhaçado? Explodiria num milhão de cacos, que se cravariam nos tecidos e nos ossos em volta?

A julgar pela dor que ela sentiu no peito, devia ser um pouquinho de cada coisa.

– Jude?

– Vou voltar – ele disse, baixinho, a voz no fio da navalha. – Vou cumprir os treze meses de serviço que faltam. Vou escrever e fazer ligações por áudio e vídeo em toda oportunidade que aparecer, se estiver tudo bem pra você. E aí vou voltar pra casa.

Indira engoliu em seco, visualizando aquela realidade sombria, cujo peso invisível recaía sobre ambos.

– Vou fazer o que for preciso pra ficar com você. Não me parece certo pedir que você espere por mim. Mas tomara que… tomara que você me aceite quando eu voltar.

Lágrimas quentes começaram a rolar pelas bochechas e pela ponta do nariz de Indira, aterrissando na cama.

– Seu bobo – ela disse, pressionando a testa contra a dele. – Sou sua, quer você esteja aqui, quer esteja em qualquer outro lugar no mundo. Mas não foi isso o que eu quis perguntar.

– Então foi o quê?

A voz de Jude falhou e seus ombros relaxaram aliviados. Ele chegou ainda mais perto dela.

– O que vai acontecer com *você*, Jude? Como pode continuar fazendo isso? Se colocando numa situação que o deixa tão mal?

Jude engoliu em seco e coçou a testa com o polegar.

– Vai ficar tudo bem, Dira – ele respondeu, com a voz trêmula. – É só mais um ano. Então vou voltar pra casa e…

– E o quê? Vai carregar ainda mais peso sobre seus ombros? Mais dor e trauma?

– Não quero conversar sobre isso – Jude respondeu, sentando-se na beirada da cama, sem olhar para ela.

Indira o observou, os olhos passando pelos músculos rígidos das costas, o movimento brusco da inspiração e da expiração.

– Não há nada que eu possa fazer – ele disse, sem emoção na voz. Como se fosse outra pessoa. Indira odiou aquele desapego. – Assumi um compromisso. Assinei a papelada. E não foi por altruísmo. Vou sair dessa sem dívida estudantil. Devo mais um ano à OGCS. Depois estou livre.

Depois vai estar livre mesmo?, Indira quis perguntar. Quis gritar. Era possível ser livre com todo o trauma que ele havia internalizado?

– Só não posso… *não posso*, merda… desperdiçar o tempo que temos juntos pensando nisso. Quero aproveitar cada segundo com você.

Ele se virou, com os olhos carregados de mágoa, fogo e desejo. Então estendeu a mão para ela, colocou-a em seu colo e a abraçou com força. Indira enlaçou seu pescoço, desejando poder se dissolver nele.

– Você é preciosa demais pra mim, Dira – Jude sussurrou, passando os lábios pela pele dela antes de lhe dar um beijo na base da garganta e sentir sua pulsação ali. – Amo abraçá-la. Não quero ter que soltar você.

Indira passou as mãos pelo cabelo dele, num gesto de ternura que fluía do peito para a ponta dos dedos.

– Pelo menos esta noite – ela sussurrou no ouvido dele, sentindo um arrepio percorrê-lo –, você não precisa.

Indira plantou beijos leves na bochecha de Jude, depois no maxilar, até chegar tão perto da boca que podia sentir o calor dele nos lábios. Então ficou ali, prolongando cada momento doce e cortante de desejo. De anseio.

Ela sentiu o friozinho na barriga da antecipação se transformando em algo lindo e selvagem.

A respiração ofegante de ambos fazia os peitos se encontrarem, e Indira não sabia por quanto tempo mais se seguraria, se impediria de reivindicar a boca dele. De sentir o corpo dele.

Finalmente – *finalmente* –, Jude encurtou a distância entre os dois. Em um movimento lento e intencional, ele provou os lábios dela, despertando cada terminação nervosa até que o coração de Indira pulasse no peito.

Então ele cravou os dentes nos lábios dela, mordiscando, arrancando um arquejo seguido de um gemido da garganta dela, enquanto a beijava tal qual um homem se afogando em busca de ar.

Indira o empurrou na cama e depois montou em cima dele, beijando-o com todo o seu ser. Os gemidos suaves e entrecortados de satisfação de seu amado faziam o sangue dela ferver.

– Nunca vou superar a sensação de beijar você – Jude disse, pegando a barra da camiseta dela e tirando-a sem deixar que se passasse mais de meio segundo entre seus beijos.

Ela agradeceu pelos dois terem tirado a roupa do casamento e vestido algo mais confortável assim que voltaram, pois agora o processo de se despir era muito mais rápido.

Jude inverteu as posições deles e montou em Indira, as pernas emaranhadas com as da namorada. Ela acariciou a panturrilha dele com a sola do pé, adorando a sensação dos pelos contra a pele.

– Olha só pra você – Jude disse, com a mão espalmada sobre o coração dela. Então escorregou a mão para pegar um seio e traçar círculos no mamilo com o polegar, depois chegou à barriga e ao quadril. Brincou com ela, subindo e descendo as costas dos dedos pela parte interna de suas coxas. Indira puxou o ar e tentou ficar ainda mais perto daquele toque. Ele voltou seus olhos fogosos para ela. – Nunca vi nada tão lindo.

Indira gemeu e deixou a cabeça cair contra o colchão. Parecia que uma febre alta havia tomado conta dela, ameaçando queimá-la viva.

– Deixa eu te beijar bem aqui? – Jude enfiou um dedo nela. – *Uau*, você está toda molhada – ele murmurou, levando a outra mão à boca e pressionando os nós dos dedos contra os dentes.

Indira se apoiou nos cotovelos.

– Quero provar *você* – ela disse, estendendo uma mão ávida na direção do pau quente e duro dele. – Posso?

Ele projetou os quadris enquanto Indira passava o polegar pela cabeça, depois descia mais a mão. Ela ficou com água na boca, acometida pelo desejo enquanto o imaginava se desfazendo.

Jude se apressou em assentir, com as bochechas coradas, os olhos arregalados e a respiração entrecortada.

– Eu é que não vou discordar – Jude disse, enquanto Indira o acariciava com a pressão que sabia que ele gostava.

– É a primeira vez então – ela disse, e os olhos de ambos se encontraram. Como um casal de bobos apaixonados, eles riram.

Indira voltou a acomodá-lo, arrastando a boca aberta por seu corpo, provando, lambendo e mordendo até que ele estivesse ofegante e agarrasse seus cabelos para guiar sua cabeça. Ela resistiu por um momento, arrastando os dentes pelo osso do quadril dele e afagando logo abaixo.

– Não consigo…

– O quê, bebê? – Indira perguntou, voltando seus olhos grandes e inocentes para ele antes de lamber toda a extensão de seu pau e enfiá-lo na boca.

– Ter o bastante de você – Jude soltou, deixando a cabeça cair para trás enquanto Indira o chupava mais. Ela gemeu, adorando o gostinho dele e a proximidade. Não conseguia tirar os olhos do rosto de Jude, que mantinha os lábios entreabertos e oferecia todo o corpo a ela. Confiando profundamente em Indira. Completamente.

– Isso é tão bom – ele sussurrou, com a voz rouca e entrecortada enquanto a boca dela subia e descia por seu pau. – É perfeito.

As mãos dele, ainda enroscadas no cabelo dela, começaram a se mover mais rápido. Indira se afastou por um momento para se concentrar na cabeça do pau e desfrutar dos gemidos dele.

– Espera. Espera. Ainda não estou pronto – Jude pediu, recuando um pouco para impedi-la de prosseguir. Ela fez biquinho. – Vem aqui – Jude disse, puxando os quadris dela mais para cima em seu corpo. Indira obedeceu, sentindo o prazer correr em suas veias. – Assim – ele instruiu, virando-a para que pairasse sobre sua boca e ficasse de frente para suas pernas.

Ela precisou de um momento para entender o que ele queria, em meio ao transe, então lhe lançou um sorriso safado por cima do ombro.

– Tudo bem? – Jude perguntou, agarrando a bunda dela e a abrindo para si.

Indira soltou um "sim" engasgado, arqueando as costas e agarrando o lençol quando ele levantou a cabeça para prová-la. Ela se inclinou para a frente e voltou a passar a língua pelo pau dele, rodeando a ponta antes de ir mais fundo.

– Uau! – Jude grunhiu, recuando a cabeça e enfiando dois dedos nela. – Você é perfeita, toda apertadinha e toda molhada só de chupar meu pau. Você é incrível, Indira.

Ela perdeu o ar quando Jude torceu os dedos dentro dela e soltou um choramingo tão desesperado e necessitado que o pau dele ficou ainda mais duro em sua boca.

– Assim? – ele perguntou, voltando a pressionar o mesmo ponto.

Indira substituiu a boca pelas mãos, e ela começou a bater punheta para ele.

– Assim. Assim. *Por favor* – ela suplicou, com a mandíbula cerrada e o corpo todo contraído de desejo.

– Adoro quando você pede por favor – Jude sussurrou contra ela antes de levar a boca ao clitóris, e bater com a língua bem ali.

Os dois encontraram um ritmo, chupando, amando e devorando um ao outro até estarem ambos trêmulos.

– Bem assim – Jude grunhiu enquanto Indira movia os quadris contra a boca e o queixo dele, enquanto seus lábios molhados engoliam o pau dele. – É bom demais, não para.

Ela não parou. Não conseguiria parar. As palavras, o toque, o gosto e o prazer se acumulando, tudo a levava a um estado febril de necessidade. Um orgasmo a atingiu com tudo. Rápido. Um desejo elétrico a percorreu do couro cabeludo aos dedos dos pés.

Indira gritou, enquanto tentava lhe dando prazer com a mão, porém movimentos coordenados estavam além de sua capacidade naquele momento.

– Isso – Jude disse, enquanto o corpo todo dela se sacudia. – Tão perfeito.

Os braços de Indira cederam e ela deixou o corpo desabar, então rolou de lado e soltou uma risadinha diante da sensação inebriante que percorria seu corpo.

– Passo os dias pensando no seu gosto na minha boca. Sonho com isso – Jude disse, ajeitando-se para se deitar ao lado dela.

Outra risadinha escapou de Indira, que agarrou Jude e rolou para que ele ficasse em cima de seu corpo.

– Quero mais – ela pediu, erguendo-se um pouco para beijá-lo, sentindo o próprio gosto na boca dele.

Os olhos de Jude tornaram-se quase frenéticos, e seus movimentos, desajeitados enquanto fazia o que Indira pedira, abrindo os joelhos dela e passando a cabeça do pau por toda a umidade antes de meter fundo, fazendo os dois gritarem.

Com os quadris trabalhando em um ritmo rápido, Jude beijou os seios de Indira, chupando até que ela se arqueasse e gemesse.

– Seus gemidinhos gananciosos me deixam tão louco que nem consigo pensar direito – ele disse, com a voz tão grave e rouca que Indira quase não o ouviu. Ela não queria perder nem uma palavra que saísse daquela boca safada.

Indira soltou um gritinho de satisfação quando Jude encontrou o ponto bem no fundo dela que a fazia ver estrelas; um prazer quente subiu e desceu pela espinha de Indira, para depois se acumular em sua barriga, curvar seus dedos dos pés e contrair cada músculo e cada articulação até ela achar que partiria ao meio.

Jude entrava e saía dela, segurando firme em seus quadris, movimentando o corpo de Indira a cada estocada. O sobe e desce frenético de seu peito estava sincronizado com o dela, num ritmo entrecortado, com ambos se esforçando para respirar, perseguindo um prazer que parecia bruto e pleno demais para ser real. Quando os olhos dela enfim encontraram o rosto dele, Jude a encarava, com as pupilas dilatadas e os dentes cerrados.

– Eu te amo demais – ele grunhiu, metendo fundo e forte, depois se mantendo ali e se esfregando contra Indira, com o polegar se movendo sobre o clitóris dela.

A cabeça de Indira pressionou o travesseiro, suas costas se arquearam e seu pescoço ficou duro enquanto uma onda aguda de prazer incendiava seus nervos. Ela não conseguia aguentar. Não sobreviveria. Era tão bom que acabaria por matá-la.

– Olha pra mim – Jude pediu, dando um tapinha na bunda de Indira. Todo o ar deixou os pulmões dela diante daquela safadeza. O ardor se misturou ao prazer e fez seu sangue ferver. – Quero que você olhe pra mim quando gozar, Dira. Quero ver todas as sensações passando pelos seus olhos.

– Mais forte – ela implorou, quando Jude voltou a movimentar os quadris, o som do choque do corpo dos dois pontuando cada estocada.

– Isso – ele soltou por entre os dentes, pondo uma mão debaixo do joelho dela e apoiando a perna sobre seu ombro; então pegou um seio com a outra e apertou, abaixando depois a cabeça para morder o mamilo.

Indira gritou, enfisou as mãos no cabelo dele e puxou, depois arrastou as unhas pelo pescoço dele. Pelas costas. Deixando marcas.

Querendo que ele deixasse marcas nela também.

Indira sentiu Jude desabar sobre ela, pressionando o rosto contra o pescoço dela e soltando um gemido rouco enquanto a abraçava tão perto quanto possível naqueles últimos momentos.

O silêncio que se seguiu foi suave e lindo. Reconfortante.

Jude rolou o corpo dos dois para que ficassem de lado, com os corpos ainda colados. Ele passou uma mão pelo cabelo suado dela e beijou a ponta de seu nariz. A sobrancelha. O queixo. Então a beijou até que a respiração dele se tranquilizasse e ele se tornasse tão gentil e lânguido que pegou no sono nos braços dela.

Indira não ficou surpresa com as lágrimas que rolaram por suas bochechas enquanto ela abraçava o homem que amava. Morria de medo do que viria a seguir. De perdê-lo. De Jude não retornar para ela.

Porém o futuro ainda não havia chegado. Não era o agora. Jude estava ao seu lado. Indira sentia a pele escorregadia dele contra a sua, seu hálito quente em sua bochecha, seu cheiro a envolvendo.

Ela não queria pensar na despedida. Na possibilidade de perdê-lo – não para a distância, mas para a dor que voltaria a penetrar nos ossos dele. Para os muros que voltariam a ser erguidos.

Então o abraçou com mais força e pegou no sono também.

CAPÍTULO 33

SETE DIAS PARA A VOLTA AO TRABALHO

Jude estava bem.

Muito, *muito* bem.

A não ser pelos momentos em que estava mal.

Como agora, por exemplo.

– Depois que os suspeitos armados forem detidos, a equipe médica vai adentrar a localidade – explicou o dr. Huang, coordenador da equipe de emergência da OGCS. Ele apontou para o mapa da sede da organização, um prédio marcado com uma estrela, enquanto continuava a transmitir ao grupo os protocolos mais recentes no caso da presença de atiradores, para quando estivessem de fato em campo. – O refeitório será usado para triagem. Haverá pacientes falsos esperando por tratamento. Entendido?

Os vários membros da equipe médica presentes assentiram em concordância. A resposta de Jude saiu com alguns segundos de atraso. Seu pescoço estava rígido enquanto seu cérebro repassava as duas ocasiões distintas em que tivera de colocar aquele treinamento específico em prática. Seu estômago se revirava tanto que nem conseguia respirar.

Faltava apenas uma semana para sua partida – o local exato ainda seria determinado por seus superiores. A cada hora que passava, seus nervos eram alvo de mais uma dose de adrenalina.

Se antes a medicina era seu maior prazer, o propósito que o guiava, no momento ele queria correr para o mais longe possível de sua vocação. Correr até que as lembranças que o assombravam ficassem para trás.

Porém, Jude não podia agir desse modo. Os treze meses seguintes eram inevitáveis, inescapáveis. Era melhor se lembrar disso e aguentar firme. Entorpecer-se. Ele passou a alça da bolsa com tudo de que precisava pelo ombro e seguiu a fileira de colegas, saindo da clínica e aguardando no gramado ao lado do refeitório.

Foi então que o alarme começou a soar.

O barulho estridente e repetitivo trouxe à tona lembranças dos piores dias da vida de Jude – semanas e meses em uma cidade devastada pela guerra, com explosões constantes, pessoas deslocadas e uma necessidade devastadora que ia muito além do que as mãos dele eram capazes de fazer.

A visão de Jude se fechou e seus joelhos cederam, fazendo-o perder o equilíbrio e cair contra a pessoa à sua frente, iniciando um efeito dominó.

O dr. Huang se virou e franziu a testa para Jude.

– Preste atenção, dr. Bailey.

Jude encarou o dr. Huang, enquanto imagens dos últimos momentos de seus pacientes se insinuavam em sua mente. O alarme continuava soando, e as pessoas começaram a tirar manequins machucados do refeitório e a acomodá-los no gramado, a alguns metros de distância.

O medo devia ser visível na expressão de Jude, porque o dr. Huang olhou em volta, com seu corpo se retesando igualmente.

– Relaxa, Bailey, é só um treinamento – ele disse, com um olhar confuso e severo. Jude não conseguiu falar, mas foi capaz de concordar. Huang seguiu olhando para ele por mais um momento antes de balançar a cabeça e entrar em ação com o restante da equipe.

É só um treinamento. É só um treinamento, Jude repetiu para si mesmo, mas o sentimento se perdeu sob as sirenes penetrantes que soavam em seu sistema nervoso, enquanto seu cérebro sacolejava e seus músculos travavam.

Pessoas passavam à sua volta, pés e pernas se moviam de maneira coordenada conforme entravam e saíam do refeitório. Ordens eram proferidas e gestos eram feitos, tudo entrando e saindo da visão embaçada de Jude. A adrenalina corria por suas veias, acumulando-se na palma das mãos, agindo sobre os joelhos e os quadris, tentando fazer com que se movesse. Ele adoraria conseguir se mover.

Tiros simulados ecoaram em volta, cada onda sonora indo direto para a espinha de Jude, ricocheteando para cima e para baixo por suas terminações nervosas.

É só um treinamento. É só um treinamento. É só um treinamento, ele insistiu.

Não adiantou.

Enfermeiros e médicos passavam de um manequim a outro, enquanto ordens soavam pelos rádios, o sangue falso e os ferimentos óbvios mesmo de onde Jude se encontrava.

Ele sabia que precisava agir. Seguir em frente e fazer a triagem. Cuidar dos ferimentos daqueles que mais precisavam. No entanto, quando tentou dar um passo adiante, seus joelhos voltaram a ceder sob o peso das lembranças. Ele não sentia mais o frio do dia de novembro. Não ouvia mais a voz que anunciava periodicamente nos alto-falantes que havia um treinamento em andamento.

Ficou parado em um trecho de grama congelada, enquanto o mundo à sua volta se transformava e se dobrava até que ele se viu dividido entre a realidade e as lembranças que o assombravam.

Jude pensou nas clínicas lotadas em meio a epidemias. Na devastação de desastres naturais. No medo que irradiava de uma cidade destruída pela guerra. Sentia o calor em ondas nas costas enquanto passava de um corpo a outro. Ouvia o pânico puro das pessoas tentando se virar no caos. E sentia o cheiro. Ah, ele ainda podia sentir o cheiro de sangue misturado com fumaça e desespero.

Quando enfim conseguiu fazer suas pernas voltarem a funcionar no mundo real, em vez de avançar e cumprir com seu dever, Jude deu meia-volta e correu para o prédio de onde saíra.

Lá dentro, desabou. Sua cabeça girava, e ele arfava enquanto tentava encontrar paz e calma no pesadelo sensorial que se desdobrava à sua frente. Tudo parecia um teste de Rorschach, um borrão sem sentido em seu cérebro, que se retorcia em lembranças terríveis. Ele não podia fazer nada além de sucumbir à angústia. Toda a dor, toda a violência que havia testemunhado, eram como um rasgo em sua alma, culminando em sua completa desfiguração.

Ele era um fracasso. Um fracasso completo e retumbante, incapaz de fazer aquilo em que deveria ser especializado: ajudar as pessoas. Salvá-las.

Como poderia fazer aquilo?

Não conseguia salvar nem a si mesmo.

CAPÍTULO 34

Jude não se lembrava de ter ido embora da sede da OGCS. Não registrou os semáforos, os outros carros ou as mudanças de faixa. Não se deu conta das horas que passou dirigindo de um lado para o outro da Filadélfia, até estacionar diante do prédio de Indira, com a noite já escura à sua volta.

Ele olhou para o celular e viu que havia perdido várias mensagens e ligações de Indira. Soltou o ar devagar pelo nariz e apoiou a cabeça contra o descanso do banco.

Então recebeu uma notificação e voltou a olhar para a tela.

NOVO E-MAIL
ASSUNTO: URGENTE DECISÃO DE DESTINO E DETALHES DA VIAGEM

Jude fechou os olhos, segurando o celular no punho cerrado. Não podia abrir aquele *e-mail.* Não queria vislumbrar seu futuro sombrio, ter sua vida escapando por entre os dedos. Como poderia entrar? Como poderia chegar a Indira todo destruído e desesperançado, sabendo para onde iria depois que se despedissem?

Ele conseguiu tirar as pernas rígidas do carro, trancar a porta e entrar no prédio.

Então se viu à porta de Indira, ouvindo o murmurinho suave da voz dela através da madeira. O entorpecimento tomou conta dele, espalhando-se como tinta na água. Aquilo era bom. Jude havia ficado confortável demais sentindo outras coisas além de entorpecimento. Mas o entorpecimento era a única maneira de se manter íntegro.

Ele entrou na casa dela. Indira andava de um lado para o outro da sala, com o celular na orelha, enquanto Grammy a observava do braço do sofá.

Ela se virou assim que ouviu o som da porta se fechando.

– Puta merda, você me assustou – reclamou, com os olhos vermelhos. Então falou ao celular: – Ele acabou de chegar, Collin. – E, depois de um momento de silêncio: – Claro, eu o aviso.

Indira encerrou a ligação.

Silêncio recaiu sobre eles, porém Indira não deixou que perdurasse.

– Onde você estava? – ela perguntou, furiosa. Mesmo assim, cruzou o espaço que os separava e o abraçou apertado. Jude não conseguiu se convencer a retribuir o abraço. – Estava preocupadíssima – ela disse, contra o peito dele. – São 11 horas da noite. Por que não ligou? Você saiu com amigos?

Jude balançou a cabeça, desenredou-se dela e dirigiu-se para a cozinha. Abriu a geladeira e ficou olhando para a luz branca do interior enquanto o ar fresco atingia seu rosto.

– Jude. Fala comigo, droga – Indira disse, por cima do ombro dele.

Ele suspirou, pegou uma garrafa de água e se virou para encará-la.

Então olhou para a namorada, incapaz de controlar suas feições ou endireitar as costas. Seus braços e suas pernas pareciam quase tão pesados quanto seu coração, e ele ficou ali, olhando para a mulher que amava, com um oceano de distância entre os dois.

– O que foi? – Indira perguntou, com duas lágrimas rolando pelas bochechas. – Você está me assustando.

Isso sacudiu Jude o bastante para que ele piscasse.

– Desculpa – ele disse, com a voz rouca e dura. – Eu… tive um dia difícil. Perdi a noção do tempo.

O silêncio se estendeu enquanto Indira o avaliava, com seus olhos penetrantes.

– Já decidiram para onde vou – Jude contou, com cadência monótona em sua voz, tentando pronunciar as palavras sem senti-las.

Indira ficou imóvel, terrivelmente imóvel, com os olhos arregalados e a expressão tensa.

– Você não pode continuar assim – ela sussurrou.

Jude preferiria que ela tivesse gritado, então talvez não doesse tanto.

– Assim como? – ele perguntou, fazendo-se de bobo. Com as mãos trêmulas, abriu a garrafa de água e tomou um golinho.

– Se forçando a fazer algo que está te matando aos poucos.

Indira deu um passo à frente, olhando para ele com expressão determinada.

– Você está sendo dramática. – Jude desviou o rosto. – Isso não está me matando.

– Está, sim, Jude – ela retrucou, e sua voz foi como o estalo de um chicote. Seu rosto se contraiu e lágrimas rolaram por suas bochechas. – Está te matando, e eu estou aqui, assistindo a tudo. Quando fica preso nesse lugar sombrio e assustador, não é você mesmo. É uma versão sua atormentada.

– Não... eu...não.

Se Jude negasse aquilo muitas vezes talvez não fosse mais verdade.

– Não minta pra mim. Não minta pra si mesmo.

– O que você quer de mim? – Jude perguntou, dando um passo para longe dela e batendo a garrafa contra a bancada.

– Quero que você fique – Indira pediu. – Quero que faça terapia. Quero que tenha um lar estável. Comigo. Quero que a gente trabalhe juntos para construir algo que possa durar.

– Ah, claro. E minhas obrigações que se fodam.

– Isso. E suas obrigações que se fodam. E sua bolsa de estudos que se foda. Que se foda tudo. – Ela voltou a se aproximar dele. – Você está tão determinado a perpetuar o ciclo de automutilação por culpa que nem considera as opções.

– Porque não há opções! – Ele estendeu as mãos dos lados do corpo. – Não pra mim. Assinei um contrato, tenho uma obrigação legal. Não tenho como me livrar dele. E...

A garganta de Jude travou. Só um suspiro estrangulado conseguiu escapar.

– E o quê? – Indira indagou, com voz branda.

Jude fechou os olhos e balançou a cabeça como se assim pudesse afastar as lembranças, o que nunca aconteceria.

– Vi gente demais sofrer – Jude disse, baixinho. – Gente demais morreu nas minhas mãos pra que eu possa encontrar uma saída fácil.

Indira ficou em silêncio por um momento, então pigarreou.

– Viver… de maneira plena e descarada, sem medo, não é uma saída fácil – ela disse. – É a coisa mais difícil que você vai fazer em toda a vida. O que é fácil é se entorpecer. Se esconder na aversão por si mesmo é uma fuga. Quer fazer as perdas valerem a pena? Então escolhe a si mesmo, Jude. Escolhe a gente. Escolhe sua saúde. Tudo bem abrir mão de algo que está te machucando. Isso nunca vai mudar o amor que você tinha por isso. Pode até ajudar a preservar esse amor. Você pode dar as costas a algo que não lhe faz bem. Isso não o torna fraco, e sim corajoso.

Jude apoiou as mãos na bancada. Sua cabeça pendeu enquanto tentava recuperar o fôlego.

– Estamos no mesmo time – ela sussurrou. – Podemos dar um jeito nisso juntos. Precisamos ficar juntos.

Indira levou uma mão às costas dele, e Jude se afastou.

– Para. Para, droga. Você está tornando tudo mais difícil. Isso não é um quebra-cabeças pra você resolver. Não sou um paciente pra você tratar, Indira.

A transparência rotineira nos olhos de Indira desapareceu com o impacto das palavras dele. Ela se concentrou no chão, e Jude quase podia ouvir as engrenagens girando em sua cabeça.

– Você tem razão – ela disse depois do que pareceu ser uma eternidade. E voltou a olhar para Jude, vulnerável outra vez, mas com uma determinação renovada que o deixou se borrando de medo.

– Você não é meu paciente. Não é um diagnóstico. Não é um caso de estudo. É a pessoa que eu amo. É a pessoa por quem eu faria qualquer coisa. Não estou aqui pra consertá-lo. Não estou mesmo. Nunca estive. Ninguém tem o poder de consertar outra pessoa sozinho. Na vida, todos levamos trombadas, batemos e quebramos, e somos os únicos responsáveis pela nossa cura.

A voz dela falhou. Seus olhos estavam vermelhos.

– E dá trabalho – Indira prosseguiu, através dos dentes cerrados. – Dá trabalho pra caramba. Nunca vou saber como foi ver o que você viu, passar pelo trauma por que passou, nunca vou poder livrá-lo dessa experiência.

Indira deu outro passo hesitante na direção dele, pegou sua mão com cuidado e a segurou junto ao peito.

– Mas sei como é se sentir errado e indigno de amor – ela continuou, com lágrimas rolando pelas bochechas. – Sei como é pensar que não se é merecedor do cuidado e do apoio de outra pessoa, ou que não pode contar com o apoio alheio enquanto se recompõe. Mas também sei que é possível mudar esse tipo de pensamento. Contamos mentiras sem parar a nós mesmos. O cérebro é um órgão instável que às vezes gosta de nos machucar. Mas não é porque dizemos algo a nós mesmos que isso é verdade. Não estou aqui pra mudar nem curar você.

Ela puxou o ar e abaixou a cabeça para beijar os nós dos dedos de Jude.

– Estou aqui para apoiar você. Para amá-lo. A cada passo do caminho. Deixa eu te ajudar. Vamos pensar em um jeito de sair dessa.

Jude puxou a mão de volta e sentiu o mundo ruindo à sua volta. Não conseguia pensar. Não conseguia respirar. Seu desespero era esmagador, e ele se sentia tão perdido e ferrado que ficou surpreso ao constatar que continuava em pé.

E Indira. Sua Indira. Ao ver lágrimas mancharem as bochechas dela, sentiu como se alguém tivesse fincado um gancho em seu peito e puxado até os ossos quebrarem. Tinha feito aquilo com ela. Ele, suas escolhas de merda e sua incapacidade de lidar com as situações. Não podia continuar ali, causando tanto dor.

– Preciso ir embora – Jude disse, brusco, seguindo na direção da porta a passadas largas.

– Jude.

O som do nome dele nos lábios de Indira sempre parecia impedir a Terra de girar. A cadência dela o tirava dos eixos.

Jude olhou por cima do ombro, com a mão já na maçaneta.

Lágrimas ainda marcavam o rosto dela, porém Indira havia aberto os ombros e erguido e queixo.

– Respire o ar fresco, pelo tempo que precisar. Mas, quando voltar, a gente vai prosseguir juntos.

Jude engoliu em seco, desviando o rosto de vergonha, raiva e tristeza. Reprimindo um soluço que ameaçava transformar seu corpo em pó, ele abriu a porta e saiu do apartamento. Enquanto caminhava, as palavras de Indira giravam dentro de seu crânio. *Quando voltar, a gente vai prosseguir juntos.*

Talvez ele não devesse voltar. Talvez devesse andar, andar e andar até seus pés estarem ensanguentados e seu corpo detonado. Talvez devesse deixar Indira ser feliz e amada, sem maiores complicações. Desejava que o futuro dela fosse tão brilhante e maravilhoso quanto ela.

O problema era que os três anos anteriores haviam lhe roubado a capacidade de imaginar uma vida melhor para si mesmo, um futuro em que não houvesse tanto sofrimento quanto o das pessoas que havia perdido. Se os pacientes não puderam ter um futuro melhor, por que ele deveria ter essa chance?

Jude sentia que ia se afogar naquele mar de culpa. Entrou em um parque pequeno e escuro e apoiou uma mão na casca áspera do tronco de uma árvore. Então procurou se concentrar na textura sob sua palma, pressionando cada vez mais forte enquanto tentava recuperar o fôlego.

No entanto, a pressão em sua garganta e atrás de seus olhos pareceu mais forte. Seu coração martelava. E, quando se deu conta, estava chorando. Soluçando de raiva. De medo. De devastação. De dor. Escorregou para o chão, pressionando as costas contra o tronco da árvore, e chorou na escuridão e no frio. Chorou até seus olhos ficarem inchados e sua garganta doer. Chorou até não conseguir mais.

Com a quietude da noite outonal contribuindo para acalmar os pensamentos frenéticos, Jude respirou fundo. Então pegou o celular e viu o rosto sorridente de Indira quando a tela se iluminou. Ele o desbloqueou e começou a ver as fotos. Indira gostava de roubar o celular dele e tirar centenas de fotos, pegando-o desprevenido e fazendo, ela mesma, várias caretas bobas. Por exemplo, amassando o rosto dele com o seu enquanto Jude dormia, o *flash* iluminando sua cara de sono. Uma *selfie* surpresa quando ele estava sentado no sofá, com a testa franzida, tentando encontrar algo para verem, Indira virando o olho e mostrando a língua.

Seu rosto sorridente, seu cabelo volumoso e seus olhos deslumbrantes apareciam inúmeras vezes. Com Jude bem ao seu lado.

Ele não precisava imaginar um futuro melhor, porque vivia no presente tudo o que poderia querer. Estava ao lado da mulher que amava, valorizava além de qualquer medida. E, por um milagre cósmico, ela o amava também. Seu futuro estava bem ali. No agora.

Ele se esquecera de que a felicidade não era uma emoção arrebatadora e violenta, como aquelas que o bombardeavam a cada momento. A felicidade era tranquila. Não envolvia grandes eventos. Consistia em segurar a mão de Indira. Sentar-se com ela no sofá e ouvi-la falar. Tomar uma caneca de café em silêncio, enquanto ela lia uma revista ao seu lado.

Provocá-la, agir como bobo, fingir desmaiar depois de cheirar seus pés, fazê-la gritar ultrajada e dar risada. A felicidade era os dois.

E Jude não ia trocar nada daquilo por uma mentira que seu cérebro insistia em lhe contar. Indira merecia coisa melhor. *Jude* merecia coisa melhor.

Endireitou o corpo, enfiou o celular no bolso e voltou para a casa dela correndo. Não podia desperdiçar nem mais um segundo.

Quando chegou à porta, tentou recuperar o fôlego antes de procurar a chave e encontrar a cópia que Indira havia lhe dado. Lá dentro, ele tirou o casaco e ficou atento a qualquer sinal de que ela continuasse acordada. O silêncio predominava, no entanto.

– Jude?

Ele se perguntou se em algum momento o som da voz dela cessaria de fazer seu peito vibrar de felicidade, como uma harpa.

Jude seguiu na direção do som, então ficou à porta do quarto de Indira. Só de olhá-la seu coração virou do avesso. Ela retribuiu o olhar dele por um momento, seus olhos ainda marcados pela tristeza. Então sua expressão deu lugar a um sorriso. Não se tratava de um sorriso radiante, de uma felicidade descarada – era mais um sorriso esperançoso. Um convite para que Jude também tivesse esperança.

Em um piscar de olhos, Indira se enfiou debaixo das cobertas e se aconchegou até parecer um burrito. Embora ela não conseguisse ver, Jude sorriu também. Conhecia aquele gesto como uma sirene e era inútil resistir. Ele tirou os sapatos e a calça, e foi se enfiar debaixo das cobertas com ela.

Aquele lugar havia se tornado um espaço seguro para ambos, o ninho perfeito onde conversar, chorar, rir e se beijar. Os dois passaram noites e manhãs preguiçosas enfiados debaixo das cobertas, discutindo medos e criando intimidade. Se existia algo como o paraíso na Terra, era estar debaixo das cobertas, ao lado de Indira.

Eles ficaram juntinhos sob o edredom branco, quase nariz com nariz, com o mundo em volta parecendo quente, macio e âmbar. Naquele pequeno casulo, tudo parecia possível.

– Não vou a lugar nenhum – Indira disse, estendendo a mão e passando um dedo pela ponte do nariz dele. Traçando seus lábios. – É você, Jude. Você e eu. Vamos superar isso.

– Tenho medo de não merecer me ver livre desses sentimentos – ele sussurrou. – Não mereço absolvição nem uma consciência tranquila.

As palavras começaram a jorrar dele, rápidas e brutas, passando por sua garganta como se fosse sua última chance de serem ouvidas.

– Quando abaixo a guarda – ele prosseguiu –, mesmo que apenas por um momento, sinto tanta coisa que é como se passassem uma faca no meu peito, que me dividisse ao meio. Dói tanto que às vezes parece impossível. Não entendo esses sentimentos. Esse corpo. Como posso sofrer, como posso fazer coisas horríveis, e ainda sentir tanto amor por você? Como posso querer perdão pelas coisas que fiz quando elas não podem ser revertidas? Parece egoísmo.

– Não é egoísmo, Jude – Indira disse, recuando um pouco para olhar melhor para ele e forçá-lo a encará-la. – Você quer isso porque merece isso. Trauma e um final feliz não são coisas excludentes. Não são nem mesmo entidades separadas que precisam ser experimentadas em momentos diferentes da vida. Você pode sofrer. Pode enfrentar dificuldade, sofrer e aprender a se curar no processo. Pode encarar sua dor e escolher amar. É assim que eu o amo, e sei que você também me ama. Quero que você sinta, Jude. Que sinta tudo e faça isso com abandono. Porque, não importa o que sinta, ou o que acabe acontecendo, você sempre vai ter um lugar seguro no meu coração. Sempre, *sempre* vou estar aqui, amando você.

– E se eu não merecer isso?

– Todo mundo merece isso – Indira respondeu. – É o que torna o amor tão bonito. Não precisamos ser perfeitos. Sei que posso desmoronar com você, que posso enfrentar dificuldades para lutar contra meus demônios, mas que seus braços sempre vão estar à minha espera. Deixa eu ser isso pra você também.

Jude continuou a observá-la por um momento, então fechou os olhos e fez que sim com a cabeça. Ele sentiu um beijo suave de Indira na testa.

– E agora? – Jude perguntou, sem tanto medo da resposta quanto achava que teria.

Indira mordeu o lábio enquanto observava as feições dele.

– Acho que a coisa mais importante a fazer é encontrar ajuda. Alguém com quem você possa falar. Um psicólogo. Talvez possa fazer terapia em grupo. Com pessoas que *sabem* como é. Que passaram por situações parecidas com a sua. Se abrir nesse tipo de espaço pode fazer com que você sinta que seus sentimentos são válidos. Pode ajudá-lo a aprender a se amar como você merece.

Jude sentiu um tremor percorrer o corpo.

Era... era daquilo que ele precisava? A ideia parecia quase indecente. Absurda. Algo que Jude não merecia.

Indira, que nunca ficava alheia a um pensamento que passava pela mente de Jude, pareceu ler aquilo em seus traços. Ela acariciou a bochecha dele com um dedão enquanto o observava.

– Cuidar de si mesmo não é pecado, Jude. Amar a si mesmo não diminui o amor e o cuidado que você tem a oferecer aos outros. Na verdade, é uma das melhores coisas que a gente pode fazer na vida.

– Como?

Indira sorriu para ele.

– Quando você se ama, compromete-se a conhecer a si mesmo – Indira explicou, enquanto suas mãos brincavam com o cabelo dele. – E, quando se conhece, conhece suas necessidades. De espaço. Atenção. Ajuda. Ternura. Ser capaz de reconhecer essas necessidades em si mesmo permite externá-las para outras pessoas e compreender melhor quando externam suas necessidades pra você. Isso permite vivenciar as emoções mais plenamente. Estar mais presente em cada uma delas, com as pessoas que ama.

Por algum motivo, as palavras pareceram um soco na garganta, e uma onda forte de emoções ameaçou esmagá-lo. Jude se sentiu vulnerável. Sobrecarregado. E... Bem, não era exatamente isso que Indira estava lhe dizendo? Que ele devia sentir tudo em sua plenitude? Compartilhar seus sentimentos com ela?

– Quero fazer isso – ele disse, passando uma mão no cabelo dela, enrolando os cachos nos dedos. – Quero fazer isso com você.

– Então é assim que vai ser – Indira assentiu, com determinação carinhosa.

E Jude acreditou nela. Indira nunca mentiria para ele. Era franca e esperançosa. Se Indira dizia que algo era verdade, Jude acreditava nela. Faria tudo o que estivesse em seu poder para garantir que acontecesse.

CAPÍTULO 35

Jude

Para um homem que passara a maior parte da vida convencendo a si mesmo e aos outros de que era infalível, foi um pouco devastador admitir que não era capaz de fazer o que pediam dele. Jude sempre tinha sido rápido em desenvolver suas habilidades, pegar mais aulas na faculdade e aceitar turnos extras na residência, tudo sem nem suar.

Admitir que algo estava além de suas capacidades ainda deixava um gosto amargo em sua língua, mas ele pretendia ignorar aquilo. Após uma série de *e-mails*, Jude enfim conseguiu marcar uma reunião com sua supervisora e coordenadora, a dra. Nora Prince.

Agora, ele se encontrava do lado de fora da sala da mulher, sacudindo o joelho no mesmo ritmo da digitação frenética da assistente dela, enquanto o nervosismo acabava com seu coração e pontos de seus ombros até as pontas dos dedos formigavam.

Merda. Sentir essas coisas era muito difícil.

– Jude? – a dra. Prince chamou, abrindo a porta de sua sala.

– Oi. Sim. Oi – ele balbuciou, atrapalhando-se com o botão do terno depois de se levantar para ir até ela. – Obrigado por ter aceitado me encontrar tão rapidamente.

– Imagine – ela disse, convidando-o a entrar em sua sala e sentando-se atrás da mesa de mogno. – Mas, para ser sincera, não tive muita escolha, considerando o tom dos seus *e-mails*. Você pareceu muito preocupado com a continuidade do seu trabalho.

As bochechas de Jude esquentaram um pouco, mas ele assentiu. Era verdade. Estava preocupado a ponto de ter passado a noite anterior andando de um lado para o outro do quarto.

– Acho que é uma avaliação justa do meu estado – ele disse, tenso.

– É algum problema com os arranjos da viagem? – a dra. Prince perguntou, olhando para o computador depois que uma notificação soou.

– Não. Não exatamente. É…

– É sobre onde vai ficar? Sei que há certo nível de incerteza quanto à habitação, mas garanto que estará tudo resolvido antes de você chegar, no máximo alguns dias depois. Sabe como essas coisas são.

Ela começou a digitar alguma coisa, com os olhos fixos na tela do computador.

Jude deu uma risada desprovida de humor.

– Com certeza sei.

– E espero não parecer grosseira, mas não sou a melhor pessoa com quem falar sobre questões desse tipo. Você está com a OGCS há bastante tempo para saber que muitos aspectos do trabalho estão fora do nosso controle. São os riscos que envolve, se posso colocar as coisas assim.

Jude piscou várias vezes seguidas. Ela falava tão rápido que ele não conseguia acompanhá-la. Seu cérebro confuso e sua língua pesada pareciam incapazes de expressar o necessário.

– Aliás, vou passar pra você o contato do assistente de coordenação. Ele conseguirá ajudá-lo com…

– Estou doente – Jude falou, um pouco alto demais. Um pouco áspero demais. Mas pelo menos isso fez com que a dra. Prince olhasse para ele.

– Como? – ela perguntou, inclinando a cabeça e franzindo a testa.

Jude fechou os olhos por um momento e puxou o ar de maneira sibilante, o que não fez muito para acalmar seu coração acelerado. Ele voltou a olhar para a supervisora.

– Estou com a saúde mental muito abalada – Jude admitiu, dizendo as palavras devagar, enunciando cada sílaba. – Estou mal e sofrendo, e tenho medo de que, se for enviado para outra missão, oferecerei enorme risco não somente para mim mesmo, como para as pessoas de que deveria tratar. Preciso…

A garganta dele se fechou, suor brotou em sua pele.

Jude podia fazer aquilo. Podia dizer as palavras. Admitir a verdade.

– Preciso de ajuda.

CAPÍTULO 36

Jude teve sua primeira sessão de terapia um dia antes da audiência oficial com o conselho da OGCS, que decidiria seu futuro.

– Eba, parceiros de terapia – Indira dissera naquela manhã, oferecendo a mão para que Jude batesse nela e depois lhe dando um beijo. Os dois tinham acabado de se dar conta de que suas sessões seriam quase no mesmo horário. Ele havia sentido algo próximo de animação quando falara com ela.

Agora, no entanto, sentado na sala do terapeuta, Jude se sentia mais uma pilha de nervos enfiada em um terno do que um ser humano. Mas, se já houvera um momento para aprender a falar sobre seus sentimentos, era aquele.

– No que está pensando? – José, o terapeuta de Jude, perguntou.

Jude tinha considerado de maneira abrangente todo o trauma que testemunhara nos três anos anteriores, mergulhando num silêncio contemplativo enquanto revivia alguns daqueles momentos. Ele abaixou a cabeça e se concentrou nos próprios sapatos enquanto forçava as palavras a saírem.

– Estou pensando que sou meio burro.

Seguiu-se um momento de silêncio.

– Por que você diz isso? – José perguntou, com voz branda. Sincera.

Jude soltou uma risada dura e desprovida de humor.

– Acreditei que não fosse sentir a menor diferença entre uma sala de cirurgia de um hospital público daqui e uma situada em áreas de conflito ou alvo de desastres naturais… Não fui burro demais? Como posso ter sido tão burro?

Jude ficou em silêncio por um momento, tentando criar coragem de levantar o rosto. Estava curioso para ouvir a resposta do terapeuta.

José o encarou, deixando que o silêncio perdurasse por alguns segundos.

– Não acho que isso seja burrice – o terapeuta disse afinal. – Você era jovem e estava diante da perspectiva de uma dívida estudantil enorme. Ninguém quer carregar esse fardo pelo resto da vida. Sua residência foi realizada num ambiente que possibilita boa dose de controle. É claro que sempre há aspectos que não podem ser controlados na cirurgia e na medicina em geral, porém numa residência em hospitais-padrão as barreiras são minimizadas.

Jude desviou o rosto e continuou sacudindo a perna.

– É claro que ir para campo foi um choque – José continuou, inclinando-se para a frente na cadeira. – Você não tinha como estar preparado para aquilo. Nem mesmo compreender na teoria o tipo de trauma por que passaria não o teria preparado para o impacto emocional na prática.

Jude concordou e entrelaçou as mãos sobre as pernas.

– Tem... não sei como explicar... uma diferença fundamental entre abrir um corpo para salvá-lo e estar diante de um que foi aberto pela guerra.

Silêncio outra vez. Jude não esperava que fosse haver tanto silêncio em uma sessão de terapia. Ele olhou para José, que fez um leve gesto com a cabeça para encorajá-lo a falar.

– As lembranças que mais me assombram, aquelas que não consigo superar... – Jude prosseguiu, as palavras arrancadas de seu peito antes que sua mente conseguisse processá-las – ...são das pessoas que chegaram à minha mesa por qualquer tipo de crueldade infligida por outras pessoas. Quando a dor e o sofrimento não eram obra do acaso. Não vinham de um acidente de carro aleatório. Da infelicidade de uma embolia incontrolável. Quando não se tratava de uma maldade cósmica despropositada. E sim da guerra. Seres humanos lutando contra outros seres humanos. Se machucando. Enquanto pessoas usando ternos caros, sentadas atrás de mesas em escritórios refinados, em cidades seguras, decidem quando e para onde mandar mais pessoas para machucar outras pessoas, por motivos que nem sabemos direito.

Jude não compreendia o que estava acontecendo com ele. Aqueles não eram pensamentos que tivessem lhe ocorrido de modo consciente antes. Eram sombras de dúvida e raiva que nunca tinha tomado forma plena. Com medo de que formular palavras verdadeiras o devastasse por completo.

– E eu me sinto um filho da puta o tempo todo – Jude prosseguiu, com a voz rouca, porém firme enquanto passava uma mão pelo cabelo. – Quem sou eu para ter saído vivo daqueles lugares? Como posso comer bem, dormir numa cama confortável ou dar risada com minha namorada quando fracassei com tanta gente em seu último dia na Terra?

– É a culpa tentando segurá-lo – José disse, após um momento de silêncio. – Sobreviver, como muitas outras coisas na vida, não é questão de mérito. As coisas boas ou ruins que uma pessoa pode ter feito não determinam quando ou como vão morrer. A percepção de valor próprio que você internalizou não muda o fato de que está aqui. Agora. E tem a escolha de fazer o que quiser com isso.

Jude sentiu lágrimas se formando em seus olhos e tentou piscar para segurá-las, enquanto respirava fundo. José prosseguiu.

– Acho que é importante notar que grande parte de como percebemos as experiências e os traumas por que passamos criam fantasias de caminhos alternativos pelos quais nossa vida poderia ter seguido. Preservamos mundos inteiros que poderiam ter sido. Mundos inteiros de possibilidades. É fácil se enredar nisso. E se eu não tivesse decidido ser médico? E se tivesse ignorado a bolsa e me endividado? E se fosse eu no lugar da pessoa que estou tentando reavivar?

Ele prosseguiu:

– Essas realidades alternativas podem nos afetar quase tanto quanto as lembranças do que de fato aconteceu. Temos que identificar os obstáculos e proteger nosso cérebro deles. Tudo o que temos é o momento presente, nossos sentimentos e emoções. O melhor a fazer é honrar essa parte de nós mesmos. Não podemos alterar nossa participação no passado, mas podemos abrir o caminho para um futuro mais saudável e consciente.

Jude chorava de verdade. E tudo bem. Doía e seu peito parecia comprimido, sua garganta ardia, cada músculo de seu corpo estava tenso enquanto ele soluçava. Entretanto, aquele era o tipo de dor aguda que vinha com a cura.

De modo que era o melhor que podia fazer.

Depois de um tempo, Jude se recompôs, confirmou seu horário da semana seguinte, e da outra, e foi embora. No caminho de volta a pé para o apartamento de Indira, seu celular tocou. Era uma ligação por FaceTime, e a tela iluminada mostrava o nome de Collin. Jude sorriu e atendeu.

– Oi.

– Saudações da Costa Rica! – Collin disse, erguendo um drinque gelado, seu sorriso e o mar atrás dele brilhando ao sol.

– Ah, que pena que o tempo está assim ruim – Jude comentou, sem emoção na voz. – Imagino que já deva estar com saudade de casa.

Ele virou a tela por um momento, para mostrar o céu cinza e sem graça da Filadélfia em novembro.

– É, é difícil aguentar todo esse sol – Collin disse antes de tomar um belo gole de sua bebida.

Jude riu.

– Está curtindo?

– Demais, está sendo muito bom – Collin respondeu, com o rosto todo se iluminando. – Hoje fomos fazer uma trilha e nadamos numa lagoa com cachoeira. E a comida, meu amigo... Vivo empanturrado. É o paraíso na Terra.

O coração de Jude ficou pleno com a alegria na voz do melhor amigo.

– Não posso falar por muito tempo – Collin disse, tomando outro gole –, só queria ver como você está. Sei que amanhã é um dia importante.

Jude reprimiu um suspiro e assentiu. Não queria sobrecarregar Collin com tudo o que estava acontecendo – para surpresa de ninguém, pedir dispensa a uma organização que havia investido meio milhão de dólares nele e dependia de seu trabalho para funcionar envolvia uma tonelada de papelada e muitas entrevistas bastante invasivas para determinar a "solidez" de sua alegação –, porém Indira o havia encorajado a ser honesto com o melhor amigo.

– Estou nervoso – Jude admitiu, dando uma olhada antes de atravessar um cruzamento. – Mas quero que amanhã chegue logo. É melhor arrancar o curativo de uma vez.

– Estou orgulhoso de você – Collin disse, com a voz embargada pela emoção. – E, *hum*, sinto muito.

Jude parou de andar para se concentrar na ligação.

– Pelo quê?

Collin desviou o olhar e mordeu o lábio por um momento.

– Eu fui um péssimo amigo.

Jude franziu ainda mais a testa.

– Não sei mesmo do que você está falando.

– Eu deveria ter percebido. – A expressão de Collin, em geral sorridente, se desfez. Lágrimas ameaçavam cair de seus olhos. – Deveria ter percebido que você estava mal. Deveria ter feito mais pra ajudar. Deveria ter descoberto o que estava rolando. Sabia que tinha algo, mas deixei pra lá. Tinha me convencido de que você estava mais ou menos bem. Eu...

– Collin. – A voz de Jude falhou quando pronunciou o nome do melhor amigo, para interrompê-lo. – Quero deixar isto bem claro: eu não queria que você soubesse. Não queria que percebesse como eu estava diferente. Não queria que tocasse no assunto e me forçasse a falar a respeito ou algo do tipo. Estava escondendo a dor porque a temia. Morria de medo. Tudo o que eu queria era parecer normal e participar do seu casamento.

Collin balançou a cabeça, passando uma mão pelo rosto.

– Um bom amigo teria notado. Eu estava envolvido demais com minhas próprias coisas. Desculpa.

Jude queria sacudir Collin para fazê-lo compreender.

– Não. Você sabe que não minto, que não digo nada só pra proteger os sentimentos dos outros.

Collin riu com vontade daquela descrição absolutamente precisa.

– E o mesmo vale pra você – Jude prosseguiu. – Esconder tudo por que eu estava passando foi uma tentativa destrutiva de autopreservação, mas era o que eu queria. Nunca, nunca vou culpá-lo por estar envolvido nos preparativos do seu casamento. Por ter desfrutado dele. Era tudo o que eu queria pra você. E para o Jeremy. Que os dois fossem ridiculamente felizes. Eu não queria que visse meu sofrimento e perdesse o foco no seu casamento.

Collin ficou em silêncio por um segundo, enquanto piscava para o céu.

– Indira percebeu – ele disse, com um toque de ciúme na voz. – Eu deveria conhecer você melhor do que ela.

Jude teve que soltar uma gargalhada.

– Isso só aconteceu porque ela não me deixou em paz. Dira arrancou meus sentimentos de mim. Você sabe como sua irmã é teimosa.

Collin riu também, e o som pareceu reconfortante e familiar aos ouvidos de Jude.

– Fico feliz que ela tenha conseguido – Collin disse após um momento, abrindo um sorrisinho para o amigo.

Foi a vez de Jude tentar conter as lágrimas. Ele a amava tanto que não conseguia pensar nela sem que seu coração parecesse querer se libertar do peito.

– Eu também.

Os dois ficaram em silêncio por um momento, antes que Jude pigarreasse.

– Eu, *hã*, nem sei dizer como sou grato por conhecer você.

Collin sorriu, e algumas lágrimas rolaram por suas bochechas enquanto ambos irradiavam amor e ternura.

– Ah, merda, eu não deveria chorar na minha lua de mel – Collin disse afinal, rompendo a tensão e agitando uma mão na frente do rosto.

Jude riu.

– Não mesmo. É melhor voltar para o Jeremy, para o sol e para essa praia perfeita. Imagino que seja difícil pra você.

– Claro. – Collin pigarreou e os dois ficaram em silêncio por um momento. – Amo você – ele disse, sorrindo para Jude.

Jude sorriu de volta.

– Também amo você.

CAPÍTULO 37

Jude

– Tudo o que você pode fazer é ser honesto – Indira disse algumas horas depois, na cama, quando os dois conversavam sobre a avaliação do dia seguinte. Ela estava deitada em cima de Jude, com os braços e as pernas esticados sobre os dele. Era o melhor cobertor do mundo.

– Tenho medo de que ser honesto não baste pra eles – Jude admitiu, tirando os braços de baixo dos dela para enlaçar sua cintura.

Indira apoiou o queixo no esterno do namorado para encará-lo.

– Estou tentando pensar em algo muito profundo e preciso para dizer no momento, pra acabar com esse estresse – ela confessou afinal, com um sorrisinho nos lábios. – Mas nenhuma das metáforas em que pensei faz muito sentido.

– Estou *chocado* – Jude sussurrou, puxando um cacho dela em provocação. Indira abaixou a cabeça e mordeu o peitoral dele, fazendo-o rir.

– Então tá, seu cretino – Indira retrucou, saindo de cima dele. – Tudo o que vou dizer é: não importa o que aconteça amanhã, a gente dá um jeito depois.

Jude concordou, levando uma mão à lombar dela para puxá-la para mais perto.

– E… – ela acrescentou, enfiando os dedos no cabelo dele – estou muito orgulhosa de você.

Jude soltou o ar devagar, pressionando a testa contra a dela.

– Eu te amo muito – ele disse, com um beijo. Indira era sua segurança. Sua alegria. Seu chão.

– Também te amo, Jude, meu grude, minha plenitude.

– Obrigado – ele disse, após um momento.

– Pelo quê?

Jude tirou alguns cachos da bochecha dela e prendeu atrás da orelha, depois voltou a deslizar os dedos por sua pele.

– Por tudo.

Indira insistiu em levar Jude à audiência. Ela estacionou diante do prédio enorme e intimidador bem no meio da sede da OGCS, desligou o motor e manteve a cabeça erguida. Jude ficou olhando para a namorada, memorizando seu perfil, a curva suave do nariz, as dobras intricadas da orelha e o modo como seus cílios varriam suas bochechas toda vez que ela piscava. Pequenos exemplos de perfeição aos quais se agarraria – que usaria como referência –, caso as horas seguintes fossem difíceis.

Os dois entraram no prédio de mãos dadas, seus passos ecoando no piso de mármore. Aguardaram em um banco na recepção, olhando discretamente um para o outro e às vezes sorrindo e soltando risadinhas incontroláveis, como dois adolescentes pegos no pulo. Os momentos à frente pareciam sérios demais para que Jude não risse pelo menos um pouco.

Não demorou muito para que seu nome fosse chamado, e ele se levantou para ir até a recepcionista.

– Um segundo – Indira disse, levantando-se também. Não podia entrar com ele, mas estava determinada a aguardá-lo ali. – Amo você – ela disse, dando um beijo na bochecha de Jude e colocando um papelzinho em sua mão. Jude fechou os dedos em volta do presente e piscou, para segurar a enxurrada de emoções.

Também te amo, ele fez com a boca, antes de se virar para sair pela porta. Jude acompanhou a recepcionista por uma série de corredores, com o papelzinho de Indira ainda na mão.

– Por aqui – a mulher orientou, parando diante de um par de portas grandes de madeira escura.

Jude assentiu, mas lhe deu as costas. Precisava de um último momento de Indira antes de entrar na cova dos leões.

Desdobrou o papelzinho com os dedos trêmulos e seus olhos deram com as formas familiares da caligrafia dela, cada volteio e curva de uma letra como um mapa para seu coração.

Jude fechou os olhos e respirou fundo. Após dar um beijinho no papel, voltou a dobrá-lo e o guardou no bolso. Se Jude era corajoso, Indira era indômita.

Ele voltou a se virar e passou pelas portas de madeira com as costas eretas e a cabeça erguida. Só para, em seguida, se sentir sobrecarregado, o coitado.

Jude foi conduzido até uma cadeira diante de três funcionários de alto escalão: o dr. Raymond Schwartz, CEO da OGCS, a dra. Nora Prince, supervisora direta de Jude, e um homem que se apresentou como o dr. Parrish, membro do conselho com formação em psiquiatria, que era quem conduziria a audiência.

Os três abriram suas pastas de couro, pegaram canetas que pareciam caras e viraram algumas páginas de seus blocos de folhas amarelas pautadas.

Sentado ali, olhando para o grupo de expressão severa cuja decisão ditaria o próximo ano de sua vida, Jude sentia como se agulhas quentes estivessem sendo espetadas por toda a sua pele. Não era que ele não quisesse trabalhar – sempre havia amado a área cirúrgica, que o empolgava enormemente –, porém não teria como ajudar seus pacientes se continuasse se prejudicando no processo. Estava aberto a alternativas, só não tinha ideia quais seriam elas.

– Segundo os registros – Parrish começou a falar, abrindo uma segunda pasta, cheia de documentos –, o dr. Bailey abordou a dra. Prince com um pedido de dispensa, alegando sofrer de transtorno do estresse pós-traumático.

Jude confirmou com a cabeça.

– Correto.

– Entendo – Parrish disse, devagar, enquanto avaliava Jude. Os outros dois o olhavam de maneira similar, pensando no melhor modo de fazer as perguntas necessárias. Schwartz começou a apertar a caneta, projetando e recolhendo a ponta. Devagar. Alto. Cada movimento da mola como um chicote nas costas de Jude.

– Bem – Parrish prosseguiu, recostando-se e esticando os braços à frente do corpo –, vá em frente, por favor, e nos conte em suas próprias palavras por que está aqui.

Jude pigarreou uma vez. Depois outra. Tossiu. *Cara, se recompõe e diz alguma coisa, por favor.*

– Como sabem – Jude enfim conseguiu dizer, com a voz surpreendentemente firme –, trabalhei no atendimento emergencial em diferentes localidades: Serra Leoa, Síria, Iêmen, Ucrânia e todas passavam... *passam* por crises humanitárias.

– E esse é o cerne da nossa missão na OGCS – a dra. Prince disse.

– Sim – Jude concordou. – Que é muito bem-feita. Tenho enorme respeito pelo trabalho que realizam. Mas logo cedo comecei a ter dificuldades com a violência e o trauma que testemunhava diariamente, e isso acabou me transformando de um jeito fundamental. Venho passando por um sofrimento emocional e mental tremendo. Tido *flashbacks* graves e estressantes. Explosões emocionais. Confusão. Tudo isso me tornou... Tudo isso afetou minha capacidade de desempenhar o papel de médico mesmo em ambientes controlados.

Seja sincero, Jude repetiu para si mesmo, forçando as palavras a saírem.

– Estou preocupado com minha capacidade de ajudar as pessoas se for enviado para uma área de alta pressão.

Todos fizeram anotações nos respectivos blocos, parecendo entediados.

Parrish suspirou e apoiou os cotovelos na mesa para olhar para Jude.

– Muitos de nossos médicos enfrentam dificuldades em suas missões. É um risco ocupacional, sobre o qual tentamos alertar todos antes que iniciem seu serviço – ele lembrou, inclinando a cabeça.

– Eu tinha 22 anos quando assinei o contrato da minha bolsa – Jude disse, erguendo a voz. – Era uma criança, que não fazia ideia do que era uma crise humanitária. Era inocente e privilegiado o bastante para não ter noção dos horrores que acontecem no mundo.

– Independentemente disso, o que você está descrevendo não soa sério ou fora do padrão. Não é o suficiente para uma dispensa.

A raiva rugiu nos ouvidos de Jude e sua visão ficou vermelha. Aquilo não era sério? Aquela merda não era séria? Um pedaço de sua alma havia ficado em cada clínica onde trabalhara, para apodrecer. Ele nunca os recuperaria.

Como sua luta para se reerguer e se reconstruir não era séria? Ter que controlar cada impulso para se entorpecer ou explodir por causa do terror em que estava atolado?

José o alertara para a possibilidade de que o conselho se mostrasse duro ou mesmo rude, obrigando-o a provar sua doença invisível. No entanto, a experiência real de oferecer seu trauma, sua dor, para serem analisados e diminuídos era muito pior do que ele havia imaginado. Jude queria ir embora. Na verdade, queria virar a mesa, quebrar a porcaria da caneta que Schwartz não parava de apertar e *então* ir embora.

Mas Dira estava lá fora, à espera dele. E ela acreditava em Jude. Ela o incentivava, o pressionava, o irritava e o amava com uma paciência e uma intensidade tão consistentes que o faziam acreditar que tudo era possível.

Jude enfiou a mão no bolso e passou o dedão na borda do bilhete de Indira.

Se ela havia dito que ele era corajoso, então Jude precisava estar à altura.

– Com todo o respeito – ele disse, pegando sua água com uma mão trêmula para tomar um gole e depois voltando a apoiar o copo. Ótimo. Jude deixou que as mãos tremessem. Se queriam ver sua dor, ele a exibiria. – É muitíssimo sério.

Os três continuaram olhando para ele, sem se comover.

– Sou um cirurgião – Jude prosseguiu, agarrando os braços da cadeira. – Trabalho com atendimento de emergência. Em meus anos de estudo, vi o corpo humano quebrado de inúmeras maneiras. Vi ossos estilhaçados, corações falhando e entranhas reviradas. Ouvi uivos de dor e súplicas silenciosas. Ouvi suspiros de alívio diante do efeito de morfina e vi lágrimas de alegria diante de uma cirurgia se encerrando com o paciente ainda vivo. Meu trabalho consiste em remontar o corpo humano.

Jude parou de falar por um momento e respirou fundo, tentando não deixar que seu ponto se perdesse na confusão gerada pelo medo.

– Porém, a cura não chega com a reconstrução de uma fratura facial ou com a recuperação de um fêmur. É aí que ela começa. Olhamos para pacientes que apresentam todo tipo de trauma físico e sabemos na mesma hora que precisam se curar. Conseguimos ver que estão quebrados e damos a eles o benefício do descanso. Da fisioterapia. Do tempo de recuperação. Honramos o corpo humano. Nós o respeitamos. Entretanto, não fazemos o mesmo com a mente. Ignoramos as doenças invisíveis com que inúmeras pessoas sofrem todos os dias.

A voz de Jude ganhou volume e determinação:

– Ignoramos a necessidade de cura dessas pessoas, exigimos que estejam em seu melhor mesmo quando o órgão mais essencial de seu corpo não está. Dizemos a elas que um cérebro doente não lhes renderá perdão ou compaixão. Mas sou testemunha da tortura que infligimos quando minimizamos o impacto da mente em sofrimento. Às vezes, não consigo comer ou dormir por conta de uma sensação inexplicável de medo absoluto, que faz meu corpo latejar. Quando durmo, acontece de acordar sem saber onde estou. Levanto de um pulo, como se bombas estivessem caindo, ou fico paralisado, incapaz de me mover por *horas*. Meu cérebro entra em pane. Volto aos momentos que moldaram meu medo, inspiraram meu trauma, e fico tremendo e temeroso, não sou mais eu mesmo.

A voz de Jude falhou nas últimas palavras. Ele respirou fundo e procurou se controlar:

– Não posso curar o corpo de outra pessoa quando o meu é controlado por um medo desses. É algo que não dá pra entender a menos que já se tenha passado por isso. A menos que já tenha acordado de um pesadelo sem conseguir enxergar a realidade. Até ter um *flashback* no trabalho, e o passado e o presente se misturarem de tal forma que o impedem de ser funcional. Isso é sério, me mudou e não há volta. Estou no processo de cura, porém é um processo lento e doloroso. A coisa mais difícil que já fiz na vida. Eu me preocupo com a possibilidade de que, se voltar para o ambiente que foi o pano de fundo desse trauma, eu vá perder não apenas a mim mesmo, mas pacientes também. E não estou disposto a viver com isso na consciência.

A sala ficou em silêncio. À espera.

Jude pigarreou.

– Então acho que a pergunta é: vocês estão?

O silêncio só se ampliou. O corpo de Jude continuou tremendo, em razão de toda a tensão que banhava a sala.

Depois do que pareceu ser uma eternidade, a dra. Prince pigarreou e se inclinou para a frente.

– Eu não estou. Então quais são as opções? – ela disse, e olhou para os homens ao seu lado.

– Com base no seu contrato e nos precedentes abertos por situações parecidas no passado, temos duas opções – Schwartz explicou, com um suspiro entediado, revirando seus documentos. – Você pode escolher passar por testes psicológicos, tanto por parte da equipe psiquiátrica da OGCS como de outros especialistas, para uma avaliação mais completa. – Ele prosseguiu, passando o dedo por uma folha. – Enquanto isso, seu salário e todos os benefícios ficarão suspensos até que se chegue a uma decisão final. Esse processo pode levar de seis meses a dois anos. Se o relatório final estiver a seu favor, você será liberado sem precisar pagar seu último ano de trabalho.

Jude cerrou as mãos em punho e as unhas se cravaram na pele. A favor dele? Aquele homem achava mesmo que, se ele passasse por uma avaliação psicológica exaustiva ao longo de dois anos e o resultado fosse a confirmação de que sua mente estava mesmo em frangalhos, seria uma decisão "a favor dele"?

– E a outra opção? – Jude perguntou, sombrio.

– Você paga à organização pelo encurtamento do seu contrato.

Números grandes e assustadores dançaram no cérebro de Jude. Ele balançou a cabeça devagar.

– Acho que é importante ressaltar – Parrish começou a dizer – que seu contrato estipula que qualquer violação do tempo de serviço acordado resultará num reembolso do dobro do que foi gasto com mensalidades e despesas básicas, fora os juros que teriam sido cobrados em caso de empréstimo estudantil governamental, ou seja, cerca de seis por cento ao ano desde sua formatura.

Schwartz uniu as pontas dos dedos das mãos.

– Pense nisso por um segundo, dr. Bailey. Está mesmo disposto a assumir esse fardo financeiro em troca de treze meses de trabalho?

Um silêncio pesado recaiu sobre eles.

– A terceira opção – ele prosseguiu, com a voz baixa e tranquila – é sair desta sala e seguir para sua próxima missão, como planejado. Talvez possamos encontrar uma maneira de encurtar um pouco seu serviço, considerando que até agora ele foi excelente. Talvez onze meses? Sinceramente, o que é um ano quando se pensa em toda uma vida?

Jude piscou e sentiu o coração martelando no peito enquanto as palavras e frases ditas por eles giravam em seu cérebro já tumultuado.

– A escolha é sua, dr. Bailey – Schwartz disse. – O que prefere?

CAPÍTULO 38

Indira

Indira respeitou o silêncio de Jude no caminho de volta, deixando que ele pensasse sossegado, embora tivesse um milhão de perguntas a fazer. No entanto, quando voltaram ao conforto do apartamento, ela não conseguiu se segurar mais.

– O que foi que eles disseram? – Indira perguntou, tentando esconder a ansiedade em cada palavra.

– Eles me ofereceram opções – Jude respondeu, passando as mãos no rosto, depois explicou quais eram.

– E? – Indira indagou, com o coração na garganta.

Jude soltou o ar devagar, obrigando a tensão a deixar seus ombros.

– Acho que vou precisar começar a economizar – ele respondeu, com cansaço nos olhos e um sorriso esperançoso nos lábios.

Indira enlaçou seu pescoço e soltou um soluço engasgado.

– Ainda bem.

– Você não está brava? – ele perguntou, apertando-a com força.

Indira se afastou um pouco, com o rosto contorcido em indagação.

– Brava? Por que eu estaria brava? – ela questionou, descendo a mão pela bochecha de Jude e depois segurando seu queixo.

– Não conversei com você antes sobre as opções. Sobre tentar passar pela avaliação. Eu… Vou ter que pagar um valor insano, o que pode impactar nosso futuro. Mas eu não podia… prolongar esse processo por anos. Só isso já foi exaustivo e…

Indira o cortou levando sua boca à dela e silenciando seus pensamentos erráticos.

– Você escolheu justo o que eu escolheria pra você.

– Sério?

– Sim. Porque o que eu escolheria pra você é o que deseja pra si mesmo.

Jude deixou a testa cair contra a dela e enfiou as mãos em seu cabelo. Riu, sentindo as lágrimas rolarem pelo rosto, e Indira riu também. O som saiu agudo e fraturado. Aliviado.

– Indira – Jude disse, baixinho. – Preciso que saiba de uma coisa. É importante.

– Do quê? – ela perguntou, inclinando-se para dar um beijinho no maxilar dele.

Jude respirou fundo, depois a encarou.

– Não estou curado – ele disse, seus olhos tão profundos que ela poderia mergulhar neles. – Tenho problemas. Não posso prometer que um dia a situação vai mudar. Mas prometo trabalhar nisso. Todos os dias. Todo santo dia. E acho que tudo isso começou porque eu queria ficar com você, mas agora não é mais só isso.

Jude puxou o ar outra vez.

– *Gosto* de me sentir feliz – ele revelou, com um sorriso em sua boca até então rígida. – Quero isso pra mim. Para nós. E vou fazer todo o possível pra que essa seja nossa realidade.

– Você pode ter problemas – Indira disse, pegando as mãos dele e beijando os nós dos dedos. – Você pode ser curado. Amo cada partezinha sua, não importa como se encaixe com as outras.

Os dois passaram alguns minutos abraçados, balançando para a frente e para trás. Até que, exaustos, pegaram alguns petiscos e foram para a cama, onde passaram algumas horas assistindo à TV, se beijando, comendo e se permitindo relaxar de verdade pela primeira vez em dias.

Jude e Indira tinham inúmeras coisas sobre as quais pensar e muito trabalho a fazer, porém sabiam que não seriam eficientes sem um descanso muito necessário.

Aqui e agora – com especiais de Ação de Graças de *Bob's Burgers* passando sem interrupção, os dedos sujos de salgadinhos, rindo e se abraçando –, os dois estavam na primeira página de um recomeço.

ALGUNS MESES DEPOIS

– Pronto? – Indira perguntou a Jude quando estavam os dois diante da porta de madeira com detalhes intrincados.

Ele se virou para ela com um sorriso largo e infantil.

– Vamos nessa.

Indira respirou fundo, abriu a porta e o caminho para a primeira sessão de terapia de casal deles. Após preencher a papelada, a dra. Brenda, a terapeuta, cumprimentou os dois e os acompanhou até sua sala.

– Por que não começamos pelo motivo que os levou a fazer terapia juntos? – ela sugeriu, sentando-se numa poltrona aconchegante. – O que esperam tirar dessa experiência?

Jude e Indira olharam um para o outro, sentados em um sofá pequeno e confortável, com os dedos entrelaçados. Ele fez sinal com a cabeça para que ela começasse.

– Nós dois passamos por algumas coisas – Indira contou, abrindo um sorriso simpático para a terapeuta e dando de ombros. – Muitas coisas, na verdade. E, embora grande parte tenha ocorrido fora do nosso relacionamento, queremos garantir que... não sei bem como colocar.

Indira voltou a olhar para Jude.

– Estamos muito felizes – ele falou. – E não queremos que isso mude.

A dra. Brenda assentiu e abriu um sorriso caloroso.

– Que maravilha ouvir isso. Relacionamentos dão trabalho, e todos damos início a eles com nossas mágoas, nossas feridas e os pesos que carregamos. Quero que considerem este consultório um espaço onde podem abrir as janelas e arejar tudo aquilo que não serve mais pra vocês enquanto casal.

– É bem isso que queremos – Indira falou, sentindo o coração na garganta. Eles haviam avançado tanto. Ela mal podia esperar para ver aonde mais poderiam chegar.

A dra. Brenda sorriu novamente.

– Então vamos começar.

Indira e Jude sabiam que a cura não era algo linear, e seguravam firme a mão um do outro onde quer que seus caminhos os levassem.

Ambos continuaram fazendo terapia individual. Indira via a dra. Koh semanalmente para aprender a se valorizar por quem ela era, e não por sua capacidade de resolver os problemas dos outros.

– Antes eu achava que me apaixonar de verdade me consertaria – ela contou à dra. Koh numa tarde ensolarada de primavera. – Isso é antiquado e ridículo, mas achei mesmo que seria o que me levaria à cura.

A psicóloga concordou daquele jeito tranquilo e sábio dela. Indira nem se importava mais com seus silêncios.

– Mas não é isso. – Algumas lágrimas carregando um microcosmo de sentimentos rolaram pelas bochechas de Indira. – Estar apaixonada não conserta nada. Não sou mais plena ou humana agora do que quando era solteira. Mas meu relacionamento é um lugar tranquilo e seguro, onde tenho coragem de olhar para minhas feridas... e curá-las por conta própria, não importa o tempo que levar.

Ela e Jude faziam aquilo todos os dias. Os dois se desenredavam em separado, fio por fio, e decidiam o que queriam que permanecesse na tapeçaria de sua vida conjunta – suas cores opostas e texturas diferentes se entrelaçando para formar algo lindo.

O que não significa que não tivessem problemas. Os dois discutiam, brigavam e tinham dias ruins, apesar de tudo. Alguns dias ruins eram exacerbados pelo *burnout* de Indira.

– Eles não param de cortar o financiamento no trabalho – ela contou uma noite, sentada no chão, de pijama, rodeada de embalagens de comida. – Parece que perderam de vista nosso objetivo. As crianças que estamos tentando ajudar.

– Você está pensando em procurar outro emprego? – Jude perguntou, pegando um pouco de macarrão.

Ela deu de ombros enquanto mastigava seu rolinho primavera.

– Flerto com essa ideia quase todo dia – Indira respondeu. – Mas tenho medo do desconhecido. E o mercado não anda lá essas coisas.

Jude assentiu.

– Acho que também preciso começar a procurar alguma coisa.

Indira lhe lançou um olhar de interrogação enquanto dava outra mordida no rolinho.

– Achei que amasse seu trabalho – ela disse, com a boca cheia.

Jude estendeu uma mão e limpou as migalhas do canto da boca dela antes de beijá-lo. Indira sorriu para ele.

– Eu gosto do meu trabalho – ele disse, brincando com os palitinhos. – Mas... não sei. O salário é meio ruim e acho que parte de mim... – Jude soltou um suspiro arrastado e passou a mão pelo cabelo – parte de mim sente falta da medicina.

Ela engoliu em seco.

– Você está pensando em voltar a trabalhar como médico?

Embora a quebra de contrato com a OGCS não tivesse nenhum impacto na licença de Jude e não o impedisse de exercer sua profissão fora da organização, ele havia reconhecido que continuar a trabalhar como cirurgião seria um gatilho desastroso. Tirar uma folga havia sido uma escolha dura – era dolorido amar algo que não retribuía seu amor –, mas ele estava aprendendo que estava tudo bem abrir mão de coisas que amava se elas não lhe faziam mais bem.

Jude passara os meses anteriores trabalhando em uma livraria. Tinha sido uma guinada aleatória da carreira pela qual tanto se esforçara, e a maior parte de seu salário ia direto para a OGCS, entretanto encontrava paz e conforto ao se ver cercado por histórias.

O coração de Indira martelava enquanto esperava por uma resposta. Embora quisesse que Jude trabalhasse com aquilo que o fizesse feliz, não queria que ele mergulhasse em algo sem estar pronto.

– Não, acho que não – ele disse, ainda brincando com os palitinhos. – Acho que ainda não é hora. E não sei se um dia vai ser. Mas meio que estava pensando num cargo administrativo. Em um hospital ou clínica. Poderia ajudar na coordenação, no gerenciamento e tal. E me manter próximo da medicina, mas longe dos gatilhos principais.

– Você se sairia bem nesse tipo de trabalho.

Jude franziu a testa para ela.

– Isso foi um elogio? Será que nossa chama apagou assim tão cedo?

Ela jogou a cabeça para trás e riu, inclinando-se para dar um soco no ombro dele.

– Seria legal se a gente abrisse uma clínica juntos – Indira sugeriu, colocando outro *sushi* na boca.

Os olhos de Jude se fixaram surpresos no rosto dela.

– Como?

Indira deu de ombros e ergueu o indicador enquanto mastigava.

– Uma clínica sem fins lucrativos – ela explicou, depois que engoliu. – Que oferecesse tratamento para as vítimas de trauma, talvez. Com serviços médicos e psiquiátricos.

Jude manteve os olhos fixos nela.

– A gente poderia tocar isso, nós dois. Sua experiência na OGCS é uma boa base para gerenciamento de sistemas. Poderíamos trabalhar em conjunto com assistentes sociais e fazer uma contribuição real.

– Está falando sério? – Jude perguntou, rouco.

Indira franziu a testa para ele.

– Estou. Não é nenhuma idiotice, não sei por que você ficou tão escandalizado.

Jude pulou para cima dela, segurou suas bochechas nas mãos e encheu o rosto de Indira de beijos.

– Idiotice? – ele repetiu, então beijou sua boca. – Não é idiotice nenhuma. É a melhor ideia que já ouvi.

Os olhos de Indira se iluminaram.

– Espera. *Você* está falando sério? Porque, se for sarcasmo, não tem graça nenhuma.

– Estou falando cem por cento sério. Vamos fazer isso, Indira. Vamos abrir nossa clínica. Para ajudar as pessoas que são deixadas pra trás pelo sistema médico.

Os lábios dela se entreabriram e logo um sorriso empolgado tomou conta deles.

– Acha mesmo que a gente consegue? – Indira perguntou. Era uma ideia grandiosa e assustadora, a coisa mais empolgante que já havia considerado.

– Não há nada que você não consiga fazer – Jude disse, voltando a beijá-la. – Eu topo, se você topar.

CAPÍTULO 39

Um ano e meio depois – após inúmeros pensamentos no melhor estilo "Meu Deus do Céu, o que é que a gente está fazendo?", várias lágrimas e alguns empréstimos –, Indira e Jude tinham uma clínica em funcionamento, aberta no nome deles.

Os recursos da Esperança Renovada: Clínica de Cuidados, como acontece com muitas organizações sem fins lucrativos, eram limitados, enquanto as necessidades de seus pacientes eram muitas, porém o casal ia trabalhar todos os dias se sentindo completa e verdadeiramente realizados. Juntos.

A missão da clínica era ajudar imigrantes. Indira era quem tocava a parte dos cuidados e contratara dois outros médicos para o atendimento. Trabalhava diretamente com as crianças, oferecendo várias modalidades de terapia para meninos e meninas que haviam enfrentado dificuldades logo cedo na vida.

Jude supervisionava as outras operações da clínica e descobrira que era apaixonado pela resolução de problemas e pelos aspectos mais administrativos da medicina. Ele curtia tudo, desde ajudar pacientes a ter acesso aos serviços disponíveis e coordenar o transporte e os serviços de tradução necessários, até conduzir a clínica com criatividade no caminho para a sustentabilidade total.

Devagar, eles expandiram a rede de relacionamentos da clínica, por meio de parceria com organizações parecidas de outros países. Recentemente, haviam começado a patrocinar clínicas estrangeiras dedicadas a tratar refugiados e sobreviventes de trauma e a enviar fundos para organizações que ajudavam a fortalecer os recursos comunitários em áreas instáveis. Também vinham estabelecendo conexões com pessoas no mundo todo que se imbuíram da mesma missão de ajudar os outros.

A vida de Jude e Indira não era nem um pouco glamorosa. Cada centavo era precioso quando pensavam em como alocar seus fundos. Os dois dividiam uma sala apertada, o que levava a muitas discussões, embora em geral acabassem em risadas e beijos. O espaço muitas vezes parecia alvo de uma explosão neon, com todas as superfícies cobertas por *post-its*. Com lembretes importantes. Desenhos bobos. Bilhetinhos amorosos. Era do jeitinho deles.

– Tenho uma surpresa pra você – Jude disse um dia, quando os dois estavam terminando de almoçar na mesa que ficava na área externa nos fundos da clínica.

Indira franziu o nariz, com a boca cheia e uma expressão de interrogação.

Ele enfiou a mão na mochila e colocou um pote de plástico no banco.

– Você é inacreditável! – ela gritou, e migalhas voaram em Jude. Indira riu enquanto pegava o pote de manteiga de amendoim e fingia que ia jogá-lo nele.

– Peço desculpas por querer apimentar as coisas – Jude brincou, levando uma mão ao peito.

Indira continuou rindo.

– Tá, tenho uma surpresa *de verdade* pra você – ele disse. – Vem, vou lhe mostrar.

Jude se controlou para não sorrir enquanto se levantava, recolhia o lixo deles e jogava fora. Ele espanou as mãos e pegou a de Indira.

– Qual é o motivo da surpresa? – Indira perguntou, sentindo a alegria efervescer em seu peito enquanto Jude a levava para dentro.

– Surpreender você.

Indira deu um tapa no ombro dele, o que o fez rir.

– Qual é a maior desgraça da sua vida? – Jude questionou, parando à frente da porta da sala deles.

– A cadeira do escritório – Indira respondeu, sem hesitar. Imaginava que instrumentos de tortura medieval deviam ser mais confortáveis que as monstruosidades (muito em conta) que Jude comprara para eles. – Você vem logo em seguida – Indira acrescentou, com uma piscadela.

– Que beleza – Jude debochou. – Agora estou ainda mais animado pra lhe dar seu presente.

– Céus, esse suspense está me matando! – Indira reclamou, pulando um pouco no lugar.

Sem mais alarde, Jude levou a mão à maçaneta e abriu a porta. Tinha uma cadeira de escritório gigantesca e novinha em folha bem no meio do cômodo.

O queixo de Indira caiu. A cadeira era de veludo cor de laranja, com assento largo e bem estofado, e borlas em toda a beirada. Era a cadeira dos sonhos.

– É minha? – ela perguntou, olhando para Jude na mesma hora.

– Não podemos arriscar o bem-estar do bumbum da presidente da clínica, podemos? – ele perguntou, dando um tapinha de brincadeira na bunda de Indira.

Ela soltou um gritinho empolgado e se jogou na cadeira. Então a girou, movimentando as pernas com alegria. Jude sorriu para a namorada, seu rosto um borrão enquanto Indira girava.

Depois de alguns segundos, ele fechou a porta, se aproximou e segurou a cadeira pelos braços, para que Indira parasse de girar e os dois ficassem cara a cara. Jude se inclinou para mais perto, e ela sentiu seu coração dar um mortal no peito.

– Gostou, senhora presidente? – perguntou, num sussurro rouco e amoroso.

– Vai ter que servir, senhor presidente – Indira retrucou, erguendo a cabeça a de uma maneira que torcia para que parecesse arrogante, o que o sorriso dele em resposta confirmou. – É um pouco enfadonha e convencional demais – acrescentou, com ironia, passando os dedos pelo veludo macio da cadeira laranja-vivo.

Jude concordou.

– Eu precisava comprar algo que combinasse com a sua personalidade.

Os lábios de Indira se curvaram em um ultraje fingido. Jude teve que rir.

Com um movimento fácil, ele pegou a mão dela e a levantou da cadeira para se sentar e depois colocá-la em seu colo.

– Obrigada – Indira disse, com um beijo em seu pescoço. – Eu amei.

– Imagina – Jude respondeu, puxando-a para mais perto e balançando ambos para a frente e para trás com o pé.

– Essa cadeira é tipo um sofá pequeno – Indira comentou, ajeitando-se no colo dele. Então ela teve uma ideia brilhante.

– É meio grande – Jude disse, franzindo a testa de leve e olhando para o assento largo.

Indira segurou o queixo de Jude para que ele a encarasse. Ela deixou o que estava pensando muito claro no rosto enquanto montava nele.

– É muito prática, se quer saber minha opinião – Indira sussurrou, pressionando a boca contra a dele. Então lambeu a abertura dos lábios de Jude e emaranhou a língua de ambos depois de uma breve hesitação por parte dele, em um beijo intenso.

– O que você está fazendo? – Jude perguntou, já enfiando as mãos por baixo da blusa dela.

– Agora sou eu que tenho uma surpresa – Indira respondeu, enquanto seus dedos abriam o botão da calça de Jude. Um prazer primitivo a fez sorrir quando percebeu que ele já estava duro.

– Não podemos fazer isso – Jude sibilou enquanto Indira tirava o pau dele para fora e o acariciava de alto a baixo com firmeza, fazendo-o jogar a cabeça para trás. – Estamos no trabalho.

– Temos mais vinte minutos de almoço – Indira disse, passando o dedão na ponta do pau dele. Jude gemeu e começou a tirar a blusa dela.

– E se alguém voltar mais cedo e pegar a gente? – ele questionou, jogando a blusa atrás de suas costas e já baixando as alças do sutiã dela.

– É só não fazer barulho – Indira sussurrou, esfregando-se no colo de Jude enquanto abria os botões da camisa dele. – Você não vai se meter em encrenca, não se preocupe – acrescentou, dando um beijo safado nele. – Eu me dou superbem com a chefia.

Jude soltou uma risada áspera, então os dois se concentraram na tarefa à frente, baixando as calças de maneira desajeitada e depois voltando a ficar coladinhos.

Soltaram um suspiro de alívio quando Jude a penetrou. Indira mordeu o lábio e começou a se esfregar contra ele.

– Caramba, como você é gostosa – Jude disse junto à orelha dela, puxando-a para mais perto.

Indira passou a se movimentar mais rápido, amando o modo como seu corpo se encaixava com o de Jude, como ele dizia seu nome quando ela gemia.

Uma coisa que Indira não amava era que sua cadeira nova e deslumbrante fazia um rangido alto sempre que ela se movimentava. Num momento em que a ideia era não fazer barulho.

– Essa cadeira – *rangido* – é – *rangido* – muito – *rangido* – barulhenta – Indira conseguiu concluir, ofegante.

Jude soltou um som de descrença e deu um tapinha na bunda dela antes de agarrá-la, puxando-a mais para si.

– É nisso que está pensando? – grunhiu, penetrando-a mais fundo. – Que ingrata. – Jude reposicionou os quadris e atingiu um ponto que fez Indira gemer. – Ah, assim é melhor. Minha gostosa.

Indira se arqueou diante da combinação de toque e elogio. Jude sempre sabia o que fazer para deixá-la no ponto. E não demorou muito para que ambos atingissem o pico do prazer. Os dois continuaram abraçados por mais alguns minutos.

– Amei minha cadeira nova – Indira disse quando já estavam se limpando e se vestindo, e riram de seu segredinho.

– Vou comprar mil dessas pra você – Jude disse, abotoando a camisa. – Todo o estoque, se é assim que vai me agradecer.

Indira riu, então se sentou toda empertigada em seu trono laranja, virou-se para a mesa e ligou o computador.

– Bom, agora chega de conversa. É hora de trabalhar.

– Sim, senhora – Jude disse, dando um beijo na bochecha dela e depois indo se sentar à própria mesa.

Um silêncio confortável se seguiu, o único barulho era o da digitação de ambos enquanto trabalhavam. Indira estava repassando suas anotações sobre um novo paciente quando um *e-mail* chegou. Ela sorriu ao ver de quem era.

DE: Bailey, Jude <jude.bailey@gmail.com>
PARA: Papadakis, Indira <indpapadakis@gmail.com>
DATA: 30 de setembro, 13:18
ASSUNTO:

Amo você.

Ela digitou sua resposta na mesma hora.

DE: Papadakis, Indira <indpapadakis@gmail.com>
PARA: Bailey, Jude <jude.bailey@gmail.com>
DATA: 30 de setembro, 13:19
ASSUNTO: RE:

Também te amo ♥

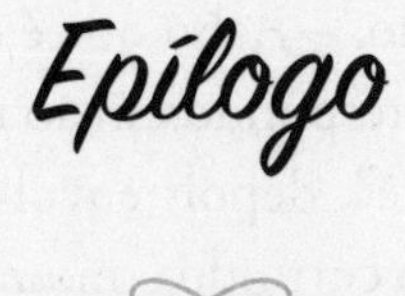

Epílogo

DOIS ANOS DEPOIS

– Vai ser esse – Lizzie anunciou, tomando um gole de sua taça de champanhe.

– Claro. Cinquenta e sete é o número da sorte – Harper debochou.

– Quanto mais demora, mais champanhe trazem, então espero que ela nunca encontre o vestido perfeito – Indira acrescentou, sentada no sofá branco e confortável ao lado das amigas, depois de reabastecer a própria taça.

– Nossa. Estou linda pra caramba – Thu disse, dentro do provador. Com um floreio exagerado, ela abriu a cortina e apareceu numa pose dramática, com um vestido de noiva branco maravilhoso que abraçava cada curva sua. – O que vocês acham?

As três amigas ficaram em silêncio por um momento. Então começaram a gritar.

– *Hum*, desculpa, mas quem é essa modelo e o que ela fez com a Thu? – Lizzie perguntou, então se levantou para puxá-la para a plataforma elevada onde havia um espelho de corpo inteiro. Thu sorria e passava as mãos pelos quadris enquanto olhava seu reflexo.

– É a sua cara, Thu – Indira disse, admirando o decote das costas. – Fazer Alex ter um ataque do coração bem no dia do seu casamento. Excelente.

– Você está linda – Harper elogiou, enxugando os olhos com um lencinho.

– Ah, Harpy… – Thu disse, piscando algumas vezes e puxando a amiga em um abraço de lado. – Acho que é esse.

Indira, Lizzie e Harper responderam ao mesmo tempo com alguma variação de "é isso aí, garota", depois envolveram Thu em um abraço. Elas se mantiveram assim, só curtindo o momento. Sua amizade. O amor absurdo e insuperável que sentiam umas pelas outras.

– Estou adorando ser o centro das atenções – Thu disse afinal –, mas vocês não vão nem poder respirar perto de mim no dia do casamento. Não quero que o vestido amasse.

Todas riram e então se soltaram. Depois de virarem outra taça de champanhe, Thu comprou seu vestido de noiva, acompanhado de um véu, para um visual ainda mais dramático. Como manda o figurino.

As amigas entraram no carro de Indira para ir do centro para a casa de Lizzie e Rake, no oeste da cidade. Os dois haviam comprado uma construção vitoriana de dois andares durante a segunda gravidez dela, porque queriam que as meninas tivessem um jardim onde brincar.

No pátio, as amigas foram recebidas por Rake. Com Phoebe no *sling*, ele dançava com Evie, que pisava em cima de seus pés e cantava a plenos pulmões.

– Não é de admirar que você teve mais uma – Thu disse. As quatro precisaram de um momento para se recompor da visão daquele homem gigantesco e maravilhoso sendo um excelente pai.

Alex, Dan e Jude também não deixavam a desejar no quesito gostosura.

Dan usava asas de fada nas costas e fingia acompanhar com uma flauta a música que saía do alto-falante de seu celular, entoada por Evie. Harper abriu um sorriso e suas bochechas coraram enquanto ia se sentar ao lado dele. Dan parou de tocar de mentirinha por um momento para dar um beijo nela.

Alex e Jude estavam perto da churrasqueira, também com asas de fada – e Jude com um chapéu. Ele deixou de lado um prato com legumes assados, foi até Indira e a abraçou.

– Como foi? – Jude perguntou, dando uma olhada rápida na direção de Thu, que conversava animadamente com o noivo. Alex olhava para Thu como se ela fosse a única pessoa no mundo.

– Ela vai estar um arraso no dia do casamento, só posso dizer isso – Indira falou, sorrindo para a amiga, que havia noivado fazia pouco tempo.

– Não tenho dúvida de que você também vai estar no dia do seu – Jude sussurrou, brincando com a aliança de noivado no dedo de Indira e fazendo faíscas se acenderem no peito dela.

– Oi, oi! Desculpa o atraso! Não temos nem o que dizer – Jeremy disse, irrompendo no pátio, com Collin em seu encalço. – Mas vou botar a culpa no Collin.

Indira riu e foi abraçar os dois, que já cumprimentavam os outros.

A comida ficou pronta em alguns minutos e todos se reuniram em volta da mesa.

– E o trabalho novo, Harper? – Collin perguntou, mordendo seu hambúrguer.

– Ótimo – ela respondeu, tomando um gole de chá gelado. No começo foi esquisito, voltar sem ser como estudante. Agora que me acostumei estou adorando.

Harper havia recebido uma oferta para ser presidente da clínica de cirurgia oral da Callowhill. Estava dando aula e orientando alunos de odontologia, além de realizar cirurgias de cabeça e pescoço no hospital.

– Você vai ser tão dura com seus alunos quanto nossos professores foram com a gente? – Thu perguntou.

– Ah, com toda certeza – Harper respondeu, com ironia. – Diminuir e desumanizar as pessoas sempre foi algo que me veio com facilidade.

Dan riu e deu um beijo na têmpora dela.

Depois que todos terminaram de comer, Lizzie apareceu com um merengue lindo de sobremesa, com frutas vermelhas em cima.

– Uma *pavlova*, para meu brutamontes australiano – ela disse, servindo primeiro Rake. Ele revirou os olhos, sorriu para ela e aceitou o prato.

– Nada de peitos ou vulvas hoje, Lizzie? – Jeremy perguntou, claramente chateado. A confeitaria erótica de Lizzie, especializada em *yoni*, sempre fazia sucesso. Ela estava até pensando em abrir uma segunda loja.

– Não se preocupe, Rake não vai passar em branco hoje. *Mas só depois que os convidados forem embora* – ela sussurrou alto para o marido, fazendo-o engasgar com a sobremesa e ficar todo vermelho. Lizzie deu um tapa nas costas dele e riu.

A noite quente de verão envolvia o grupo de amigos, o brilho das estrelas iluminando aquele cantinho feliz do mundo que haviam criado por algumas horas, enquanto todos riam e conversavam. Vinho fluía. Bebês eram levados para a cama. Casais se aconchegavam. Lembranças eram compartilhadas.

A vida não era perfeita para nenhum deles, e nunca seria.

Mas aquele momento… parecia muito próximo da perfeição.

Nota da autora

Muito obrigada por sua leitura! A jornada de Jude e Indira é muito especial para mim, então agradeço por ter passado algum tempo com eles.

Comecei a escrever esta história quando não estava bem, e muitas vezes senti que este livro nunca chegaria a existir. Não importa o quanto tentemos reprimir o sofrimento, ele sempre encontra uma maneira de vir à tona, exigindo ser visto. Reconhecido. Honrado. O sofrimento tem um propósito. É um passo rumo à cura. Potencializa a felicidade. Sem ele, a alegria, as risadas e o amor não seriam tão maravilhosos.

Não há uma maneira confortável ou fácil de admitir isso, mas fui vítima de abuso na adolescência. Como resultado, convivi com transtorno do estresse pós-traumático por quase uma década. Digo isso não para provocar pena, mas porque, pela primeira vez na vida, me sinto empoderada a falar sobre minhas experiências, aquilo com que tive de lidar e como isso influenciou a representação da saúde mental nesta história. A escrita sempre foi um lugar onde pude investigar sentimentos incômodos, e parte da mágoa que eu carregava deixou meus ombros com a jornada de Jude.

Embora este livro seja ficcional, foi catártico olhar para o trauma através dos olhos dos personagens e testemunhar sua determinação em busca da cura. Foi uma maneira de explorar as dificuldades apresentadas pelo transtorno do estresse pós-traumático e a beleza de se abrir para a cura, ainda que o caminho não seja linear. A recuperação de um trauma é um processo amplo e cheio de nuances, e esta história demonstra a cura de uma única perspectiva. Sou muito grata pela oportunidade de escrever este livro e os outros da série, me curando um pouco no processo também.

Se você está passando por uma crise ou tem alguma questão com a sua saúde mental, recomendamos procurar o Centro de Atenção Psicossocial (CAPS) mais próximo ou o Centro de Valorização da Vida (CVV), discando 188.

Agradecimentos

Este livro existe graças ao apoio e à ajuda constantes das pessoas à minha volta, e é muita sorte ter tantas delas a quem agradecer.

Em primeiro lugar, minha editora, Eileen Rothschild, por reconhecer aonde este livro estava tentando chegar em suas primeiras versões e por me ajudar a escrever o que ele deveria ser. Apesar dos *muitos e-mails* melodramáticos da minha parte, você sempre me apoiou e me incentivou a seguir em frente. Obrigada por defender essa série. Trabalhar com você é um verdadeiro privilégio.

Agradeço à minha agente incrível, Courtney Miller-Callihan, por *também* suportar meus *e-mails* e ligações melodramáticos. Você é uma força da natureza e faz desta indústria um lugar melhor. Sou muito grata por poder trabalhar ao seu lado; você sempre me inspira a ser uma pessoa melhor.

Megan Stillwell e Chloe Liese. Quem eu seria sem as duas? Ter amigas como vocês é um verdadeiro presente e, sendo eloquente, eu as valorizo pra caramba. Vocês são firmes e constantes nos meus melhores e piores momentos (e nos mais bêbados, mas não precisamos entrar em detalhes). Serei eternamente grata por tudo o que vocês duas fazem e as risadas e a alegria absurdas que trazem para minha vida.

Mae. Você é a melhor leitora e amiga que alguém poderia querer, e nunca serei capaz de expressar o que seu apoio e sua ajuda significaram na reescrita deste livro. Suas ideias foram inestimáveis, e sou muito grata a você.

Saniya Walawalkar e Emily Minarik, obrigada pela amizade e pelo apoio incessante. Não sei bem o que eu faria sem as mensagens de voz de vocês e suas análises profundas da beleza de J*e Alw*n. Nosso grupo de mensagens é meu lugar favorito no mundo.

Sou incrivelmente grata pelo apoio e pela amizade de Katie Holt, Ava Wilder, Kaitlyn Hill, Sarah Hogle, Esther Reid, Stacia Woods, Elizabeth Everett, Libby Hubscher e Ali Hazelwood. Fico sempre embasbacada com a compaixão, o humor e o amor de vocês. FICO MUITO FELIZ DE TER CONHECIDO VOCÊS, TÁ??

Obrigada à minha equipe na SMP. Lisa Bonvissuto, Alyssa Gammello, Brant Janeway, Alexis Neuville, Marissa Sangiacomo, Dori Weintraub e Layla Yuro, valorizo o trabalho de vocês e todas as coisas escondidas que fizeram para tornar este livro realidade. Obrigada a Kerri Resnick por outra capa deslumbrante; seu talento nunca vai deixar de me surpreender.

Mãe, pai, Eric, vovó, tio Beel, Sara, tio Doug, tia Robyn, tio Pat, tia Ronelle: muito obrigada por me apoiar nesse lance maluco de escrever e por ler meus livros (o que na prática me constrange enormemente, mas ainda assim agradeço). É muita sorte ter uma família tão disposta a discutir o valor do sexo oral em romances durante um *brunch* bastante público. Vou mandar pra vocês a conta da terapia.

Um agradecimento enorme e infinito para todos os livreiros, bibliotecários e pessoas que falam de livros no Instagram, em *blogs* ou no TikTok e que divulgam meus livros. Nem consigo expressar a diferença que vocês fazem na vida dos autores, e sou muito grata por seu trabalho árduo e a paixão com que o realizam.

Ben. Por onde começo? Você é minha pessoa preferida no mundo e não sei se eu conseguiria escrever sobre romance e amor sem sua inspiração diária. Você faz com que eu me sinta amada nos dias mais sombrios e nos mais ensolarados, e sua crença inabalável nos meus sonhos me fez seguir em frente quando senti que tudo estava perdido. Obrigada por sempre comprar comida quando estou estressada e chorando diante do *laptop*. Você me faz rir mesmo quando estou me esforçando ao máximo para ser rabugenta.

E, finalmente, meu maior agradecimento vai para você, querida leitora ou querido leitor. Contar a história de Harper, Lizzie, Indira e Thu tem sido um dos pontos altos da minha vida, e fico comovida com seu amor por elas. É sempre um pouco assustador escrever sobre saúde mental, porém as mensagens de apoio e carinho que recebo me inspiram a ser corajosa. Nunca poderei agradecer o bastante por lerem meus livros. Desejo a vocês todo o amor do mundo e seu próprio final feliz.

Este livro foi composto com tipografia Adobe Garamond Pro e
impresso em papel Off-White 70 g/m² na Formato Artes Gráficas.